軟埋

方方——著

作者簡介

方方，本名汪芳。祖籍江西彭澤，1955 年 5 月生於南京，成長於武漢。1974 年高中畢業後在武漢當過裝卸工，1978 年考入武漢大學中文系，獲學士學位。畢業後分配至湖北電視臺工作。

1982 年，發表小說處女作〈大篷車上〉。

1987 年，發表〈風景〉，獲中國優秀中篇小說獎，被認為拉開「新寫實主義」序幕，並因此成為「新寫實」派代表作家之一。自此發表的《祖父在父親心中》、《行雲流水》、《白霧》、《桃花燦爛》、《落日》、《奔跑的火光》、《烏泥湖年譜》等一系列作品，均受好評。

已出版小說、散文集《大篷車上》、《十八歲進行曲》、《江那一岸》、《一唱三歎》、《行雲流水》、《水在時間之下》、《春天來到曇華林》等 60 多部，多部作品被譯為英、法、日、義、葡、韓等多種語言。

2011 年推出小說《武昌城》及小說〈民的 1911〉。2012 年 10 月末，根據其長篇小說《萬箭穿心》改編的同名電影上映。

主要著作有五卷本中短篇小說《方方文集》、長篇小說《烏泥湖年譜》、文化隨筆《漢口的滄桑往事》等。

曾任湖北省作家協會主席、省文學創作系列高評委會主任，現任中國作協全委會委員，一級作家。

目　錄

第一章

第二章

第三章

第一章

1 自己跟自己的鬥爭

這個女人一直在跟自己做鬥爭。

她已經很老了。所有皮膚都鬆軟地趴著，連一條像樣的皺紋都撐不起來。她的臉和脖子細痕密布。因膚色白皙，這些痕跡不像是時光之刀隨意劃下，而更像是一支細筆，一下一下描繪而出。她的眼睛也已渾濁不堪，但在驀然睜大時，仍然能看到有光芒從中射出。

她經常盯著一處發呆，似乎若有所思，又似百般無聊。為此偶爾會有路人好奇，說：「太婆，你在想什麼？」

這個時候，她會露出一臉茫然，望著路人，喃喃說幾句沒人聽得見的話。她不知道自己說了什麼。其實，她也不知道自己有沒有在想。她只是覺得有很多奇怪的東西拼命朝外跳，似乎在撩撥她的記憶。而那些，正是她一生都不願意觸碰的東西。她拼命抵抗。她的抵抗，有如一張大網，密不透風，彷彿籠罩和綁縛著一群隨時奔突而出的魔鬼。她這一生，始終都拎著這張網，與它們搏鬥。

丈夫活著時，曾經提議她不妨想一想。或許想出了什麼，人就心安了。她願意聽從他的話，當真迫使自己靜下心來，用勁回想。但幾乎瞬間，渾身的煩躁如同無數鋼針，迸射般地扎來，勁道兇猛，令她有五臟俱裂之感。此一時刻，她的痛，以及累，讓她幾乎無法喘息。

她絕望地對她的丈夫說：「你不要逼我。我不能想。我一想就覺得我該去死。」她的丈夫嚇著了。沉默片刻，對她說：「那就不用再想了。儘量給自己找件事做，忙碌可以干擾思路。」

她依了丈夫的話去做，每天都忙忙碌碌。其實她也並沒有什麼事業，她的事業就是做家務。她每天都忙著擦洗打掃，把家裡整理得一塵不染。每一個去過她家的人，都會說，你家真是太乾淨了。她的丈夫是醫生，也深以為傲。

如此，她的生活漸漸正常。

多少年了，她一直這樣。每一年的時間，都如一張嚴實細密的膜，將她記憶背後的東西層層覆蓋。一年一張，歲歲年年，由薄而厚，凝結成板，那些深藏在她意識裡的魔鬼統統被封壓了下去。

但那是些什麼東西呢？她完全不知道。

她失憶是在 1952 年的春天。

很久很久以後的某天，她的丈夫從醫院回來。他表情嚴肅，說「文化大革命」了，醫院天天開會，也有人寫了他的大字報，揭露他的歷史有問題。她很緊張，不知道丈夫向她講述這些意味著什麼。但她的丈夫卻突然說，你不會有事的，我會保護你。

你過去的事，一輩子都不要想起來。你最大的敵人，不是外面的人，而是那些你不記得的東西。如果有人問你，你就說你什麼都不知道，這樣就行了。

她沒有體會到這是丈夫的安慰和提醒，心裡反倒是狠狠地一陣悸動。彷彿那些隱匿得幾近消失的死敵，已然被她的丈夫所掌控。但那到底是些什麼呢？難道我都不知道的東西，他會知道？她想著時，甚至感覺到恐懼的氣息撲面而來。這份恐懼就在她的身邊。日日夜夜，分分秒秒。

於是她明白，多年以來，這個她深愛的人也是她深怕的人。

為什麼呢？她為什麼會產生這樣的感覺？她很惶惑，也不明白。但這種感覺就是在。

2 河流的聲音

人們把她從湍急的河流裡撈出時，她一絲不掛。從頭到腳，渾身是傷。那是石頭和激流相撞的結果。救她的人說，水把她泡得渾身發白，只剩頭髮是黑的，一下子都看不到傷在哪裡。得幸有幾個軍醫正在附近村莊出診，他們直接把她送到了那裡。急救之後，那幾個醫生迅速地把她帶回了醫院。

她在醫院裡住了半個多月才甦醒。當她清醒過來，試圖回答人們的詢問時，突然傻了眼。

你是哪裡人？住在哪個村？你多大年齡？你家裡還有什麼人？你怎麼掉進了河裡？是翻船了，還是壞人把你扔下去的？就你一個落水的嗎？……人們交替著詢問，即令聲音溫和，也如利刺相扎，她的心瞬間劇疼無比。她在床上蜷縮成一團。她想，是呀，我是哪裡人呢？我住哪裡呢？我叫什麼呢？我怎麼會掉進河裡了？她完全沒有了印象。我怎麼會記不得呢？我怎麼連自己都記不得了呢？於是她哭了起來。她說，我不記得。

她是真的不記得了。

於是人們說，你想想，仔細地想想。你是被人從河裡撈出來的。你從河水開始想，也許能想起來。

她依著人們的要求，果然認真去回想。但她的思路一到河邊，嘩嘩的水聲便像炸雷一樣轟響。莫名的恐懼隨著水聲洶湧而來。波濤中如同藏有魔鬼，雖然看不見摸不著，卻狠狠地襲擊她的身心。她頓時失控，放聲地痛哭以及尖叫，聲音歇斯底里。

一位吳姓醫生嚴厲制止了那些好奇的人。他說，她可能受了刺激。不要讓她再想了，讓她養病吧。

於是，人們不再追問，只是明裡暗裡都用憐惜的口吻談著她。

那是一個很美麗的春天。

窗外的桃樹滿頭綴著粉色花朵。院牆邊的杏花也泛白成了一行，與白色的牆壁襯在一起，遠了竟看不出花色。更遠處，幾株老銀杏搖著碧綠的葉子，粗壯的樹幹已經猜不出它栽植於何年。更遠更遠，山的影子柔軟地起伏著，輪廓像花瓣。院子角落的迎春花開得快要敗了，那明亮的黃花卻依然閃爍著明亮。五彩繽紛突然都進入她的眼裡。回春中的鳥兒此刻似乎抖擻出精神，儘管風還有寒意，它們卻在這輕微的寒意裡兀自地唱。在這樣的景致和這樣的聲音中，她慢慢地安靜下來。

她人生新的記憶起點，就是從這裡開始。這是川東的一個小城。

後來，醫院護士七嘴八舌向她講述救治她的過程。她們說，吳醫生他們帶她回來時，大家都以為她活不過來的。又說，有一天至少三個醫生認定她已經斷了氣，抬屍的人都被叫進了醫院大門。多虧吳醫生細心，看見她的中指動了一下，便堅持要求再留院觀察。結果又過了幾天，她醒了。在這樣的講述中，她記憶裡儲存了自己起死回生的經歷。

這經歷中，還有一個人。這個人就是吳醫生，她的救命恩人。這一趟生死，和這樣的一個人，都夠她慢慢品味。雖然是很短的過程，但其中酸甜苦辣似乎都有。她想，她的人生只需要拿這個當開頭就已足夠。

這樣子，她把自己失憶的東西，那些想起來就渾身有刺痛感的過去澈底放棄了。於是，她活到現在。

忘記不見得都是背叛，忘記經常是為了活著。這是吳醫生跟她說過的話。

3 她習慣獨自待著

比起每天在公園跳舞和遛彎兒的那些老人家，時間對她下手似乎過於兇猛。她戶口上的年齡顯示著她七十出頭 —— 這是當年吳醫生根據她的外貌估計出的歲數。而她的生日，則是她被人救起的日子。這也是吳醫生信手填上的數字。之後它們便與她一生相隨。

她看上去，似乎比同齡的太婆老出許多。照鏡子時，她覺得是自己操勞所致。她從不參與跳舞，也不喜歡跟外人交往。她習慣獨自待著，哪怕閒得冷清，她也更願意自己一個人。她沒有親戚，也沒有朋友。時有鄰居大媽想要接近她，主動上門約她一起出去走走，說健身才能長壽哩。她還是不去。

她不是不想長壽，只是覺得自己心重。重得她不願意起身，寧可獨自一人默默地坐在那裡。於是每當陽光晴好時，她就會坐在花園山天主堂對面的臺階上。抬頭望去，灰色的大樓就矗立在眼前。「天主堂」三個大字，雖被陽光照著，但她卻看不到它的明亮。她覺得自己好像是親眼看著它一天天頹敗，又親眼看著它一天天好起來，再又看著它一天天頹敗的。她想這很有意思。以前她丈夫喜歡帶她出來散步。他們經常走這條路，然後從這裡拐去曇華林。

散步路上，丈夫經常說一些稀奇古怪的故事給她聽。有關這個「天主堂」的故事，她丈夫是這樣說的。他說當年大清朝廷並不願意在中國修教堂，可洋人們很想修，他們大老遠來這裡就是為了修教堂的。正急得沒辦法時，一個中國人替他們出了個主意，他說你們申請時就說要修一座「大王堂」，批准後，你在「大」字上加一横，在「王」字上加一點，就成「天主堂」了。洋人一聽，這主意好，於是就這樣寫了申請。朝廷一看不是修教堂，立馬就批了。批文下來，洋人就在「大」上加了一横，又在「王」上加了一點，改成了「天主堂」。地方官員過來查看，可是申請上寫的就是「天主堂」，印鑑也有。官員不知道咋回事，就由他去了。反正他們被騙的事太多，也不在乎多這一件。

她對這個故事的印象很深，聽時笑了。

只是現在，她坐在那裡，並不是因為這個故事。而是她喜歡看院子裡的一叢綠樹環繞著的聖母山。山坳處站立著露德聖母。她的臉上永遠浮著一層純潔和安詳的笑意。每一次散步，他們都會過來看她，會在她的面前站一會兒。第一次來時，她曾經問：「她是誰？」丈夫說，當年人們也問過她：「你是誰？」聖母說：「我是無染原罪者。」她不明白這話是什麼意思。丈夫便在她手心裡寫出了這幾個字。她說：「什麼意思？」丈夫說：「就是說，沒有原罪。」

她沒有聽懂，心裡卻狠狠地咚了一下。離開教堂，在路上緩緩散步時，她丈夫才繼續說：「這是我們兩個都要記住的，在這個世界，我們都是無染原罪者。你和我。」

她還是沒懂。最後丈夫說：「你記住她是露德聖母就好。她能讓你內心平靜。」

她到現在也沒有明白丈夫的話意思是什麼。但從此她只要看到露德聖母像，心裡果然有了一份安靜，甚至通體都格外的舒服。但是她想，什麼是無染原罪者呢？

街邊一隻麻色貓，生一副鬼靈精怪的臉，她坐在這裡時，它經常一聲不吭地蹲在她的腳邊。它喜歡睜大眼睛望著她，有時還會伸出爪子扒拉她，一副似乎讓她熟悉不過的眼神。她經常會伸出手，在它的背上撫摸幾下，讓它安靜。有一天，它不在。她到處張望著，脫口而叫：「麻雀！麻雀！你在哪裡？」麻色貓居然就跑了過來。她坐下時心想，我為什麼會叫它麻雀呢？

現在，她就坐在街邊的陽光下。她的腳邊擺著一個籐籮，籐籮裡面平攤著一些鞋墊，上面繡著鴛鴦或是荷花。那都是她親手繡製的。她甚至不知道自己為什麼會繡這些東西，也沒有印象自己學過。但她拿起一隻鞋墊，就知道應該怎麼做。她曾經在一位馬姓教授家裡當保姆。有一年冬天，馬教授夫人給了她一雙舊棉鞋。她嫌太大，便給自己做了雙鞋墊。似乎想都沒有想，也沒有描線，她順手就在鞋墊上繡了一朵海棠。馬教授夫人拿著鞋墊橫看豎看，然後說：「你手好巧。以前學過？很有藝術感覺呀。」

馬教授夫人的話並未讓她高興，反倒如石頭砸著了她，忽地就驚了她的心。她感到了恐懼，一種沒來由的恐懼。彷彿所有她看不見的地方，都有危險存在。一切陌生的面孔或是聲音，都讓她戰慄。如此這般，長達數月。此後她就再也不動針線。她在馬教授家當保姆很多年。直到馬教授夫人去世，馬教授另娶年輕太太，她也就被兒子接回了家。

她的兒子叫青林。

4 有些東西與她不棄不離

她和青林原本住在武昌曇華林的一條窄巷裡。這是公租房，是她丈夫活著時公家分派的。他們在此已經住了很多年。她的丈夫就是當年在鄉村出診時救下她的那個吳醫生。她很愛他。因為他不僅是她的丈夫，更是她的救命恩人。她獲救醒來睜開眼看到的第一個人就是吳醫生。他也是她新記憶中儲存的第一人。

她常常想，自己是什麼時候愛上他的呢？是第一眼見到他時，還是那次去他的辦公室？她已經不記得自己為什麼會去吳醫生的辦公室。她只記得，桌上有一本《紅樓夢》，她情不自禁地拿起來翻看。嘴裡不禁喃喃地念出「黛玉」，這兩個字讓她心裡一陣恐慌。正這時，吳醫生從門外進來，見她翻書，臉上露出驚訝神情。然後他從她手上拿下書，凝視著她，似乎猶豫了幾秒，方說：「不要讓人知道你識字，這或許對你有好處。」她有些茫然地望著他。他又說：「我沒有別的意思，只是擔心有人多疑。你來歷不明，很容易讓人猜想。明白嗎？」

她不太明白，卻記住了他的話。因為，她聽到這句話時，心裡的恐慌立即消失，替代的是幾絲溫暖。

幾天之後，吳醫生介紹她去軍分區劉政委家當保姆。劉政委是老革命，他的妻子也是幹部。他送她到大路口，意味深長地說：「我覺得你去他們家做事，生活得會簡單些，對你的一生可能有好處。」她再一次感覺到心頭一暖，突然間有所領悟，覺得吳醫生的話對她來說至關重要。只是這份重要中，又有一點令她害怕的內容。

那時候，他們還沒有愛情。

好多年過去了。她一直都記著這個人和他的聲音。隨著劉政委的升遷和調動，她跟著他們全家來到武漢。大家叫劉政委的夫人彭姐，她也這樣叫。彭姐待她不錯，說她是家裡請過的最好的保姆。她為劉家帶孩子煮飯做清潔，過著一種水波不興的生活，樸素而安寧。她從未想過換工作，也從未想過換地方，甚至從未想過嫁人。他們去哪兒，她就去哪兒，一輩子如此而已。

有一年，吳醫生轉業到地方，專程去看望他的老領導。他很驚喜地見到了她，不由脫口問道：「你一直在這兒？你過得還好嗎？」

她很激動，不知道這激動緣何而來。她的聲音在顫抖，她說：「很好。因為你，才過得這樣好。」他深深地望了她一眼。她從他的這一眼中看出，他們兩人之間有著別人所不知的秘密。她並不知這秘密是什麼，只是驀然間她的心驚跳了一下。

那天，吳醫生在劉政委家吃飯，桌上擺著她精心做的菜。飯間閒談時，方知他的妻子業已病故。他的妻子小嚴與彭姐有著很特殊的關係，當年她們曾經同生共死。所以彭姐當即放下筷子抹起了眼淚。站在一邊的她聽罷心裡撲通了一下。

劉政委歎息半天，然後問：「你現在呢？一個人？」

他說：「是的，一個人。」

劉政委說：「不再找一個？」

他說：「也有人介紹過，但沒有合適的。」

劉政委說：「你一個大男人怎麼過呀？」他說話時，目光正好落在她身上，便不由把手一指，說：「不如我來保個大媒？你們也都是老熟人了，年齡也算相當。」

吳醫生的目光順著劉政委的手指轉向了她。她惶恐不安，不知如何是好，他卻望著她笑了笑。從那份笑容裡她看出，他是歡喜的。

於是那一年，她離開了劉政委的家。劉家三個孩子都是她一手帶大，他們一齊站在門口，依依不捨地望著她的背影，最小的那個還抹了眼淚。

她沒有回頭，挽著吳醫生的胳膊，走進了他的家門。進門後，她說的第一句話是：「你怎麼願意娶我呢？」

他笑了笑，說：「你如嫁給別人，我還不放心哩。」

她似乎聽懂了他的話外音，又似乎不太明白。自己想了一下，莫名其妙地回應了一句：「是的，我也不放心我嫁給別人。」

話一說完，她心裡開始生出莫名的害怕。夜色降臨，天光由灰至黑，她的害怕感隨黑暗的濃度增加而更加強烈。她甚至不知自己害怕什麼，但她就是害怕。當吳醫生摟著她，身體與她貼緊時，她幾乎渾身哆嗦。吳醫生一邊安撫她一邊低語道：「我知道。我知道。我明白。我明白。你不要怕，沒有關係。」

在他的懷裡，她問自己：「這是什麼意思？他知道什麼？

明白什麼？什麼東西沒有關係？」

這天夜裡她做了噩夢。這夢兇惡到她把自己嚇醒。早上起床，吳醫生望著她說：「你不要太緊張。不要多想。我會護著你。我娶你回家，是因為我知道你被救起的過程。這世上只有我能體會你的感受。你什麼都不用怕。」

這番話當時便讓她熱淚涔涔，情不自禁地撲到他的懷裡。但與此同時，她發現自己背後彷彿藏有一根細細的刺，尖銳並且灌滿毒汁。它一直近距離跟隨著她，她下意識地生出提防之心，生怕有一天這根毒刺會扎著自己。

從此，她有了自己的家。婚後的生活，溫暖亦幸福，雖有一份忐忑不安始終與她同行，但畢竟她不再當傭人，而是一個男人堂堂正正的妻子。這個身分令她感到滿足。

她就在這樣的狀態中，維持著日常。每天，她早起為丈夫做早餐，看著他出門上班；中午他下班時，飯已上桌；待他午休後再上班時，她又開始慢慢地做晚餐，然後等著他回家。她細心地服侍他，為他做所有的小事。她的心中漸漸多了欣喜，這份欣喜，努力地排斥著她的不安。她想，或許我以後的生活就是這樣了。

她很快懷孕了。吳醫生興高采烈。她心裡亦覺興奮。但是，每當她一個人獨處時，莫名的恐懼又捲土重來。它隔三岔五地襲擊她，就彷彿當年河流中的魔鬼，又悄然來此潛伏。它們在等待時機，隨時給她致命一擊。那段日子，她的恐懼幾乎到了無法自製的地步。她看牆，覺得牆後有東西；看雲，覺得雲上有東西；

看樹，覺得樹葉片中藏有東西；看燈，覺得燈一關，就會有東西出現。驀然的聲音會讓她心驚，突顯的色彩也讓她心驚；家裡來陌生人會讓她心驚，四周寂然無聲更是讓她心驚。她也不知道這驚恐的原因何在。但她明白的是，那些東西始終與她不離不棄，彷彿與生俱來。

吳醫生每天都帶她去天主堂，站在露德聖母像面前，跟她說，你看著聖母的眼睛。聖母告訴你：不要怕。不要擔憂。你什麼事都沒有。

她被聖母的目光所感染，會有稍許平靜。但一回到家，一切復舊。無奈之下，吳醫生只好帶她去看心理醫生，並且告訴醫生她失憶的事。心理醫生推測她的過去對她有巨大刺激。解鈴還須繫鈴人，如能讓她回想起來，或許能澈底解決問題。

但她的本能卻抗拒回憶。因為她一旦開始回想，便有莫名的痛楚包裹她的全身，令她無法忍受。吳醫生勸她說：「咬咬牙。如果想起來，可能你就心安了。」她幾乎是條件反射似地回答道：「如果想了起來，我的心更加不安呢？又該怎麼辦？」

吳醫生聽了她的話，幾乎沉默一夜。她知道他一夜未眠。第二天早上，吳醫生說，那就算了吧，澈底忘掉可能是你最好的選擇。

她就這樣，在不斷襲來的恐懼中，生下了兒子。兒子出世的當天，她覺得那隻潛伏的魔鬼就要出來了。它的眼睛死死地瞪著她，使她不停地發抖。安撫她的護士都煩了，叫了吳醫生過來。她躺上產床時，吳醫生也被允許坐在了她的身邊。恍惚之中，她突然覺得那魔鬼正是吳醫生本人，恐懼便愈發沉重。她對著吳醫生尖叫道：「你出去！你滾開！」吳醫生大聲說：「你不要怕。我什麼都可以接受，因為我的親人只有你。我愛你。」而她似乎什麼也聽不見，彷彿已然被魔鬼的目光籠罩。她歇斯底里地尖叫，聲音響徹整個醫院大樓。接生的大夫和助產護士都不解。一個護士說，你怎麼回事，人家產婦都巴不得丈夫坐在身邊哩。她喘息著，沒有理睬她們。

在吳醫生走出門的那一刻，他們的兒子平安誕生。

再次進到病房，吳醫生很激動，兩眼噙著淚。他撫著她的臉說：「兒子很漂亮，謝謝你。謝謝你給我家添了後代。你不要害怕。無論如何，你都不用害怕。」

她已經無力回話，吳醫生又說：「你應該明白我的心。我娶你，就是要你這輩子能安心活著。有我，你就不必害怕。」

或許這個安慰特別有效，那隻她以為隨時會出來的魔鬼，一直沒來。而兒子卻一天一天地長大。他明亮的目光和天真的笑聲，給她最大的安心。她本想再生個女兒，可惜在懷孕兩個多月時，流產了。吳醫生依然安慰她說，沒關係，我們有一個兒子也行。只要他健康成長，一切都可滿足。

時光漫漫，她驚恐的東西始終沒有出現，那隻魔鬼似乎也在慢慢地老去。

5 毒刺被拔走了

出現的卻是另一樁令她始料未及的事：她的吳醫生沒有陪她走完人生。他死在出門辦事的路上。

那一年，漢口一輛公共汽車被穿城而過的火車撞了個正著。一時間，路口血流成河。她的吳醫生不幸也在車上。她聞訊拖著兒子青林轉了幾趟公車，奔到現場。在一片雜亂的哭喊中，她看到凌亂的屍體和遍地的鮮血。她的腦袋嗡的一下，恍然間有同樣場景浮在眼前。而那隻老去的魔鬼，此刻似乎也弓起身體，要朝她撲來。她渾身戰慄，兩腿虛軟，跪倒在地。

青林哭了起來，拼命地拉扯她：「媽！你站起來呀！你站起來！」

她驚遽般挺立起身，對著救護的人們嘶喊道：「不要軟埋！我不要他軟埋！」喊完，她覺得這世界哪裡不對了。

青林緊緊拉著她的手，不明白她喊些什麼。喪事辦完後，他小心地問了一句：「媽媽，軟埋是什麼？」她不解地回覆了一句：「軟埋？什麼軟埋？」然後一派茫然。

這兩個字，恍如天上飄浮著一般。隱約中，似與她貼身，但又似距她非常遙遠。遙遠中有個人在大聲地說話，聲音沉重而蒼老。那聲音只要在耳邊一響，她便頓覺渾身刺痛，痛得她沒有氣力回答青林。

只幾天，她的吳醫生、青林的父親，一個活生生的人，就被燒成灰，裝進了一個瓷罈，埋到了山上。從此跟他們一起生活的，只有牆上的一張照片。他微笑著，親切地望著他們，就像他活著時一樣。青林不在家時，她常常去擦拭照片，手撫著他的臉，喃喃自語。

有一天，她擦拭時，突然發現，一直藏在她身心裡的恐懼，已然消失。那隻潛伏並且老去的魔鬼，也被這個成天安慰她的男人帶走了，他同時還拔掉了生活背後的那支毒刺。彷彿吳醫生的死有如風暴捲走了所有令她害怕的東西，海面安靜如鏡。從此她的生活面對的便是這開闊而平靜的場景。

她顯然惶惑了。不明白為什麼愛她的並且她也愛的那個人走了，她的內心反而變得十分安詳。

6 她內心空曠得只有時間

丈夫死後，她沉沉地睡了三天。睡得非常舒服，似乎她已經很久很久沒有這樣睡過覺了。起來時已近中午，她拉開窗簾，陽光正燦爛。明亮的光，從窗口一頭撞進她的心裡。似乎有點突如其來，轟的一下，她的心瞬間亮堂。她突然覺得生活從此安穩了。這份安穩，比身邊站著一個保護她的吳醫生更讓她感覺踏實。

青林還小，日子要過。也就是從這年起，她再次出門給人當保姆，她這輩子只會做這個。她去吳醫生工作的醫院裡當護理員，照顧那些住院的病人。她第一個照顧的人，便是馬教授夫人。那時候馬教授還不是教授。馬夫人在醫院生孩子。她像服侍吳醫生那樣，照顧馬夫人。她的安靜和溫順，讓馬夫人很是喜歡。出院後，馬夫人說她身體不好，並且不太懂得照顧嬰兒，希望她能去馬家做住家保姆。她同意了。她不喜歡跟很多人打交道，也不喜歡醫院的嘈雜。就這樣，她一做多年。她把馬教授家裡的孩子帶大了，也把青林養大了。

青林考上了大學，去了上海。他學的是建築設計。她的收入不足以讓青林更好地求學。於是她把房子租了出去。她用自己的工資和房租讓青林的大學生活不致清苦。青林知道母親的用心。他很努力。他給她寫信，說將來一定要掙很多錢，給媽媽買一幢大房子。她很高興青林能這樣想，但她覺得有沒有大房子都沒關係，青林過得好就是她的滿足。

畢業後的青林沒有回到母親身邊，因為他們的房子被拆了。青林回來也沒有家，而且他特別想掙錢。他選擇去了南方，說在南方有更多機會。對她而言，青林的每一句話都很重要。她總是說，你不用管我。媽媽對不起你，不能照顧到你，你自己好好生活才是。

打拼的青林永遠忙碌，很少回家。他不斷地換公司，換到第四個時，老闆是武漢人，欣賞同樣來自武漢的青林。他給了青林很多機會，青林的日子一下子好了起來。 慢慢地，他在南方買了房子，也結了婚。他們沒有辦婚禮，而是出國旅行了一趟。出國前他把媳婦帶回來給她看了看。在這邊，他們也沒有家，只是去酒店裡一起吃了頓飯，還請上了馬教授夫婦。媳婦很漂亮，對馬教授夫婦很熱情，對她很客氣。她想她不過一個保姆，能讓媳婦怎麼樣呢？

馬教授夫人是患癌症去世的。她陪伴著馬夫人度過她最難過的時光，然後送她上了路。馬夫人入土那天，青林趕了回來。他在花園山租了間小屋，說：「媽，你不用再做了，我有錢養你。只是媽媽還得再委屈幾年。我的錢還買不了房子。媽媽就先住在這裡吧。」又說，「等我發了財，一定給媽一個完美的家。」

她不介意青林是否發財，只是看到青林黑了瘦了，額上也浮出些皺紋，神情也開始像他的父親，於是有些難過。

青林很快又走了。他的現實讓他成為一個必須現實的人。

屋裡只留她一個人。風吹時，窗戶啪啪地響。隔壁的呼嚕和囈語半夜穿牆而來。早上，太陽出來，光亮掃蕩著寂靜的房間。吃飯時，自己咀嚼的聲音響得如同汽車轟轟開過。一切都太冷清，無聊也就翻倍。她時常一天都說不了一句話。這世界安靜到只剩她一個人。她的內心空曠得也只有時間。

7 我不需要回憶

有一天買菜，她被一輛疾行的自行車撞著。身體一歪，倒了下來，頭碰在電線杆上，血當即從額上流出。隔著血液，她看到路邊有一簇美人蕉。美人蕉旁邊有個小地攤，地攤一角擱著一雙手工刺繡的嬰兒鞋。紅色鞋面上浮著兩條金色的小魚。她的心驀然一緊。

所幸她的傷不嚴重。額頭縫了三針，包紮過後，被人送回了家。青林嚇得不輕，接到房東電話當晚便從南方趕了回來。她腦子裡一直浮著那兩條小魚。嘴裡喃喃地說，那個魚，那個魚。青林以為她想吃魚，次日一早跑去菜場買了幾條活鯽魚。

此時的她，已經緩解。看到兒子如此，頭也不痛了，倒是給青林好好地做了一盤豆瓣鯽魚。那是青林最愛吃的。

青林交代安全事項之一二三，便又趕回南方。望著青林的背影，兩條小金魚竟又浮在眼前。她不明緣故，只覺得自己有了某種衝動。於是不顧頭上還紮著白紗布，當即上街，買回了針線和布頭。她想起自己曾在馬教授家繡過的鞋墊，於是，她比畫著自己的腳，三下兩下就把布剪成了鞋底狀。

這天依然有很亮的陽光。她坐在窗前，拿起布，繡出了第一針。彷彿自己真是需要一雙鞋墊，又彷彿是為了拯救自己的無聊。只幾天，她就繡好了一雙有著兩條小金魚的鞋墊。她在做這件事時，心裡有一種前所未有的安寧。安寧到如同幸福從天而降，就彷彿她生來就是為做此事而活。做完了一雙，她又開始做第二雙，然後就停不下來了。

她繡了牡丹，繡了鴛鴦，還繡了麒麟。時間是在她的針尖上流逝的。她不知道自己繡了多少雙。她的床靠著牆的一邊，已經一層層堆滿。低矮的枕頭因平鋪著鞋墊，也變成高枕。最後她覺得家裡再沒有地方可放，就買了一個籐籮。她想，她應該賣掉一些才是。

就這樣，她走出了家門。她坐在天主堂的對面賣鞋墊。她並不缺錢花。她當保姆，存過一些。而逢年過節，青林也會寄錢回來。青林一寄就是一大筆。她把這些錢都存在銀行裡。她想，青林將來買房子一定需要。

她每天都能賣掉一兩雙，這樣的節奏很適合她。她也只在晴天時出門，坐在溫暖的陽光下，不時望望對面綠樹簇擁的露德聖母，覺得她的目光正與她對視，於是她有了愜意感。

只是，每當這愜意感生出時，另一些東西也不會放過她，它們若隱若現地在身邊環繞。尤其美人蕉開出紅花的時候，那些東西便在她的身後追逐。她拚命地逃避，但它們始終尾隨著。她能感到它們在飄浮和移動，甚至挑逗、勾引她回頭捕捉。她記起自己曾經有過的恐懼，閉著眼對自己說，我不回頭。我不上當。我不抓你們。我不要回憶。我不需要知道我從哪裡來，也不需要知道我的名字，更不需要想起我家裡有什麼人。我都不需要。我的記憶只需要從吳醫生開始就可以了。我的生活有兒子青林就夠了。忘記有忘記的道理，這也是吳醫生說的。

　　吳醫生說這話的時候，他真的還很年輕。

8「釘子」這兩個字

好些年，這個女人就是這樣雲淡風輕地過著日子。她認識的人很少，認識她的人也很少。她的名字叫丁子桃。

這名字也是吳醫生給她起的。吳醫生說她一直昏迷不醒，還發高燒。偶爾嘴裡會喊一聲：「釘子！」沒有人知道這是什麼意思。待她醒來後，吳醫生填寫病歷，問她叫什麼。她搖搖頭，說她什麼都不記得。

當時正是春天，醫院外的桃樹開出了第一朵花。吳醫生便在她的病歷上寫下了「丁子」，他寫第三個字的時候，抬頭望著她，同時也望見了窗外的桃花。於是，他寫了一個「桃」字。他說，你得記住「釘子」這兩個字，也許某一天，它會幫你想起往事。

丁子桃想，你就是我的往事。其他的，我還需要嗎？

第二章

9 我帶你回家

這是個陰天。青林興沖沖地趕回家，他想給母親一個天大的驚喜。

離家不遠，他讓司機在一家超市門前停了車。他進去給母親買了點水果。他知道，像水果這樣的東西，如果他不買，母親永遠都不會吃。

青林到家時，母親居然不在。青林大感意外。母親性靜，很少出門，這點他自小就知道。門口有幾個鄰居正打麻將，爭著跟青林說，到天主堂去看看。你老娘成天在那兒賣鞋墊哩。

青林更意外了，心想錢應該夠用呀。想著忙趕過去。他張望了幾眼，果然在天主堂對面看到母親，同時也看到她腳下的籐籮和裡面的鞋墊。他的心情立即煩躁，幾乎是撲到母親跟前。青林有些粗暴，說：「老媽你怎麼來擺攤呢？你你你……缺錢該跟我說呀。」

丁子桃嚇了一跳，怔了怔，發現是兒子青林，立時有四下晴朗之感。對於丁子桃，青林就是太陽，可在任何時候任何地方把她的心照亮。她忙說：「我不是沒錢，我是閒著沒事，打發時間哩。我一邊曬太陽，一邊玩哩。你別生氣，你看，這都是我自己做的。我真的是當好玩哩。」

青林拿起鞋墊，他仔細看看圖案和做工，有些驚訝，壞心情也一揮而去。青林說：「老媽你還有這一手？你親自做的？哇，真好看。以前怎麼沒見你做過？」

丁子桃高興了，說：「也給你做了好多，怕你嫌土，不敢給你。」

青林說：「怎麼會？以後我給每雙鞋都買大一碼，這樣就可以用上老媽做的鞋墊了。」

丁子桃笑了起來，說：「又拿老媽開心。」

青林把籐籮拿起來，說：「老媽，別賣了。我們回家。」

青林帶著丁子桃朝前走了幾步。那裡停著一輛黑色的轎車。司機見到青林，忙下車為他打開車門。青林指了指車內，對丁子桃說：「老媽，上車！」

丁子桃有些不解，說：「就幾步路，坐什麼車呀。誰家的車？」

青林得意道：「我們自己家的！老媽你跟我走就是。」

丁子桃坐上了車。幾分鐘後，便行駛在川流不息的車河中。丁子桃覺得有些頭暈，說：「這是去哪？又上餐館？」

青林每次回來，都要帶母親到餐館去吃飯，說是要讓老媽跟上時代的胃口。但這次，青林說：「是回家。我帶你回家。」

丁子桃有些奇怪，說：「哪裡的家？」

青林笑道：「我們的家，老媽今後享福的家。花園山那個小房間，我們不租了。」

丁子桃大驚，說：「我的衣服呢？還有我的鞋墊。我們跟房東簽的合同是到年底呀。」

青林笑道：「老媽，你放心。這些我來處理。你的東西我也讓人明天全搬過來。連土帶灰，全都搬。嗯，還有你冰箱的剩菜和廚房的掃帚抹布，一樣都不落。」

丁子桃也笑了。她想，這兒子就是兒子，在她跟前，橫說直說，都有趣。無論他說什麼，她都是會聽的。

小車拐進了環湖的小路。遼闊的湖面上有水鳥飛翔。遠處筆直的樹，像是橫拉著的一排簾子。丁子桃看著看著，腦子裡疊出另一片水來。也有水鳥。湖邊蘆葦密布。有小划子從眼前划過。划子上還立著魚鷹。她定了定神。蘆葦和划子不見了。眼前的湖上，依然水鳥飛翔。丁子桃心裡頓了一下，似乎有東西在翻騰，這種翻騰感令她作嘔。曾經糾纏她的東西，又隱約地環繞在她身邊。

小車很快離開了湖邊，又上了大馬路。眼前仍舊是車水馬龍。

丁子桃甩了甩頭，似是要擺脫那些老是跟隨她的東西。她說：「我們這是去哪裡？」

青林說：「去江夏。南湖。那邊環境美，空氣好，以後老媽就在那裡養老。」

丁子桃說：「你不在家，我在哪兒養老還不一樣。」

青林說：「我們公司要在江夏開發新的社區，我調過來負責這個項目。以後就會回來跟老媽住在一起。」

丁子桃驚喜道：「真的？那寶寶媽怎麼肯？」

青林說：「她也同意回來。不過，要等寶寶考上大學以後才方便過來。」

丁子桃說：「這樣呀。那太好了。我好想我家寶寶哩。」

青林說：「這小子皮得很，你當奶奶的以後別嫌煩就是了。」

丁子桃樂呵呵道：「不嫌煩不嫌煩。我的寶貝孫子我一輩子都不會煩。」

青林哈哈大笑，說：「還有一件事，老媽最好也別煩。以後我要天天回家吃老媽做的飯。你得一天有肉一天有魚哦。」

丁子桃也大笑起來。青林小時候嘴饞，成天想吃魚吃肉。有一天，老師上課問，幸福生活是什麼？青林舉手回答說：「一天吃肉一天吃魚。」惹得全班同學狂笑不已。老師後來找到丁子桃，說：「別太省了，孩子想吃就給他吃吧。」那時丁子桃靠當保姆賺錢，實在沒有條件吃得太好，只能對青林說：「將來你長大了，賺了錢，媽媽保證給你一天做肉，一天做魚。」

笑完，丁子桃說：「那是當然。老媽要給你天天做肉，天天做魚。」

青林又一陣笑，說：「我就知道老媽最高興這事。」

10 是且忍廬還是三知堂？

小車終於開進一個花團錦簇的社區。隔著車窗，青林指著外面向丁子桃介紹，說這是社區的花園，老媽以後可來這裡散步。又說那是會所，裡面可以看書、下棋、打牌，還可以健身。汽車繞過一個人工湖，湖上有亭臺。青林繼續介紹說，這個水榭很不錯。木棧道做得不俗，老媽如果喜歡水，可以到這裡走走。不過，最好是白天來。晚上光線太暗，不安全。

然後汽車停在了一片花草盛開的園子前面。青林鑽出車，小跑著從車尾繞過，伸手打開丁子桃身邊的車門，彎下腰，伸出右手說：「太后，請。」

丁子桃下了車，拍打了他一下，笑道：「這麼大了，還淘氣。」

或是坐的時間長了，又或是她不習慣坐小車，丁子桃的暈感更重。她拍過青林後，竟然一個趔趄。嚇得青林趕緊摟著她，忙不迭地說：「老媽呀，別嚇我。好日子在後面，你可千萬要穩著。」

丁子桃定住神，穩住了腳，笑道：「坐車坐暈了哩。」

青林攙著丁子桃穿過花園，走到一幢紅色的兩層樓面前，伸手一指，說：「看，這房子怎麼樣？」

丁子桃說：「不錯。宿舍蓋得這麼矮，能住幾家人呀？人家公司都蓋大高樓哩。」

青林笑道：「這是獨門獨院，就是我們一家。是你的家！」

丁子桃幾乎脫口而出：「我家？是且忍廬還是三知堂？」

青林說：「什麼？什麼廬呀堂呀？」

丁子桃怔住了。她重複了一句：「什麼廬呀堂呀？這大門跟且忍廬不一樣，跟三知堂更不一樣。」

青林奇怪道：「且忍廬？什麼堂？哪裡的？」

丁子桃沒有回答他的話，只是說：「這不是像地主家了嗎？你不怕分浮財？他們會找上門來的。」

青林笑了起來，笑得幾乎難以自制。連一邊拿著青林行李的司機也樂不可支。司機說：「大媽，吳總基本上就是個地主資本家。」

青林又笑，笑完說：「老媽，不管是地主還是資本家，從今往後，你就是這棟別墅的主人，只負責住在裡面享清福。2003年，你，丁子桃女士，有了自己的別墅。這是一個全新的時代，誰也不敢來找你的麻煩。我，吳青林，要讓你成為世上最舒服最幸福的媽媽。」

青林神氣活現，他的話讓丁子桃很受用，但她卻沒有笑，也沒有太高興，反倒是有幾分膽怯。她的目光落在門右側牆邊的一叢竹子上。這叢竹子正抽著新枝。新枝葉很蔥綠。她腦子裡突然浮出一個聲音：「窗前一叢竹，青翠獨言奇。」這是一個男人的聲音，似有一張面孔，隱隱約約地浮出。丁子桃脫口而出：「謝朓的。」

青林說：「媽，你說什麼？」

丁子桃有點茫然，說：「我沒說什麼呀。」說罷，她自己也覺得似乎說了一句什麼，可是，她說的是什麼呢？

青林說：「你說謝……什麼，我沒聽清。」

丁子桃說：「我看到那竹子，怪好看。突然想起一句詩：窗前一叢竹，青翠獨言奇。」

青林從未聽母親念過詩，不由驚道：「老媽，你太厲害了。誰寫的？」

丁子桃怔了怔，沒有回答，她心想，誰寫的呢？我什麼時候讀過？

11 我記得是紅色的

房間好大。中間擺有棕色的皮沙發，沙發背後是深棕色木質沙發靠，沙發靠的腿兒上雕刻著花紋，美人腰一樣彎曲的弧線。這弧線如琴弦，咚的一聲，在丁子桃心裡彈了一下。青林說：「這是我們家的客廳。」

客廳的東牆角立著一株小樹。丁子桃認得那叫發財樹，馬教授家以前也擺過。西牆角放有一個高及人肩的瓷瓶，上面繪有圖案。青林說：「一個臺灣朋友送的，他們喜歡中國老古董的東西。」

瓷瓶上圖案古色古香。丁子桃的心裡又是咚一聲，這次像是被人用重手擊打。她說：「這不是鬼谷子下山圖嗎？」她說話時，聲音顫抖。她不知道自己為什麼會有驚嚇感。

青林詫異道：「這你也知道？」

丁子桃情不自禁冒出一句：「我當然知道，我爸爸經常畫。」

青林從未聽說過外祖父的事，心下好奇，說：「是我外公嗎？老媽的爸爸是做什麼的？以前從沒聽媽講過哩。」

丁子桃一下怔住了。是啊，她的爸爸是做什麼的呢？他後來到哪裡去了？這個想法一起，她頓時覺得心如針扎，渾身冒出虛汗。

青林立即感到了丁子桃的異常。他停頓幾秒，說：「老媽，你是不是累了？回頭再跟我講外公的事吧。我們先上樓。你到自己房間休息一下，吃過飯，我再帶著老媽熟悉熟悉房子。不然老媽會在自己家裡迷路的。」說完，他放聲大笑。

青林不是個笑點低的人。瞬間他意識到自己的笑似乎有點刻意，他甚至不確定自己為什麼會這樣。

丁子桃的房間在樓上，處於整幢別墅最好的位置。正南朝向，窗子一直落到地面。窗子兩邊垂著灰色暗花的金絲絨窗簾。到了冬天，陽光能鋪滿大半個房間。用青林的話說，明亮照人，老媽不戴老花眼鏡也照樣能夠穿針引線。

站在窗口，可以俯瞰整個花園。花園裡種了不少花樹。高的是香樟、玉蘭和兩株銀杏，低的是茶花、月季和梔子花。還有幾片空地，青林說這是留給老媽自己種的。想種花就種花，想種菜就種菜。既可以鍛煉，又可以休閒。青林站在窗口，指點給丁子桃看，丁子桃看得竟有暈眩感。

房間裡有床和六屜櫃。床很大，上面鋪有絎著軟緞被面的被子。青林知道母親不喜歡用被套，她寧可每個月絎縫被子，也要用傳統的被裡被面。床上的軟緞被面是淡紫色的，同色的牡丹花一朵一朵地盛開在上面，很是富麗華貴。丁子桃不禁伸手撫摸著。她突然說：「真好呀，我最喜歡牡丹花。可是，怎麼是紫色的呢？我記得是紅色的。」

青林笑道：「我們家什麼時候有過這種被面呀？這是我新買的哩。是專門為老媽買的。」他說完話，覺得丁子桃似乎又驚嚇了一下。

丁子桃喃喃道：「被面會被拿走的，我媽給我買的也都拿走了。他們會來的。他們要來分浮財。捨不得也不行。」

青林笑了起來：「胡漢三永遠不會回來啦！也怪我，光想著給老媽一個驚喜，卻沒有想到老媽當慣了窮人，會嚇著。」又說，「老媽你放心，我這都是做正當生意賺來的錢。我買別墅，就是想要孝敬你，讓你晚年幸福。你可千萬別害怕。這是在自己的家裡，是我們自己的家。你和我，就是這個家的主人。」

丁子桃胡亂地點點頭。她完全不知道自己說了些什麼。但她開始明白了，她走進的這幢房子，以後就是她的了。

從此，她又有了自己的家。這個家，是兒子青林給她的。她有個多麼孝順的兒子呀，她是一個幸福的母親。

12 是槍托打的

這天的晚上，青林擺了幾個好菜，還倒上了酒。這桌菜，青林沒讓丁子桃動手。他已經請了保姆。菜是保姆做的，但菜譜是青林寫的。青林指著保姆對丁子桃說：「她叫冬紅，以後她就專門伺候老媽。」說著又轉向保姆，「冬紅，今後我媽就是你的領導，有事你都問她。」

丁子桃笑了笑，說：「我是什麼領導呀，你淨瞎說。」

青林說：「老媽你以前領導我一個人，現在是兩個，多了一個冬紅。」說完自己笑，笑完又說，「如果老媽想閒著，就儘管閒著。如果老媽想做事，就做。反正領導都是自己說了算。」

丁子桃和保姆冬紅都被青林逗得大笑起來。

這天晚上，母子兩人吃著一桌好菜。碗盤都是淡黃色的，有著非常暖人的溫馨。丁子桃這輩子盼望的就是這樣的生活，就是這樣和兒子一起安安靜靜地坐在自己家裡吃飯。

青林從櫃子裡拿出一瓶酒，說：「瀘州老窖。爸爸在世時，喜歡喝這酒。今天我用爸爸喜歡的酒，敬一下老媽，當是爸爸和我們一起喝酒。老媽要不要來一杯？」

丁子桃很感念兒子的懂事，她笑道：「你爸爸喝酒時，我一口都沒喝過。那時酒貴，你爸爸有酒也捨不得喝，逢年過節才拿出來抿一小口。」

青林感慨說：「爸爸要是活著就好了。那我們家就太幸福了。我給爸爸放一套碗筷吧。這是我們自己的家，得有爸爸的席位。」

丁子桃眼前浮出吳醫生面孔的同時，也浮出了一地屍體。恍然間，她覺得這擺放的屍體並不在鐵路邊，而是在一些樹下。樹邊有一些旁邊堆著泥土的坑。那些屍體的姿態和衣服她很熟悉，但卻沒有青林的父親。她擺了擺頭，恍惚了一下。

青林正倒酒，嘴上說：「老媽，怎麼樣？來一小杯，喝他個一醉方休？我估計老媽這輩子從來沒有喝醉過。要不要今天醉一下？我們幾十年沒有家，今天總算有自己的家了，實在應該慶祝一下。」

青林一邊笑說著，一邊給丁子桃倒酒。丁子桃醒過神，她接過青林的酒杯，覺得杯子很小，便說：「好吧。今天就陪我兒子喝一點。」

青林拊掌大笑，說：「老媽要是陪我喝酒，我以後就天天回來吃飯。那樣，老媽你的酒量就會被我訓練出來哦。」

丁子桃也笑，說：「到老還成個酒鬼麼？」

母子倆這麼說笑著開始喝酒吃飯。青林向丁子桃敬了一杯酒，說：「這杯酒先敬媽媽。感謝老媽辛苦一生把我養大。我知道老媽這輩子差不多都是為我而活。所以，我青林活著最大的目的，就是要讓我的媽媽有一個幸福的晚年。從現在起，我已經快達到目的了。只等老媽的媳婦和孫子都住過來，老媽可以盡享天倫之樂，我就算完成任務。」

丁子桃笑瞇瞇地接受了兒子的敬酒。青林將酒一飲而盡，然後說：「老媽，你也嚐一口？」

丁子桃拿起酒杯，她剛將酒杯放到了鼻下。突然間，一股強烈而熟悉的味道從鼻孔直躥到心。彷彿有一粒火苗，把她心裡的乾草嘭的一下點燃。一個嚴厲的聲音說：「喝！喝下去。喝三杯。喝完你才有力氣，你才有膽。」聲音背後，那個人的面孔浮了出來，這是一個男人。他蒼老的面容，充滿威嚴。

丁子桃的手不禁抖了起來。青林沒有注意，依然興高采烈道：「老媽，嚐一口。酒這麼好的東西，這輩子沒喝過，那就虧大啦。跟老媽一起喝酒，比跟誰喝都幸福哩。」

丁子桃定住神，她看了看青林。他的興奮和快樂使得他滿臉都閃著光芒。青林的快樂，就是丁子桃的快樂。丁子桃於是把酒放到嘴邊一飲而盡。

青林大叫起來：「老媽，你太豪邁了。慢一點，別喝猛了。這可不是白開水。」

多麼熟悉的味道呀！夾雜著的除了植物和泥土，還有汗水和腥氣。低泣和哀號也一起相伴而來。丁子桃的背劇烈地疼了起來。

青林看到了她的異樣，緊張道：「老媽，你怎麼樣？」

丁子桃說：「我的背好疼。是槍托打的。他下手好重，打得我好疼哦。」

青林說:「你說什麼?有人打你?用槍托?老媽,你還好吧?」

丁子桃喃喃道:「我的背好疼。」

青林趕緊站到母親背後,輕輕地幫她揉著背。青林說:「剛才可能喝猛了。都怪我。老媽別再喝了,吃點菜就好。我能這樣跟老媽一起安靜地坐在自己家裡吃晚飯,真的很幸福。」

是的,丁子桃也有幸福之感。她不再喝酒了。她要趕緊忘記那酒帶來的味道。她要跟兒子一起愉快地吃晚餐,要聊她的孫子和媳婦,還有青林即將開始的新項目。

在這樣長一句短一句的閒聊中,她的背疼漸漸消失。

13 這就是黑暗之深淵

晚上，丁子桃在青林相陪下，回到自己臥室。衛生間一切都新奇。冬紅在浴缸裡放了水。水溫不冷也不燙。她脫了衣服，泡在熱水裡。她幾乎沒有印象自己這樣洗過澡。甚至，她連冷熱水如何放出，都不太了解。冬紅細心地伺候著她，為她穿上鬆軟的睡衣。她有些暈眩，覺得這已然不像自己的生活。就連腳下的拖鞋，都鬆軟得讓她有些捨不得落地。冬紅笑道，吳總是老闆，所有老闆家的生活都是這樣的。

冬紅攙她走到床邊，又扶著她躺上了新床，把新被子拉過來蓋在她身上。紫色的被面覆蓋著她的身體，她又開始覺得哪裡有些不對勁了。

青林進來說，他明天一早就要趕回南方，把所有手續辦妥再回來，大概需要幾天時間。但冬紅會一直在這裡照顧媽媽，還有司機老張也留在這裡，他會去把出租屋的東西全部拖過來。除了房子大一點，有人陪伴外，老媽就像以前生活一樣，想做什麼就做什麼。

丁子桃點點頭。她知道兒子的工作是大事。青林道過晚安便離開房間。

丁子桃覺得真的有點累了。冬紅放了一杯水在她的床頭，笑著對她說：「老太太好好休息。」

丁子桃說：「加蜂蜜了嗎？小茶。」

冬紅笑了，說：「您是要喝蜂蜜水，還是茶？明天我去買。老太太，我叫冬紅，您要記得哦。」

丁子桃說：「你不叫小茶了？你是我從娘家帶過來的。你從小就跟我哩。」

冬紅笑道：「小茶？老太太您喝多了，我是今天才到吳家的呀。」

丁子桃有些暈，便沒再回應。這的確不是小茶。但小茶在哪裡呢？她躺倒在床，覺得有深深的睏倦，睏倦得睜不開眼睛。

新床很寬大，很舒服。被子散發出清香的氣息，柔軟得令她的身體變得很輕很輕，然後她就有飄飄欲仙之感，彷彿自己正在升天。雲彩恰好遊走過來，一層層地堆在她的腳下。她不禁一腳踏了上去。遼闊的雲層疊疊向上，她一步一步朝前走，像是踏著一級一級的臺階。她心裡充滿好奇。上無止境，她亦停不下來。走著走著，天空突然變得很藍，她身不由己地跑了起來，向著那片湛藍的天色。恍惚間回到年輕。那時候，她就喜歡這樣跑，喜歡這樣輕快地跳踏上臺階。臺階是石板的，青色中透著光亮，前面經常有人向她招手。驀然間，她又看到了很多年前那雙經常揚起的手。他朝她喊叫，又雙手向她伸展開。多麼熟悉的場景。她笑了起來，以更快的速度奔向他。這樣的感覺真是太好了。

突然之間，臺階消失了。她來不及收回腳步，一腳踩空，身體便開始下墜。墜落的速度比她適才飛升的速度快得太多。她不禁尖叫起來：「陸仲文，拉住我！陸仲文……」

但是她看不到那雙手，她連自己伸出去的手也看不見了。所有的一切，都被濃雲裹住，白茫茫一片，什麼都看不到。她伸出手，不停地抓，雙手交替地抓，但卻手手抓空。瞬間她腦子裡蹦出一句話：落了片白茫茫大地真乾淨！她想，《紅樓夢》裡的「白茫茫」大概就是這樣了。於是她不再掙扎，心想看它落到哪裡去吧。如此，她就只剩有一種感受，除了下墜，還是下墜。

就這樣，她從明亮的雲彩之上，一直墜著墜著。眼前的茫白，漸漸變灰，再趨昏暗，直到深黑。這黑色，無邊無底。

忽有一個人的面孔，浮在漆黑的底色上，她捂著臉，張著嘴，大聲地說話。她說：「你會下地獄的！閻王老爺會收拾你！」

這張面孔在暗黑中，顯得十分清晰。她認了出來。這是她的二娘，父親的姨太太。她不禁尖聲叫道：「二娘！不是這樣。不是的！」

沒有人聽到她的聲音。

但她已然知道，這就是黑暗之深淵，她已身陷其中。

第三章

14 在麵館裡遇到老鄉

劉晉源每天早上去洪山公園散步。

他的頭髮鬍子全白，連眉毛也是白的，臉龐卻呈烏紅色。紅白對映，很容易讓人記住這形象。沿路都有人跟他打招呼，全是走來走去看熟了的面孔。自從公園敞開大門不收費後，散步便成他的習慣。起先是跟老婆一起走，走著走著，就把她走沒了。她是心臟病突發死的。死時正坐在沙發上看電視，看到劉備三顧茅廬，諸葛亮長睡不起時，她歎了一口氣，這口氣歎得有點長，但並沒有人在意。

劉晉源坐在另一張沙發上，眼睛盯著電視機跟她說，當年我要幫吳家名留在醫院，還往軍分區跑了四趟路哩。人才就得這樣請。他說了半天，見沒人回應，幾乎生了氣。他有點慍怒道，你忘記了你的命是人家吳家名救的？轉臉間他才覺出哪裡不對勁。一摸鼻息，發現人已經沒了。

劉晉源跟老婆的關係談不上有多麼好，但不好不壞也過了一輩子，習慣了這個人的存在。儘管早知她有心臟病在身，仍然難以承受，瞬間老淚竟流得滿臉。那天晚上，他家門口火急火速地來了兩輛車，一輛是急救車，一輛是殯葬車。在家的兩個兒子，小的送他去醫院，大的送他老婆去殯儀館。劉晉源後來根本記不得他是怎樣進出的醫院。只知回家後的第一天，他便接著去公園散步了。

他頭一次如此形單影隻，也頭一次覺出自己的孤單落寞。便是這天，路上有個匆忙走路的年輕人，迎面走向他時，朝他笑了笑。這份笑容令他有熟悉感，而這熟悉又帶著久遠的親切和溫暖氣息。他想以前是誰朝他這樣笑過呢。那張臉似乎就在眼前，卻怎麼都想不起來。在此之前，他從未注意路人，也沒有在意過往人們的臉是笑著還是板著。現在，他居然看到了路上陌生的行人朝向他的微笑。他不禁也咧開嘴，笑了笑。

這一笑，便把心裡存留的一點孤單落寞笑忘了。

劉晉源在這一帶已住多久，他自己都不太清楚了。時間在他腦子裡像一根漫長的繩索，長得打了結。並且是一團一團的糾結，混亂不堪。尤其退了休，人清閒下來，身邊瑣事便都像氣泡一樣冒出。首先是小孩子都成了大人，原本一個個淘氣得令他恨不能揍死他們的兩個兒子，居然都人模狗樣起來。開著轎車帶著妻兒回家，也一個個派頭十足。老二劉小川，更是神氣活現。只要他回來，一句話不說，先甩幾條煙，號稱都是上千元的，又或是抬幾箱特製茅台酒。而自稱前來孝敬二老的他的下屬幾乎要排隊。劉晉源很討厭這些，卻也不能不接受。畢竟，有人孝敬也是幸福。沒有了權力，自家單位的人不再過來拍馬屁，但兒輩下屬的馬屁，也一樣是馬屁，舒服程度完全相同。再就是屋前屋後房子馬路都變了。樓高了，路寬了，車多了，以往熟悉的一切全都變得陌生，而相識已久的人，則是隔三岔五地失蹤。他們去了哪裡劉晉源自然知道，那地方他自己遲早也得去。有熟人去打前站，是好事。待他再去時，日子便會好過得多。所以他不悲傷。只是那些曾經的參照物，固定的或是活動的，都一點點消失後，他腦子裡糾纏成團的繩子，便彷彿被人剪成了一截一截。存放在記憶中的東西也隨那把剪刀的抖動而陸續刪除。人就是這樣，若無舊物提醒，很多事情就跟歸零了一樣，從未有過。以前他的老下級吳家名就經常愛說，忘記是人身體中最好的一個本能。

這天早上，劉晉源散步走出公園，突然想吃刀削麵。他離家多年，早已習慣南方的菜肴，無論清淡還是麻辣，他都愛吃。兒子劉小川曾經總結說，爸爸的胃，南北相容，東西並收，是一個開放大氣的胃，相當符合改革方向。他很喜歡劉小川的這句話。但是現在，家鄉的刀削麵卻像鉤子一樣，鉤住了他的心。

鄰近街邊有一家晉麵館，是他老早就知道的。以前動念想要去吃，但老婆是四川人，對晉麵全無興趣，堅決不去。家裡的事，一切都是劉晉源做主，但在吃的問題上，他卻是聽老婆的。因為做飯的人是她。所以，麵館的距離近到他甚至能聞到麵香，卻從來沒有去過。

這天，他決定彎一腳過去。

麵館很小，擺著幾張簡陋的小桌和板凳。一看便知這店開一輩子也賺不了大錢，不過是一家人討生活過日子罷了。麵館門口蹲著一隻土狗，大鐵鏈子拴著。劉晉源突然覺得，連這狗都有他老家劉洞村的感覺。

進門聽老闆一開腔，果然有家鄉口音。而劉晉源一開腔，老闆臉上也立見喜色，誇張地大聲道：「嘩，老鄉見老鄉，心裡喜洋洋。」

劉晉源笑了起來，說：「可不？離家幾十年了，聽到家鄉話就舒服。」

老闆說：「看看，我早就說過，不管走了多遠，走了多久，家鄉人相見，就是親。最關鍵的是，心裡還惦著家鄉的麵。」

劉晉源忙說：「是呀是呀，專門來吃麵的。」

老闆說：「今天是好日子，開門連著接待兩位老鄉親。那邊蹲著的大爺，您看那蹲式，咱鄉親百分百。」

劉晉源便朝老闆手指處望去，果然有個老頭，蹲在板凳上，埋頭吃麵。劉晉源笑了起來。那蹲式可真地道，他已經好多年沒有見到過了。

蹲著的老頭似乎感覺到有人在說他，抬頭望過來，見劉晉源和老闆正望著他笑，便微一點頭，改換姿勢，坐在了板凳上。劉晉源也朝他點了點頭。

老闆說：「要不你倆一桌？」

劉晉源說：「行。」

說話間他便朝那老頭走去。老婆死前，他很少跟陌生人搭訕。他從未養成這種習慣，現在，老婆走了，他突然心生願望，非常渴望跟人閒聊。

他的心大概是太寂寞了。

15 活著，就是他現在的事

桌子很小，儘管女主人抹過，但看上去還是油乎乎的。劉晉源想，老婆挑剔，得幸她沒來過，不然又得攻擊他們北方人不講究衛生。為這事他們不知道吵過多少架。就算講一千遍，她還是不明白，他的老家晉西北沒有那麼多的水用來講究，劉晉源想，如不是因為天天挑水太累，老子才懶得出來革命哩。老婆是四川人，水多到抬頭低頭都是，根本無法理解這些。家裡請的保姆也是四川人，觀點跟老婆相同，她甚至比老婆還講究，屋子裡的每個角落都擦拭得乾乾淨淨。不光是他和他老婆，就連孩子們，每天都要換短褲換襪子。她說她寧願洗，也不願家裡有怪味。兩個侍候他的女人，也讓他對衛生尤其敏感。

桌上的佐料架，有些油膩。上面擺有醬油、醋和辣椒醬，所有瓶蓋，都髒兮兮的。劉晉源已經不習慣蹲食，所以他在凳子上坐下，那老頭便說：「這裡的醋最地道。」

劉晉源看了看瓶子說：「山西老陳醋，現在商店裡都有的賣。」

老闆端了一大碗冒著熱氣的刀削麵上來。未近桌前，劉晉源便聞到那熟悉的味道，他的胃立刻就蠕動起來。老闆說：「咱這是自家釀的米醋，您吃了就知道好。店裡買的，名字是叫咱山西老陳醋，可味道跟家裡的還真不太一樣，也不曉得啥緣故。」

老頭說：「水差一點，料差一點，釀造過程溫度時間都差一點，味道就不地道了。」

劉晉源說：「那倒也是。兄弟是哪裡的？」

老頭說：「晉西北的，賀家溝。我叫賀全起，小時大家叫我小起子，老了就叫老起。」

老闆忙說：「這名字好。老起老起，就是永遠不倒呀。」

老闆這一說，劉晉源和老起都笑了起來。

劉晉源說：「可是遇見老鄉了。我姓劉，名字中帶著咱們的晉字，小時家裡叫小晉，老了，沒人叫老晉，只叫老劉。你我鄉親，你可叫我老晉。」

老闆又笑，說：「您老這名字更精神，老晉老晉，只進步不後退。」

劉晉源大笑道：「你這個解得好。我這輩子就是個向前進的人。」

老起說：「一看您就是不一般，您也是晉西北的？」

劉晉源說：「當然。劉洞村的。抗戰一結束，就出來了。」

老起高興起來，說：「您的口音變化可真大。」

劉晉源說：「可不？大半輩子在南方晃了，沒學會南方話，家鄉話也變了味。兩不像。」

兩人吃著麵，細碎地閒扯起來。真是老了，素不相識，隨便坐一桌吃碗麵，竟也有一堆話說得沒完沒了。

老起說他已經七十二了，十八歲時也想出來闖天下，結果家裡出了事，爹娘齊齊病倒，沒走成。現正在吃七十三歲的飯。七十三八十四，閻王不請自己去。

劉晉源說：「老弟，千萬別這麼說，我馬上就要吃八十四的飯了。」

老起忙擱下筷子，作揖致歉。劉晉源擺擺手說：「沒關係，也就是這一說了。其實想想這輩子，活得還真值。啥事還都幹過。吃過苦，享過福，打過仗，殺過人，當過官，挨過鬥，坐過牢。還去過朝鮮。兄弟，說句嚇你的話，在我手上死的人，沒有一百也有八十呀。當然，我自己也幾次都險些死了。」

「您老厲害。我沒打過仗，可是，」他突然壓低了嗓子，「我參加過土改。那個嚇人，比打仗恐怕不差。」

劉晉源說：「哦，聽老家人講過。那時我在醫院裡。聽說我一個髮小，窮得娶不上媳婦，居然在土改時分到村裡大戶人家的丫頭，還是個美人胚子。」

老起說：「提不得，這事提不得。提起來讓人脊背發寒。我姑一家，全死了。就剩一個兒子，差一點沒搭進去。生生被我堵在山外，沒回家。幾十年了，也不知道死活。嚇狠了，不敢回呀。」

劉晉源歎了一口氣，說：「提不得的事多著哩。我打了半輩子仗，挨了多少槍子。這紅色江山，就有我的血呀。『文革』了，居然抓了我去坐牢，說我是反革命。我革命一輩子，到老居然成反革命。邪不？當時硬是想不通，死的心都有。唉，總算熬過來了。『提不得』這三個字說得好，提不得的事咱就不提。兄弟也住在這附近？」

老起說：「是呀，戶口還在太原哪。閨女在這邊讀書，找的對象是湖北的。也不問爹娘，自己一傢伙就嫁了過來。這年頭，爹真是白當。我只好偶爾過來住陣子，看看外孫子。唉，不習慣這邊的天，也吃不慣這邊的菜。咱說話人家不懂，人家說話咱也不懂。那個悶呀。」

劉晉源說：「我剛出來時，也一樣。可現在怕是回去也不習慣了。我老婆是四川人，以前家裡的保姆也是四川人。這兩人把我的胃變成了川胃。」

老起說：「可憐。那得多不怕麻辣呀。」

劉晉源笑道：「早習慣啦。」

老起說：「不過，就算胃變了，人也還得回。根在老家呀。」

劉晉源說：「歲月不同了，這年代不講根不根的。一把火燒成灰，裝進瓷罈裡，還談啥根？有塊碑立著，也就不錯。」

老起說：「倒也是。年年清明有兒女過來敬炷香，這一生就算得上美滿了。」

兩人說著都歎了氣。

老闆在擦著旁邊的桌子，接過話說：「您二老還歎啥氣？您二位活到這歲數還能拐著彎兒找到家鄉刀削麵吃，這就已經是人上人了。早去到那邊的人，聽到您二老歎氣，還不恨得咬牙？」

老闆再一次把兩人說得哈哈大笑。劉晉源忙說：「該知足。

是該知足了。」

走出麵店，劉晉源打了好幾個嗝。嗝出的氣味令他通體舒服。他覺得自己已經好久沒有這樣的舒服感了。

上了大路，他和老起分了手。兩人沒留聯繫方式，都只說，還會來吃麵的。他們相信，只要這小店還在，一定就會見面。不過，劉晉源最後一句話，說的是：「川菜真好吃，能吃麻辣，是大福。」他想念老婆了。

劉晉源慢慢悠悠朝家裡走。

他完全無事。活著，並讓自己跟時間好好相處，就是他現在的事。

16 到南方去

劉晉源這天回來就感冒了。咳嗽，喘不上氣。

老婆死之前，大兒子劉小安就跟他們住在了一起。劉小安早先在三線工廠，提前退了休。他最初跟著老二劉小川做生意，做著做著，老二讓他回了。說他沒有專業，也做不成什麼事，不如全心全意伺候家裡的二老，讓他在外面安心。他負責一年給他二十萬元錢，另送一套房子一輛車。劉小安兩口子一盤算，覺得合算，就回來了。兩人把自己的房子租了出去，住在爹媽家。吃用都是爹媽掏錢，連保姆費用都出自爹媽的工資，他倆就負責吃喝玩樂。劉晉源老婆私底下曾跟劉晉源說：「老二不是給他們大把錢了嗎？怎麼在家裡連伙食費都不交？連自家衣服都交保姆洗。」劉晉源跟老婆說：「算啦，有個兒子守著你，總比沒有好。咱倆的退休金也夠四五個人花了。錢留著不花，就是廢紙。就算咱們的錢花光了，老二還能不管？」劉晉源老婆一聽這話，也想開了，索性把兩人工資都交給老大管著。反正你給我們吃好喝好就行，愛怎麼花就怎麼花。這麼一來，兩下都省事了。

劉小安兩口子每天一早去街上跳舞，順便買菜回來。劉小安的老婆不放心保姆買菜，總覺得她會故意貪菜錢。所以家裡的採買一類事，都是她和劉小安親自出馬。下午劉小安的老婆或是去美容院，或是跟人打麻將，劉小安則在家裡陪父母。所謂陪，其實也就是他在自己的房間上網跟人下棋。到了晚上，自然就大家一起看電視劇了。劉晉源喜歡看戰爭片子。一邊看一邊指著電視說：「哪能這樣打？這不是讓戰士送死嗎？」又說：「這場戰役根本不是這樣打的，打仗沒這場面。」劉小安便總是說：「你瞎操什麼心？你那時打仗，又沒觀眾，打完了自家能保住命就很高興了。人家這個打仗，多少萬人盯著看，那就得打得好看，場面要氣派，炸彈要炸得又發光又響亮，反正也死不了人。」劉晉源沒辦法。兒子說得在理，他反抗也沒用。

老了的日子，就是這樣過。劉晉源覺得也還行，畢竟家裡有人進進出出，每面牆壁、每個角落都有人氣。不像隔壁張家，兒女都出了國，老婆一死，老頭身邊就一個保姆照顧。雖說錢多，可沒了花錢的力氣，錢也真是沒用。假如家裡成天清冷得像冰庫，就不如屋小人多的窮人了。

這天劉晉源沒去散步，他起不來床。劉小安夫婦跳舞回來，見父親沒出門，忙跑進他屋裡看究竟。一看劉晉源還躺在床上，一副有氣無力的樣子，立馬慌了。馬上打電話，要救護車，緊急送往軍區醫院。好在醫院也近，醫生仔細看了一番，說關係不大，就是感冒了。又說武漢這地方，乍冷乍熱的，老人容易感冒。

劉小安打電話把父親的情況告訴弟弟劉小川。雖然他是大哥，但劉小川是他的老闆，他相當於給劉小川打工，所以家中萬事都是劉小川做主。劉小安說：「別的還好，燒也退了些，就是聽爸爸咳嗽聽得可憐。」劉小川當即便說：「這樣吧，燒一退，讓爸爸來深圳，等武漢熱了再回來。」

劉晉源身體底子不錯，打了三天吊針，退了燒，精神也好了起來，但咳嗽卻一直未止。他不想住在醫院裡，堅決要求回家。他知道有些老人，進到醫院，聞慣了藥味，變成心理依賴，根本就回不去了，然後就死在醫院。他這輩子別的事不怕，最怕的就是住院。聞到醫院的福馬林氣，他就頭昏腦漲。當年，他但凡有病就直接把軍分區醫院的大夫吳家名叫來家裡。這個吳家名是他從深山老林帶進部隊的，也是在他的幫助下成了醫生。吳家名性格安靜溫和，什麼病用什麼藥，都能說出個道理來。重要的是，這些道理會讓他心服口服。他升職調來武漢，幸運的是，吳家名也轉業來到這邊。大病小病，只需一個電話，他就會親自登門。這是他一生相當得意的一件事。可惜吳家名死得太早。不然，劉晉源想，我這點小病還用得著住進醫院？還用吊瓶子？吊了幾天還咳個沒完？人家吳家名幾副草藥，不聲不張的，啥問題都解決了。

劉小川電話打來家時，劉晉源正咳得下氣追不到上氣。劉小川急了，電話裡大喊大叫，要劉晉源明天就坐飛機去深圳。劉小川說，公司正好有個經理回總部，劉小安只需將父親送到機場就是。

劉小安真是巴不得。他和老婆一直想到臺灣玩玩，因為父親的緣故，根本脫不開身。現在父親去南方，少說也會住一個月，這樣他們有充裕的時間在外面晃。於是忙說好好好。

當晚即收拾行李，其實也沒什麼可收的，劉小川那裡什麼都有。劉晉源自己只拿了他的一個小半導體收音機。因他每天早上一醒來就要聽新聞。這是劉小川那邊絕對沒有的東西。劉小川經常說，看電視多好。劉晉源卻說聽慣了。他心想，你們哪裡懂？看電視就得坐在那裡什麼事不做地傻看。聽廣播呢，可以一邊刷牙洗臉，一邊刮鬍子，一邊泡茶一邊看報，啥事都不誤。他明白老輩人的想法跟小輩人不一樣。他的孫子們連電視都不看，進家門都是泡在網上。

劉晉源現在真不願意跟年輕一輩人說話。他覺得他們什麼都不懂。而要命的是，他們也覺得他什麼都不懂。有一年春節吃飯，他跟孫子們講述當年在川東剿匪的事。說為了送情報，他的一個朋友被抓住，慘死在了土匪手上。他想說明現在的幸福生活來之不易。不料小孫子說：「嗨，爺爺我真不知道怎麼說你們那一代人。思想太守舊，腦子又笨。叫你們學上網，死活都不學。他要是會上網，辦法多的是。隨便點一下，情報不就送過去了？真是活該白死。」劉晉源氣得把筷子狠狠往桌子上甩了幾甩，甩得啪啪響。他大吼了一聲：「你懂個屁！」結果孫子還委屈地頂了嘴，說：「明明是你們不懂，還說我不懂。」兒女輩的人都大笑不止。老二劉小川笑得差點從椅子上摔下來。他還能說什麼？劉晉源頓覺自己成了孤軍。那個春節，儘管兒孫滿堂，他卻沒有過好。他覺得除了吃飯睡覺這些瑣細事，他們彼此聊天，相互都不懂對方。

次日，劉晉源一早就到了天河機場。劉小安跟那個經理也熟悉，一見面就握手拍肩地打著招呼，說：「青林，你看來越活越精神了呀。當了分公司經理，年薪漲不少了吧？」

劉晉源忽覺得這個經理有些面熟，似乎以前見過。又想劉小川的下屬經常去他家裡送這送那，或許他也去過，面熟太有可能。這經理見劉晉源望著他，忙說：「劉伯伯好。」

劉晉源一想，他好歹是個經理，也忙說：「經理好。」

劉小安和那經理都笑了起來。劉小安說：「爸爸你跟他客氣個啥呀，當自家人使。他叫青林，是小川一手提拔起來的。我管辦公室時，他也是我的手下。」

青林也笑，說：「對呀。劉伯伯您叫我青林就好。我保證把您安全送到目的地。」

因為這後一句話，劉晉源立即對他有了好感。這是他所喜歡的語式。

劉晉源的臉上露出笑容。青林這個名字，他似乎也有點熟悉，只是他不知自己的這份熟絡在哪裡。轉念又想，既然劉小川和劉小安跟他都認識，想必他們在家裡經常提。

劉小安把劉晉源交給青林，自己便匆匆而去。候機和坐飛機的時間都很長，但青林很細心，很善於照顧人，一路上都陪他聊天，為他沏茶。沏茶時，還會拿些小點心給他，讓劉晉源覺得自己好久都沒有這樣愉快地跟年輕人相處了。

劉晉源問青林怎麼去的劉小川公司。

青林說他在這之前已經換了好幾家公司。到劉老闆公司面試時，劉老闆一聽他的話裡有武漢口音，立即用武漢話跟他聊天。老闆又說他的名字取得好聽，有詩意。不像他家，爹媽懶得很，他們生在哪裡，就隨便從當地的地名挖個字當他們的名字。他哥哥在西安出生，就叫劉小安；他在四川出生，就叫劉小川；他妹妹在武漢出生，就叫劉小武，也不管適不適合女孩叫。他妹妹懂事後，自己到公安局把名字改成劉小舞。幸虧她喜歡舞蹈，這樣叫也還蠻不錯。

劉晉源大笑。他覺得兒子說得是。當時他們確實覺得取名字麻煩，便就地取字。青林說：「我當時回答劉老闆說，您父母不是懶，是要給自己的人生做個記號。叫你們的時候，就會想起自己當年的故事。我想他們做的事一定很有意義，他們不想讓自己忘記過去。劉伯伯，您知道嗎，我被錄用，就是因為這段話。因為劉總說我對他人有體貼之心，他的公司需要這樣的人。所以，您相當於是我的恩人呀。」

劉晉源笑了起來。這是他很高興聽到的話，而青林說得恰到好處。

飛機到深圳時，劉小川親自到機場接父親劉晉源。有下飛機的一二客人跟劉小川打招呼：「劉總好！」「劉總，親自來機場呀。」

劉晉源十分不解，說：「你咋認識這麼多人？」

劉小川只是哈哈一笑。青林說：「天下人都認識劉老闆，劉老闆也認識天下人。」

劉晉源坐上劉小川的專車，他叫青林也上車。青林擺擺手，說：「劉伯伯，再見。我們不是一個方向。」說完，他站在那裡，看著劉小川的轎車開走，一直擺手擺到他們的車遠去。

在車上，劉晉源說：「小川你應該捎人家一腳哩。」

劉小川笑道：「我敢捎他還不敢被捎哩。」

劉晉源說：「順便坐下車，算個啥。」

劉小川說：「當年你們軍區的一個排長敢坐您的車嗎？」

劉晉源沒吱聲。他想，他是不敢坐。

劉小川說：「生意場上，跟你們當年差不多。」

劉晉源說：「你派的這個經理我瞧著順眼。」

劉小川說：「窮孩子出來做事，勤快，又會做人。哪像我們家大哥，懶得抽筋。」

劉晉源說：「別這麼說你大哥。他也不容易。既然人家是窮孩子，你也好點待他。」

劉小川說：「當然。沒有我，哪有他的今天？當年他身上只有一百塊錢，現在錢多得已經買得起別墅了。」

劉晉源說：「說這大口氣話！」

劉小川又笑，說：「別的不敢說大話，這個還真可以。」

劉晉源不作聲了，他不喜歡兒子這種口氣。跟兒子在一起，哪兒都彆扭。倒不如那個他只認識了幾小時的青林。他和他在一起時，始終都有舒服感。這種舒服是一種貼身而又暖心的舒服，甚至是一種久違了的舒服。好久好久，他都想不起來，以前在什麼時候，什麼地方，他與某個人在一起，也有過這樣的感受。

過去的事，留在劉晉源腦子裡的，都只剩影影綽綽的印象，它們已然連不成片。他想他的記憶真是一種丟盔卸甲的狀態，他大概是太老了。

第四章

17 青林的驚愕

青林回到公司總部的當天即接到冬紅電話，驚愕得手機幾乎落到地上。

冬紅說，老太太早上醒得晚，先是以為她頭晚累了，後來發現不是。她整個人都發呆，不搭理人，怎麼跟她說話，她都像沒聽見。跟昨天完全不同。她眼光是散的，不知道望著哪兒。有時嘴巴不停地動，像是說話，但又不發聲。給她吃，她就吃，不給她吃，她就不吃。開始，大小便也不會自己上，一屙就一身。弄了幾次，掌握了規律，就帶她去廁所，幫她坐到馬桶上。大聲說撒尿或是屙屎，她也還是會，但像是一個機器人。跟司機張師傅一起送她去了醫院，不發燒不咳嗽，什麼症狀都沒有，又查不出什麼病。醫生說先帶回家觀察觀察。

青林一時間發蒙，不知道母親出了什麼事。他讓冬紅把電話放丁子桃耳邊，心想母親聽到他的聲音，應該會有反應。他對著手機大聲叫，那頭卻悄無聲息。冬紅說：「老太太就跟沒聽見一樣。」

青林趕上最後一班飛機回家，進門時幾乎半夜了。

家裡靜得彷彿無人。冬紅在自己房間，她關上了門。青林徑直去到母親屋裡。看到丁子桃端坐在籐椅上，一動不動。青林大聲說：「老媽，我回來了。」

依然無聲。換作往日，丁子桃會迎上來，滿面笑容，或是欣賞或是興奮地圍著他轉。青林心一酸，他撲到丁子桃跟前，半跪下，說：「老媽，你怎麼了？我是青林呀。你別嚇唬我。你的好日子才開始哩。」

丁子桃並沒有動，眼睛也沒有朝他看一眼。冬紅聞聲而入，說整整一天都是這樣。下午一直睡到五點鐘，不叫她就不會起來。晚飯是我餵的，叫吃就吃，不叫吃就不吃。我沒安排老太太睡覺，是想可能只有您回來才能叫醒她老人家。

青林便又大聲地叫道：「媽，老媽，是我呀。我回來了。我是青林。」

丁子桃依然無動於衷。她一動不動，縱使有兩個人在她的身邊說話，於她來說，彷彿什麼都不存在。她的眼睛望著牆，旁若無人，似乎沉浸在自己的世界裡，不能自拔。

青林急道：「你怎麼發現我老媽這樣的？」

冬紅說：「早上十點都過了，我見老人家沒動靜，就過來叫她起床。結果發現她不對勁，床上身上都已經尿濕了。跟她說話，她就跟眼前沒人一樣。打電話給您，您可能已經在飛機上了，打不通。我急了，趕緊替她老人家換了衣服，讓張師傅開車送去了醫院。血壓心臟都沒事，也沒查出個什麼病來，醫生說或許是受了什麼刺激。又說不需要住院，沒準過幾天就會緩過來。」

青林摸摸母親的臉，覺得體溫正常，又聽聽母親的鼻息，覺得她呼吸也還均勻，便小鬆了一口氣，說：「也沒出什麼事啊，哪能受到刺激呢？難道是因為住進這新房子？」

冬紅說：「是啊，我和張師傅都說沒有什麼事，只是搬進了新屋子。醫生說，或者是換了新家不習慣。」

青林想了想，覺得母親幾十年沒有自己的家了，突然這麼大一幢房子成了自己的家，要說也算大事，興奮過度也是刺激，便說：「但願過幾天能緩解吧。」

冬紅說：「一整天也沒其他事。只要定時叫她老人家上廁所和吃飯，她就這麼一直安安靜靜地坐著。」

青林不解道：「這算什麼病呀，老年痴呆症？那也得有個過程呀，是不是？」

冬紅說：「可不？我奶奶老年痴呆是慢慢不認識人的，可老太太只一晚上就成這樣了。」

青林說：「真是不明白。」

冬紅又說：「對了，昨晚睡覺時，老太太就有點不太對勁。她好像管我叫小茶，還說我是她從娘家帶過來的，自小在她家長大。」

青林大驚，說：「這說的什麼話？」

冬紅說：「是呀，我當時覺得老太太喝多了，說的胡話哩。」

說話間，冬紅引領著丁子桃上廁所，又替她換上睡衣，扶她躺倒在床。然後說：「沒準明天早上起來，老太太又恢復過來了。我奶奶以前常說，白天做不到的事，夜裡能做到。」

青林說：「嗯，我媽以前也說過，一夜過後，人會變樣。但願她們說的都對。」

冬紅指著牆角一堆紙箱，說：「老闆，張師傅下午把老太太的雜物都運了回來，全放在這裡。」

青林走了過去，用腳踢了踢說：「明天清理一下，把老太太的衣服都放到櫃子裡。亂七八糟的東西，扔掉好了。對了，那些鞋墊都留好。你現在先去睡覺吧。」

冬紅應聲後，便走了出去。青林拉了一張椅子，坐在丁子桃床邊。他望著母親，低聲道：「老媽，什麼困難你都堅持過來了，這一次，也一定能挺過去，對不對？明天早上，我想要看到老媽的笑臉。」

18 一個藏有秘密的人

整整一夜，青林都沒有睡著。他的眼前一直浮著母親的臉龐，從年輕到年老。往事於是像一本書，在他的記憶裡，隨意翻頁。

他從小到大的印象中，母親就只為這個家而活。先是照顧父親和他，父親沒了，便忙碌著他們母子的生存。他知道母親因為當住家保姆之故，幾乎沒有什麼朋友。父親去世時，他剛上小學。他差不多忘記了父親的一切，卻始終保存著對父親聲音的記憶。那是父親在世時常跟他說的話。父親說，你長大了，無論做什麼事，無論貧賤富貴，都一定要好好對待媽媽。她是個非常可憐的人，也非常特別。

以前，他從未在意父親之語，只知父親讓他孝敬母親。現在回想，忽然覺得父親的話別有一番意味。母親有什麼特別呢？

還有一件事，也是青林一直有詫異感的：他家沒有任何親戚。無論父親還是母親，也無論遠親還是近親，一個都沒有。他的籍貫一直填的是湖北武漢。但他卻從父親和母親的口音裡，聽出他們肯定不是武漢人。父親有明顯的北方腔調，而母親說話則帶有西南方言的尾音。大學時，有一次跟同學談及此事，同學還笑說，沒有親戚，難不成你父母是從石頭裡蹦出來的？

他問過母親的老家在哪裡。母親說，就在武漢。他又問母親，那你的武漢話怎麼講得不標準？母親說年輕時一直在外面，後來給人當保姆，雇主都是北方人。他說，武漢怎麼沒有一個親戚？母親說，有你一個就夠了。他說，我不是親戚，我是親人。母親說，一個親人頂得了一百個親戚。

如此，他們的談話就進行不下去了。後來青林忙碌自己的事，也無暇顧及打聽這些。

現在，也就是昨天，母親居然說起了她的父親。她的父親喜歡畫鬼谷子下山？設若如此，母親至少不是一個窮人家的孩子。她的童年和少年是怎麼過的呢？如果她不是窮人家的孩子，她怎麼沒有去讀書？他居然也從未聽母親談及過她自己，彷彿她不曾有過年輕的時候。

母親識得一點字。青林是知道這個的。據說是在五十年代掃盲時所學。所以，母親平常不讀書不看報完全可以理解。但母親怎麼會念出那麼雅的詩呢？「窗前一叢竹」，青林想起了這句。這是母親看到門前的竹子，脫口而念的詩。

青林的腦子突然冒出個念頭。他打開電腦，敲下了「窗前一叢竹」個字，緊跟著跳出了「青翠獨言奇」。他記得母親念的後一句，正是這個。更令他發怔的是，他看到了「謝朓」二字，而母親所說「謝朓的」聲音也瞬間在耳邊響起。他有一種非常的訝異感。

母親居然知道謝朓。這個南北朝時期的詩人，用流行語說，是個冷門詩人。就算讀了大學的青林自己，也從未聽說。但是，識得少少幾字的母親卻知道；非但知道，並且還能見景而脫口說出他的詩句。

母親更多的異樣，在青林腦海中一一浮出。母親看到新房子，說了一句什麼廬。且忍廬？還有個什麼堂？母親看到瓷瓶上的畫，馬上說出鬼谷子下山圖。看到床上紫色的被面，又說，應該是紅色的。母親還說什麼槍托打她的背，很疼。還有，適才冬紅所說的關於娘家帶過來的小茶，等等。這一切，都讓他感覺到母親十分陌生。昨天他還以為是自己對母親了解太少，此刻，他卻驀然覺得，他的母親，他的這個陷入人事不知狀態的母親，因了某個事情，已然發生了驚天異變。她並非是他心目中原有的那個母親。她似乎是另外一個人，一個藏有秘密的人。這秘密使她有如一本大書。他此前所知，只是書的封面，而這本書的內容，他卻從來未曾翻閱。

19 她的靈魂不在現世

青林眼前唯一的願望，就是希望母親能清醒。但他每天早上進到母親的房間，看到的仍然是那一張呆滯的面孔。不哭不笑，沒有任何表情。睡著了和醒著的差別，就是眼睛的張開和閉合，其他完全一樣。

青林的生活呈現出一種亂象。他帶著母親四處問醫求診。拜了佛，也求了道。和尚做法，道士打醮，折騰了幾個來回，甚至還請了大師來家裡驅邪。人民幣花了幾十萬，母親卻依然故我。

有一天，他的大學同學龍忠勇帶父親從上海回貴州老家，途中繞了一下，想去黃陂探望一下早年嫁在那裡的姑姑，欲在武漢逗留一兩日。青林便拉他住到家裡。青林說：「講什麼客氣？以前一個寢室也住多年了。住家裡用車方便，也好聊天。」

龍忠勇覺得青林是真心，果真就帶著父親住了過來。龍忠勇的父親患老年痴呆症有三四年了，他親眼見到自己父親慢慢的變化，卻束手無策。龍忠勇說：「那麼智慧的一個人，變成這樣，心裡那份難過，真是無法言說。」

青林坐在客廳裡跟龍忠勇訴說母親的病狀，說他原本一心想讓母親過得幸福。結果母親來到新居，只一夜，便變成了另外一個人。一個不與現世任何人溝通的人。青林說完欲哭無淚，又道：「我媽媽如能像你爸一樣，給我一個過程讓我慢慢難過，也讓我好受點呀。」

龍忠勇的父親呆坐在旁邊，一直垂頭看著地面。這一刻，他突然說：「她的靈魂不在現世。」

他的眼睛仍然盯著地面，望都沒望青林一眼，聲音卻響亮得有如人在敲鐘，八個字的音響彷彿從地面彈到上空，撞上了天花板，嗡嗡地在客廳迴盪。

青林和龍忠勇都大驚失色。龍忠勇說他的父親已經很久不說超出三個字的話了。又說，他的父親初病時經常說，他正在脫離現世，去另外一個世界；還說他在路上慢慢走。龍忠勇說：「他們所理解的可能跟我們常人不一樣。這樣的狀態，或許是他們自己的意願，而不是病。」

青林被龍忠勇和他父親的話震到了心。他想，也許是，可能是，真的是。她不是病，她只是讓自己的靈魂到另一世界走走，去看看那邊的人事。之後，也許還會回來。不然，怎麼理解母親除了不理旁人旁事，只是沉浸在自己世界裡，其他什麼症狀都沒有呢？生命的需求，吃喝屙撒睡，一切都正常。

青林有一種釋然感。他想，那麼就聽其自然吧。他還像以前一樣努力工作，像以前一樣好好生活。這也應該是母親所希望的。

於是，他真的回到了從前，回到了像陀螺旋轉一樣忙碌不停的從前。

照顧母親的事，便全都拜託給了冬紅。冬紅的工作倒變得簡單起來。她除了打理屋子和花園，對於丁子桃，則只需按時餵飯，定時如廁，隔上幾天，更換一下衣物，其他倒也沒什麼更多的事情。

20 一只破舊的皮箱

有一天，青林回家，看到門口扔著一只很陳舊的小皮箱，深棕色，皮箱護角的鉚釘業已生銹。青林覺得有些眼熟。這份熟悉非常遙遠，一時想不起在哪裡見過。於是叫過冬紅詢問。

冬紅說：「我今天清理老太太的東西。這小箱子放在一個紙盒裡，上面還放著棉被什麼的。我連盒子一起給收破爛的。可是那老頭非要一樣樣揀出來重新打捆，這才發現裡面有只皮箱。老頭說，破箱子沒用，要我給他，我沒答應。箱子還鎖著哩。」

青林突然就想了起來，這只皮箱在父親去世後，母親鄭重其事地將它置放在衣櫃頂上。母親說：「這是你爸爸的東西，他一直鎖著，也不知道是什麼。他以前說過，等他死了，再交給兒子。你最好等我也死了再去看它。」

這麼多年，他們早沒了自己的家，青林也將它忘了個乾淨。這一瞬，母親站在板凳上舉它到頭頂，一邊擺放一邊扭頭跟他說話的場景，又清晰地浮現在眼前。那種感覺，有一些親切，又有一些玄妙。青林說：「這是我父親的遺物，你放它到我房間去吧。」

晚上，青林先上網，用郵件寫了幾封工作函，又跟兒子打了一陣電話。然後到母親房間，坐在她的床邊，向她彙報自己一天的工作感想。他聽同事說，一個植物人因為天天聽到親人的聲音，有一天突然甦醒過來。青林覺得，如果他天天跟母親說話，或許有一天她也會醒來，見到青林，她會高興道：「嗨，青林，睜開眼就能看到你，我太高興了。」

青林說著說著，突然想到箱子。他趕緊到自己房間，把箱子拎到母親面前。箱子居然有點沉。青林舉著它說：「媽，你看到了嗎？爸爸的皮箱。我剛發現的。那裡面裝的什麼，你知道嗎？箱子的鑰匙還在不在？」

青林面對的，仍然是母親均勻的呼吸。這世界的一切，似乎都與她無關了，包括她曾愛過的兩個人：她的丈夫和她的兒子。

青林決定打開箱子看看。他找來螺絲刀，撬開箱鎖。箱子表層有幾本翻舊的醫學書，想必是父親當年所讀。而書的下面，居然全是筆記本。青林有些奇怪。他翻了翻，其中一部分是父親的醫學筆記和後來在醫院的工作筆記。另一部分竟是父親的生活記錄，像日記，但又不是。有的寫著日期，有的只寫著年份和季節。想來是有年頭了，字跡已顯得非常陳舊。

青林心裡突然湧出一些激動。他想父親的這些記錄裡，會不會有著母親的秘密呢？他好奇起來。便索性坐在地上，按照父親日記本右上角的序號整理起來。

這些記錄的起止時間是從 1948 年的秋天到 1966 年。想必「文革」開始後，父親就不再記錄了。

青林伸出手打開第一本，他想從頭讀起。待他眼睛落到那一行行業已褪色的鋼筆字時，突然間，他有些惶惶然。他不知道這裡面記錄著什麼。不知道會不會從中看到他完全陌生的父親和母親。這種陌生，會不會對他的人生帶來衝擊呢？一種莫名的害怕，從他心裡湧出。他想，當年母親為什麼要說，等她死了再去看它呢？

青林的心莫名地咚咚亂跳，他猶豫片刻，把日記放回箱子。他想，我恐怕還沒有準備好。

第五章

21 灰光裡的臺階

丁子桃感覺到，自己的身體在墜落的過程中越來越重。心臟彷彿也被無數細絲一根根纏緊，呼吸由此而困難。她已無力掙扎，準備呼出最後一口氣，然後放棄自己。便在這時，她聽到轟的一聲巨響。隨之而來的，是全身骨頭的嘎嘎聲，她頓覺自己四分五裂。

好久好久，她緩過勁來，意識到她的墜落已然停止。她想，恐怕是墜到底了吧。四周仍然暗黑如漆，她不知道自己身在何處，亦不知自己是生是死。她不由問自己，我死了嗎？我是不是已經死了？

問罷，她記起母親曾經說過：「只要活著，就會有痛。一旦死了，痛就沒了。」那個畫面，彷彿浮在了眼前。那時她正在繡屋裡學著繡孔雀尾羽，突然被針扎了手。看著鮮血從指尖流出，她嗚嗚地哭著。母親走過來，看了一眼，教訓她，然後說了這樣幾句話。她知道這是母親年幼時，她的父親常用的訓斥語。母親的家在成都科甲巷開繡坊，她的父親是遠近聞名的繡工。她家裡專繡宋畫，以供富人收藏和雅玩。母親自小就學了一手好繡活。

出嫁時，特意提了一個條件：夫家必須闢一間繡屋。她的父親一口答應了母親的要求。此一刻，繡屋和繡架上垂掛的繡品，也都晃在了眼前。母親站在繡架邊，一手整理繡品的邊緣，一手用指尖撫著繡好的圖案。母親低著頭說：「還有一個辦法，就是沒了記性。這樣，痛沒痛過也不知道。」

她挪動了一下自己，覺得渾身劇痛。於是想，這麼說，我還活著。我還會痛，並且我還記得。

她的耳朵也開始變得靈敏，隱然聽到陣陣呼嘯，似來自很深遠的地方。這是一份無邊無際的深遠，她被這聲音環繞，一層又一層，有如打包裹，挾得緊緊。她覺得自己就在這深遠之中，又覺得這深遠距她遙不可及。她並未有一絲的害怕，卻有著無限的疲憊。於是她閉上了眼睛。她甚至不知自己是醒著，還是睡著。

時間一直按它的方式行走。或許是一天一年，也或許是一百天一百年。黑色的濃度突然弱了。有淡淡的灰光浮在頂上，這光裡像飄著柔紗。透過這層紗，丁子桃向上望去，有一格一格的線條沿著灰光的來處逐級上升，如同階梯一樣分布均勻。她慢慢地數著。一直數到了十八，她便看不清了。

她想，十八層，為什麼正好是十八呢？這是什麼意思？

22 不，不是這樣的！

忽有寒風襲來，只一陣，便吹透到骨。她打了一個哆嗦。哆嗦間，突然就想起許久以前，她坐在湖邊的小竹亭裡，看秋水漣漪，湖鷗飛翔。湖面起了風，她有些寒意，於是自念道：「細雨夢回雞塞遠，小樓吹徹玉笙寒。」

有人給她披上了一件衣服。這衣服溫暖了她的心。

丁子桃想，是誰呢？是誰為她披上了衣服呢？她想不起來，不禁大聲問道：「誰？你是誰？你為什麼要為我披衣服？」有個深厚的男聲回答說：「是我，我是陸仲文呀。我擔心你受涼哩。」

丁子桃說：「陸仲文，你到哪裡去了？我怎麼好久都沒有見到你？」

陸仲文說：「我正想問你呢。你們到哪裡去了？我爹娘呢？我奶奶姨娘呢？還有我姑我哥呢？慧媛妹妹呢？你們都到哪裡去了？還有我的小汀子？我怎麼找不到你們了？」

丁子桃呆住了。他們都到哪裡去了？她四處張望著，想看看有沒有他說的那些人。那都是他和她的親人。

四周空曠，灰濛濛的，彷彿濃霧將她深深籠罩，就連陸仲文她也看不到。丁子桃說：「你在哪？仲文你在哪裡？」

陸仲文的聲音變得格外遙遠，丁子桃甚至不知道它來自哪個方向。這聲音說：「我在找你們。你們在哪裡？」

丁子桃想，我在哪裡？這是什麼地方？

她再次看到灰光裡的十八層臺階。驀然間，她有頓悟，莫非自己真是在地獄裡了？正像二娘當初所說：你就該下地獄。

她伸出自己的手，想看看上面有沒有血。但她看不到。她能感覺到自己的手在哪裡，眼睛卻什麼也看不見。這雙手，她突然對它心生厭惡，有一種覺得它非常骯髒的念頭，甚至恨不得它從未存在過。

丁子桃想，為什麼呢？發生了什麼事？她揚起雙手，相互拍打了一下巴掌。有清脆的叭聲傳到她的耳裡。這聲音驚到了她。然後有很多的叭聲響在她的耳邊，而她的手卻僵硬著並未動彈。在不絕於耳的叭叭聲中，一些面孔浮了出來。她的手，正一張張地對著這些面孔打耳光。那些面孔她熟悉得不能再熟悉，他們呆滯地望著她，任她的手掌在自己臉上揮舞。

四周有歡呼聲，還有金屬的撞擊聲。一個尖銳的聲音夾在中間響起：「你會下地獄的！閻王老子不會放過你的！」

丁子桃突然叫了起來：「不，不是這樣的！」

她對自己說，不，不是這樣的！我不應該下地獄。留在地獄裡的人不能是我。我得出去，告訴仲文，告訴二娘，也要告訴所有人，事情不是那樣。不是他們所看到的那樣，也不是他們所想像的那樣。

這時候的她，突然有一股信念：她要出去。她一定要出去。她要告訴所有人，包括那些熱烈並冷酷地看著她的人。她要說，曾經發生的那一幕，並非她的本意，也與她無關。就算她要重新回到的地方仍是地獄，她也要把這些說清楚。

於是，她開始向上爬了。

23 地獄之第一：河流裡的嘶喊

一點一點地爬著。丁子桃不知道自己爬了有多久。她爬上了第一個臺階。她站立起來，抬頭向上望著，心想，對我來說，這是我的第十八層哩。可是，她問自己：「我要告訴人們什麼呢？我又要從哪裡講起？」

她發現自己有滿腹的話要說，卻又無從說起。

瞬間她被河水淹沒。身邊到處是石頭。激流把她從這塊石頭推向那塊石頭。她拼命掙扎，努力地想要攀住一塊石頭。但河裡的石頭光滑無比，每一次抓著，又迅速被另一股激水沖開。

她一直嘶喊著，喊得聲音幾近沙啞：「汀子！汀子！」

汀子還在船上。他被藍花的包袱皮裹著。他睡著了。她記得他酣睡的小臉上，還掛著笑意。他的小腿蹬開了包袱皮，腳上的花鞋露了出來。那鞋子是她親手做的，鞋面上繡有兩條小金魚。

陸仲文走的前夜，一直抱著汀子。父子倆逗著笑著。陸仲文說：「叫爸爸。」

汀子便說：「叭——叭。」

陸仲文大笑，邊笑著邊把汀子舉了起來。汀子在他高舉的時候，撒起了尿。尿落在了陸仲文臉上。他哇哇地一通亂叫，把汀子遞給了她。他跑出屋洗臉時，屋外傳來好多笑聲。陸仲文洗過臉，換了衣服，轉進來拍著汀子的屁股說：「小壞蛋，這是你給爸爸的送行禮物嗎？」

她也笑，然後說：「當然。這是我們汀子留的記號哦。」

陸仲文要去的地方是香港。走前又說：「我會掛念你和我們的小汀子，我會儘快回來。孩子全靠你照料了。爹娘雖然不需你費心，但有什麼事，你也關心一下。」

她說：「放心吧，我會的。還有小茶和富童幫我哩。」

陸仲文說:「富童喜歡小茶，想要跟她結婚哩。你不反對吧？」

她笑道：「怎麼會反對？我巴不得哩。富童自小跟你，小茶自小跟我，他們也般配哩。以後他們有了娃兒，正好跟我們家汀子搭伴兒。」

陸仲文走時，她抱著汀子，隨著馬車，一直送他到縣城。

現在呢？汀子到哪去了？船呢？船在哪裡？

而她在水流中。就像一塊活動的石頭，被隨意地沖刷和推動。這是一塊很奇怪的石頭。它似乎在抗拒無休止撲來的水頭。它時滾時頓，軌跡混亂。兩岸闃無人聲，連風刮樹葉的聲音都很弱小。與水撞石頭之聲相比，它彷彿根本就不存在。她的意識還是清晰的。河水不時沒過頭頂，她每次張口，都被流水嗆回。那些聲音便撲轉向心裡，這是她僅剩下的兩個字：汀子！汀子！她的狂喊幾乎震炸了她的心。甚至，兩岸的高山，也被她的喊叫所撼動。

水流更快速地推著她到河的下游。轟轟的撞擊聲越來越強烈。她以為這是她喊叫的回聲。她甚至分不清天和水。她親愛的兒子汀子，你在哪裡呢？她費盡全身力氣，都看不見他。

她渾噩地撲騰，手指觸到一件流動的東西。她一把抓住，發現是一塊木板。她抱著木板時，突然認出，這是她家的船，是富童划船的木板。瞬間她清醒了：船被岩石撞散架了嗎？那麼，她的汀子呢？躺在船上的小汀子呢？這個問題一經提出，她就知道自己已毫無生趣。於是她雙手一鬆，把一切都放下了。

沒有了汀子，我活著做什麼。這是她被水流捲走時的最後一縷念頭。

24 地獄之第二：船在水中旋轉

丁子桃筋疲力竭。她不知自己在做什麼，只是有喘不過氣的感覺。

暗黑之中，她聞到一股清新氣。是水的氣息。她想，難道我已經到了河邊？

突然，她就看到了富童。富童從船上跳下，朝她跑來。她的雙腳已經站在了水裡，他攔在了她的面前，喊道：「你怎麼了？黛雲姐！你要到哪裡去？」

她呆望著他，沒有反應。富童拉著她到了船邊。他跳上船，然後伸出手，把她拉了上去。富童說：「怎麼來得這麼晚？陸爺說了，要在天亮前趕到灣道村，松表哥會去河口接你們。汀子沒事吧？嗯，睡得很香哩。小姐呢？陸爺說你們一起走的，她在後面嗎？是不是要等下她？再晚，會被人發現的。」

她的腦子一團糟，低聲說了一句：「沒有別人了。」

她抱著汀子，坐了下來。她神情恍惚，已然沒有了自主意識。彷彿她只會服從，只會按別人所說的去做。

船迅速離了岸。後面無人追趕，划船的富童鬆了口氣。富童說：「陸爺昨天中午就讓我泊在這裡了。我走的是碉樓下面的暗道，你也是吧？這條暗道沒有人知道。陸爺說這是以前他爺爺修的，不到緊急時刻，從來不用。陸爺還說讓我隨你們一起去找仲文哥，一路上也好照應你們兩個。為什麼只有你？慧媛小姐留在家裡要是也被拉出去鬥爭該怎麼辦？」

她嗯了一聲。她不想說話。她心裡憋著很多的東西。這些東西混亂地擁擠在她的五臟六腑，它們兀自在裡面喧囂和翻騰。她很難過，想要嘔吐，卻又吐不出來。

富童又說：「不過，聽說金點是工作組長。他跟慧媛小姐關係一向好，想必不會找小姐麻煩。」

她突然叫了一聲：「你不要提他！」

富童嚇了一跳，船抖了一下。他低聲嘟囔了一句：「你怎麼了？」嘟囔完又說，「我自小跟仲文哥一起長大。我陪他去學堂上學，他在先生那裡念書，我就坐在外面等他。回轉時，仲文哥就把他學的字教給我認。」

她開始討厭他了。她真不想說話，也不想聽他說。她只想自己靜一靜。

水流很急，推著小船，瞬間鑽進了山間。兩岸高山夾峙，河窄石亂，水頭時猛時緩。得幸富童在這河上走過多次，知石知水，他持篙靈活地點著兩側突起的岩壁，船便在他的調度下，輕巧地拐彎抹角，一路向前。

汀子在她的懷裡睡著了，彷彿知事，整個夜晚，他都不吵不鬧。她的衣服穿少了，後背涼颼颼的，只有她懷裡的汀子，渾身熱烘烘的，令她的前胸充滿溫暖。

富童說：「汀子好乖。明天得讓他知道，他坐了一夜富童叔的船。」

她依然無語。富童是個孤兒，自小便被她的公婆收養。公婆家還收養了另一孤兒，叫金點。他年長一些，便隨家裡長工一起幹活。富童年齡小，一直是她丈夫陸仲文的陪伴。兩人一起長大，情如兄弟。

富童不介意她的無語，依然自顧自地說著：「陸爺說，仲文哥會留在香港。我送到你們即回轉。我從香港回來，黛雲姐，你說我要給小茶帶點什麼？」

她一腦子的混沌彷彿被「小茶」二字撕開了縫，有亮光照射進來。她下意識地重複了一句：「小茶？」

富童說：「是呀。小茶喜歡你平常繫的花圍巾，我要不要給她也買一條？」

天色已經放亮了。陽光在山的後面。河在兩山之間流著，流在大山的陰影裡。風從外面進來，即刻便陰冷。

突然間，她放聲哭了起來。她說：「都死了！他們都死了！」她的哭聲壓住了水聲，在山間回蕩。

富童大驚，問道：「死了？誰死了？」

她邊哭邊說：「全都死了！」

船在水裡晃得厲害，富童叫了起來：「為什麼要死？怎麼會死？是誰？誰弄死了他們？按說，大門關嚴了，外人進不來呀！」

她把頭埋在懷裡的汀子身上，哭道：「是汀子爺爺要大家一起死。村裡傳話說，天亮就鬥爭陸家，要鬥三天。鬥完還要分人分房子，這是金點的決定。」

富童怔住了，默然地划著船。過了一會兒，他突然叫著：「這不關小茶的事吧？小茶是窮人，小茶不是地主家的人！小茶不姓陸，她不用死對不對？」

她開始冷靜了，抬起頭來，說：「小茶是自己要死的。聽人講，小茶被分給了麻叔家的老二。小茶死活不肯。但她曉得，不肯也不行。分到誰家就是誰的，不然就活不成。」

富童停止了划船，船晃得厲害。富童喊道：「小茶是我的人，說好了要嫁給我的！我也是窮人呀！麻叔還有間屋，我連屋都沒有呀。黛雲姐，你不要哄我！」

她哽咽道：「是我親手埋的小茶，她就埋在西牆芭蕉樹下，和紫平埋在一起。她們挨著肩膀躺著。」說著她又哭了起來，「我埋土時，總覺得小茶好像還有氣……」

富童說：「你怎麼可以讓她死？你怎麼可以埋她？」

她哭著說：「不埋怎麼辦？天亮了能讓陽光照她的臉嗎？」

富童吼了起來：「你怎麼下得了手？小茶不是你的人嗎？她拿你像親姐一樣，你怎麼不救她？小姐不走，你可以帶她一起逃呀？船還可以坐下一個。你怎麼不帶她走？」

她從未見過富童如此，心道你一個下人，竟敢這樣跟我說話？便冷冷道：「我不埋她又能怎麼樣？你以為她能嫁給你？」

富童哭了起來：「黛雲姐，我和小茶一向拿你當親姐，你怎麼可以這樣？你怎麼這麼狠心？」

她正要開口罵他，一個下人，居然敢如此衝撞她。未及開口，她突然聽到水裡撲通一聲，抬頭時，已經不見了富童。船立即在水中晃了起來。她尖叫道：「富童！富童！」

富童的聲音從水面上滑了過來。

富童說：「你別怪我，我管不了你。我要回去找小茶……」

水流急推著小船。船身不時撞上岩壁，她嚇得大叫，回應的卻只有她自己的聲音。她慌忙放下懷裡的汀子，抓起富童扔下的竹篙。她聽不見富童的聲音，只聽見水聲如吼。她手忙腳亂地想要把船弄穩。但她從未與水打過交道，亦不知道如何划船。

水卻更急了，推著船從一塊岩石撞上另一塊岩石。她一腳不穩，跌到船邊。來不及等她想什麼，船便翻了。她跌下水時，叫了一聲「汀子」。

此後，她腦子裡什麼都沒有了，只有汀子。

25 地獄之第三：山路上的狂奔

丁子桃看到了山路。看到了自己的奔跑。

路很彎曲，兩旁是低矮的植物，間或一段亂石相夾，一眼望去，像是有人隨意拋下的一條布帶，扭曲伸展，一直通到樹林深處。一個人在她的耳邊不停地下命令：黛雲，你要……黛雲，你必須……這聲音讓她心亂如麻。

現在她知道了，這個黛雲，正是自己。

她的父親喜歡《紅樓夢》裡的黛玉和湘雲。他說，黛玉之聰和湘雲之憨，女兒有此兩樣，便會有福。他從這兩人中各取了一字，她便成了黛雲。她的父親喜歡藏書，喜歡寫寫畫畫。家裡的東廂房有三大間，幾乎都是父親的書房。有一間是父親用來寫字畫畫的。父親寫字時，時常拖著長長的聲音叫她：「雲兒……過來，磨墨。」父親的易硯是黛雲喜歡把玩的，說黃不黃，說綠不綠，上面有兩人在下棋。伸手撫摸，光滑冰涼。但她不喜歡磨墨。磨得手酸，並且每次都會弄髒她的衣衫。她的母親也不喜歡父親使喚她去磨墨。母親認為這應是姨娘分內的事，母親只希望她留在繡屋。母親希望她能學到她的繡技。但父親還是喜歡叫她。父親說：「我家雲兒磨得好，濃淡適中。只要雲兒磨墨，我的字畫，品格就都出來了。」說完父親還要說，「我還是要用上次那塊曹素功墨。」

但在這奔跑的時刻，她耳邊的說話人不是父親。父親一向語氣綿軟而隨和，現在這聲音卻透著強硬和霸道。

山路漆黑異常。天空非但沒有月亮，連星星都沒有一粒。黑雲深濃到看不見邊緣，也看不清層次。黛雲背著孩子，在路上且走且奔。她似乎不需要看路。她的腳自己會知道路在哪裡。

就是這樣什麼都沒有的夜晚，卻有人一直在上空說話，彷彿是在為她指點迷津：進了碉樓，樓梯下堆著損壞的木頭花窗，搬開它們，後面有一扇小門，這是我爺爺當年挖的暗道。這暗道通向山後。你從暗道鑽出，洞口有茅草，出了茅草，是茶園。穿過茶園，找見兩棵老樟樹。樹後有一排籬笆。翻過籬笆牆，朝南走十步，可以看到一條石頭小路。路在坡上繞，你順著路走，不要圖近，兩邊的亂石會傷腳。小路直通到山下，你就順著這小路往前跑。它拐彎你也拐彎，它進林子你也進林子，它爬升你也爬升。不要離路，一直跑到頭。盡頭邊是河，富童會在那裡等你。越快越好，天亮如被人抓到，你和孩子恐怕都會沒命。

這是公公陸子樵的指示。他嚴厲而決絕，不容分辯。

山裡並不安靜，各種怪聲在她的四周叫囂。她跑過之處，偶爾會激起群鳥呼啦啦驚飛。在夜裡，它們的翅膀，響徹四野。但她已然沒有了對它們的恐懼，比這些怪聲更大的恐懼壓倒了它們。

她跑。狂跑。沒命地跑。她明白，被人抓到，她真的會沒命。她的父親母親和全家人淒涼的面容，還有他們的哀號、他們的慘叫，以及夜間村人細述他們慘死的過程，都像鞭子抽著她向前奔跑。幾個月前，她還與父親和母親一起坐在且忍廬餐房吃飯。儘管浮財已然交盡，下人也都解散回家，家中幾近貧寒。他們一家自炊自飲，為母親做了頓壽麵。可父親說，一家人能坐在一起，並且還是坐在自家的且忍廬裡吃飯，也算萬幸。且忍廬是她祖父蓋的。當初蓋房時，因為屋後的遠房大伯，嫌他們蓋得高了，三番幾次前來吵鬧。吵一次，她的祖父便鋸一次樑。一週裡，連鋸了三次。連族中其他人都看不過去了，想聯合起來幫她家出頭。她的祖父卻說，且讓且忍吧，鄰里不可為仇。何況一筆難寫兩個胡字。屋蓋好後，祖父取名為「且忍廬」。儘管他家的房屋低了，日子卻越過越好。而高樑大屋的遠房大伯家，三個兒子為家產打架，一打數年，及至這一輩，倒是把家敗掉了。她的父親說，看看，能忍便是福。且忍廬住著她家近十口人。她進城讀書之前，一直生活在那裡。這是她人生最親切的地方。

孰料那一頓飯吃罷不幾天，她與她的親人們便陰陽兩隔。她想，爸爸呀爸爸，你聽爺爺的話，且讓且忍一輩子，忍到了一個什麼樣的結果呢？你用了這麼多辦法，仍然被槍斃了，還連累了媽媽、二娘和哥嫂，一大家子人都因你們的且忍且讓而死。你這樣的忍讓又有何益？

她的心已經被她的所想痛碎了。

耳邊漸有水聲傳來。瞬間她覺得她已聞到了水氣。然後她看到了河流。再然後，她看到了富童。

此時的她，已然筋疲力竭，但她停不下步伐。彷彿她此生就是為了奔跑而活。她見到了水，心知自己已到河邊，她意識到應該停下，卻收不住自己的腿。她踉蹌著，一直朝水裡跑去。

富童衝上前攔住她。富童叫道：「你怎麼了？黛雲姐！你要到哪裡去？」

第六章

26 人生不忙碌也同樣會倦意深濃

青林最忙碌的時候過去了。公司在江夏的地產項目已經眉目清晰。他們以合適的價格拿到了土地，社區的規劃設計也剛出臺，幾方討論，都覺得不錯。未來他們將開發的這個地方叫佛祖嶺。

開工之前，老闆劉小川來視察。他顯然對青林的工作十分滿意，視察時一邊聽青林解說，一邊對青林頻頻點頭，不時勾肩搭背，用一種親昵的方式表示贊許，倒讓青林多出幾分不自在。

中午去湯遜湖邊吃魚丸。這裡的魚丸肉嫩湯白，味極鮮美。劉小川一碗魚丸吃下肚，興致大發，開始高談闊論他青少年時代的往事。說他以前經常跟幾個朋友偷著開部隊的吉普，過來打鳥。更早的時候，這裡也是沒人的，純屬荒郊野外。尤其是佛祖嶺，有村落都是明清以後的事。說是有一年發大水，人們猝不及防，四下胡跑。跑到這兒，水突然就退了，其實是地勢走高。但那時老百姓腦袋木，立即認定這裡為福地，於是在此落腳生根。武漢人福佛不分，叫來叫去，就叫成了佛祖嶺。佛祖在上，有祂保佑固然不錯。但更要緊的是，我們所有的事都得落地，所以福地比佛祖的意義更大。

大家聽著都點頭。青林也點頭，心裡卻說，哪跟哪的事呀，這才叫純粹的胡扯。青林知道劉小川的性格，他就是在武漢部隊大院裡長大的，一生得意的成長背景令他永遠自信，吹牛胡扯就是他那一類人的愛好。這種心態的自如感，青林覺得自己這樣的人一輩子都不會擁有。

但青林終於有了輕鬆感。

他與劉小川同機回到南方。在武漢待了許久，他想老婆孩子了。因為工作和母親的緣故，不能長久待在她們身邊，青林心裡多少有些愧疚。劉小川彷彿看出這一點，笑道：「以後日子長著哩。我爸六十歲退休，辦完手續回家那天，高興地說，終於可以好好陪老婆過日子了。結果一陪就是二十多年，就兩個人做伴。他後來覺得一點意思都沒有了。還說，幸虧以前經常分開，不然一想到跟一個人搭伴過日子一過就是五六十年，覺得人生不值呀。看看，這就是過來人最深的體悟。」

青林笑了，覺得那個劉老伯說話有意思。

青林在家待了一週，早上去總公司打個轉，因為這邊沒有他分管的事情，去了也就跟熟人聊下天，就索性回家。餘下時間，接送兒子補課，晚上陪老婆看看電影逛逛街之類。母子二人都很開心，他也覺得自己生活得竟有如此愜意。躺在武漢的母親，每一天都跟一百天一樣，慢慢地，青林的難過不安也漸漸淡去。母親已然沒有未來。等待，並讓她活著，他的孝心或許就只能如此。

青林一直就是一個非常現實的人。青林自己想得很透徹：像他這樣兩手空空闖世界者，不現實又怎麼能在這個講究現實的社會存活下來？正因為他現實了，這才能有今天如此的愜意。

只是偶爾，他也會想起劉小川陳述其父的那段關於人生值與不值的話。他想，說的也是，人生不忙碌也同樣會倦意深濃。

恰這時，同學龍忠勇來電話，說是聽傳鄂西發現一個非常有特色的地主大宅，他正在做中國民間大戶建築的調查，帶著三個研究生，想過去看看，問青林有空沒有，要不要也走一趟。

同學都是同行，分散在各公司和設計院。也有幾個繼續深造了，便在大學落了腳。龍忠勇就是讀完了博士，又留了校。做項目時，同學之間相互出點子或是介紹國際高手，往來都非常之多。龍忠勇跟青林同寢室住過四年，關係又更親密一些。青林每有項目，都會打電話給龍忠勇聽取意見。眼下自己正閒著，並且也閒得有些無聊了。於是他幾乎想都沒想，馬上說，當然要去！既是到湖北，途中一切由我買單。比起大學的教書匠，青林想，他的經濟條件到底還是好得多。

他們約定的會合地點在鄂西恩施州許家坪機場。青林心細，提前半天抵達恩施州，問清楚他們要去的大宅所在地是在利川縣，他自己也嚇一跳。印象中利川是一個窮得不能再窮的地方。他過去的鄰居大哥當年作為知青上山下鄉，就是去了利川。那邊百姓的清苦，以馬鈴薯為主食，他全是聽鄰居大哥所說。這樣的一個苦寒之地，怎麼會有大戶人家呢？而且還有豪宅？他不禁奇怪。

青林在恩施州裡找朋友借了一輛越野車，又長途電話到利川，訂好了招待所。進山的路，也問了又問，甚至畫下了草圖。做完這一切，他再驅車返回機場接人。

飛機晚點，龍忠勇一行人幾乎是晚上八點才到。見有車接，又聽說此車將一路隨行，而酒店也早已訂好，龍忠勇立即高興道：「我就知道，只要有你在，我們就不會像沒頭蒼蠅，到處亂撞。再麻亂的事，交給你都會OK。」

青林喜歡聽這樣的話，他讓大家上了車，笑了笑說：「別以為就到了。這是山區，山是連成片的。我們還得朝更深的山裡走。如果路好走，大家還趕得上消個夜，如果不好走，沒準半夜才能到。」

一番話，讓幾個學生咋舌不已。

路是難行。車窗外一片黑茫茫。偶爾有一兩戶人家，燈火如豆。車燈照射處，遠近都是山影。這輛小小的越野車，彷彿是在波濤洶湧的山間顛簸。

一個學生膽怯地問道：「龍老師，你確信有錢人會住到這裡來嗎？並且還在這裡修建豪宅？」

龍忠勇的回答是：「這個世界上，只要有人在，什麼樣的事都有可能。」

青林想，這話是對的。

27 柏楊壩的大水井

次日一早，驅車出門，他們才真正看清楚：雖然頭一晚在山裡走了似乎無限遠的路程，雖然山的輪廓像海浪一樣，一波一波地朝著不見邊緣的遠方退去，但因山不算高，山頭也不尖細，卻並未讓人有置身深山的感覺。放眼四望，連逼窄之感都沒有。農民的田園和房舍，恰到好處地綴在其中，淡泊而安靜，想像中田園牧歌式的鄉村大約就是如此。

走出城，人便少得看不見了。山腳邊開闢著一片一片的田地，在春末夏初的時光裡，泛著碧綠。偶爾一間土屋，依著山腳。屋旁有菜園，園邊稀疏樹林。那些樹零散地生長著，像是隨意找到一個空處，就落下根來。

他們停車下來抽煙，在路邊站了一會兒。青林說：「我打拼多年，風景也見多了，覺得自己已經夠麻木的，今天居然被自然環境感動了。」

龍忠勇亦說：「是呀。這樣樸素原始，好像一千年都沒變過。」

昨日提問的學生依然抱有疑惑，他說：「老師，這就是農村呀。農村就是這樣的，你們不知道嗎？因為原始貧窮，而成為自然中的一部分。有錢人怎麼會來這裡？」

龍忠勇說：「不看不知道，一看心裡跳。這地方我很有感覺。

那種感覺就是富貴者如要建豪宅，一定喜歡這裡。你要明白，中國的有錢人，不喜歡飄浮著有錢，他得紮下深根。這紮根處，就是他的故鄉。太貧困的地方，比方缺水少樹，生活不便，他是不願意的。而這裡，位置是太好了。有層層群山為屏，又有足夠的水源生活，只是稍遠一點。有錢人是不怕遠的。甚至越偏遠的故鄉他越喜歡，因為易於藏富。同時，偏遠鄉間的族人多樸實，他們輕王法而重家規，不怕官府而怕宗法，好調教打理。自家拉一個隊伍，就可鎮守一方了。就算有仇家，找來一趟也不是件容易的事。說起來，這也算是江湖深處。」

學生還是疑惑著不太相信。青林倒是覺得龍忠勇說得有理。只是他想，或許就是一個大宅子罷了，類似的鄉村大宅，他在湖北諸多鄉村也都見過。

他們此行的目的地是柏楊壩鎮，他們要找的大宅叫「大水井」。這是一個奇怪的名字。據說，這個家族曾經遭到土匪攻打，因為沒有水源，不得已而投降。土匪走後，他們即在近旁挖了一口井，將之圍進家族的庭院裡，族中首領在牆上寫下了「大水井」三個字。以後，人們便管它叫「大水井」。

他們在車上一直閒聊著南北方民間豪宅的差異，閒聊藏富於民才是國家富強的根基，閒聊傳統民居如何懂得與自然和諧相處，閒聊民間建築中無處不在的中式文化符號。龍忠勇說，現在這些都沒有了。在沒有建築師的時代，我們的建築尚且知道，只有敬畏自然，只有與之融為一體，成為自然中的一個有機部分，它才能長久留存。而現在，幾乎所有的鄉村新建築都擺出一副向自然示威的架勢。似乎說，看看，我比你更了不起，所以我要比你更耀眼更有派頭。這樣的建築，沒一個會有好下場。因為你是鬥不過自然力量的。

青林對龍忠勇這番議論深覺新鮮。他補充了一句，說：「這就是以前老師經常強調的，以日常住宅而言，要低調，再低調一點。其實不光民居，就是人生，也是低調而順其自然才能保其長久。」

一個學生問道：「吳老師所說的保其長久，是指命嗎？」

這話把青林噎住了。他停頓了好幾十秒，方回答說：「我想大概是吧。」

三個學生都發出笑聲。青林想，他們的笑意味著什麼呢？

破舊不堪的大水井，終於出現在了眼前。青林在路邊停了車，一行人朝著這幢毫不顯山露水的大宅走去。他們沒有看出這屋子有什麼魅力。大門四十五度斜開著。龍忠勇說，南方民居注重風水，這門的朝向，必然是避山向水而開。

大門的上方有匾，匾上寫著「青蓮美蔭」四個字。青林說：「看來這家人姓李無疑了。」

龍忠勇笑道：「攀文人而不攀皇族，已經可見這家人頗有文化。」

一個學生笑著說：「李唐王朝還是太遠了一點，怎麼攀也構不著啊。」

另一個學生嗆回他的話，說：「那李白不也是唐朝的？怎麼就不覺得遠了？」

第三個學生開了腔，他說：「這說明，李白的名氣比李氏王朝的名氣更大，更讓人有榮譽感。」

一行人笑著朝裡走。從欄上的灰塵到室內的氣息，都表明這裡久已無人居住。有一個看守的老者，他們打了個招呼，說是大學研究建築的老師，對方也沒表示什麼，只很質樸地笑笑，就讓他們進去了。這裡似乎平常無人過來，偶然有客訪，他們倒有一種願意讓人一觀的愉悅。

深入到宅內，發現一屋套著一屋，一個天井連著一個天井，幾個人也越來越驚訝。一圈轉下來，龍忠勇說：「這可不是百年大屋，這完全就是地主莊園呀。你們看這風格的變化，至少也在二百年以上。從建築上可以看到幾個朝代的痕跡。」

青林也驚訝起來。當他們一行走到祠堂時，驚訝的心情已然換成了震驚。徽派風格的門牆，與對面高聳的山頭遙相呼應。而祠堂內的氣派，更是讓他們意識到，這個南方的地主莊園，其價值不可估量。相連的一片，從簷到廊，從門到窗，自上而下，由點而面，無處不講究。而這份講究，是一個中國富貴的南方家族向自己的文化傳統表示致敬的講究。

三個學生數著天井，已經數到了二十多個。房間和樓，更是數不勝數。四處雖然呈現時間賜予的頹敗，但當年的繁華依然透過精緻的木雕花窗和彩色的屋簷一一顯示。一個學生叫道：

「天啊，這個柱頭，竟然用的是白菜！用大白菜當柱頭，怎麼這麼敢想。這個中西合璧得也太狠了。」

龍忠勇說：「這不稀奇，民間百姓建房最講彩頭，白菜即百財之意，木雕上比較多見。但民國期間，中西合璧得比較生硬，不少土豪既想仿西式柱頭，又不想丟掉中國傳統的老根子，就乾脆直接硬上白菜了。」

祠堂外，一層層的山似乎遠退，但又似一層層地向此擁來。

青林覺得自己簡直無語，他完全沒有想到會有這樣的收穫。但最讓他震驚的，是莊園中兩面屏風牆上深雕著的大字。這是整個莊園最大的兩個字，整面牆只刻一個。它們一個是「忍」，一個是「耐」。這是有著怎樣的經歷和感受，才使這個家族悟出此二字才是他們的人生信條呢？

青林覺得自己似乎觸到了什麼，但又有些沒底沒邊的，抓摸不著。就彷彿兩隻手在又深又濃的雲團中，分明已經抓在手中了，卻又兩手空空。

龍忠勇決定留在鎮上，他要帶著學生，把這座莊園，從整體到細節，從結構到門窗，還有壁畫、對聯、牌匾等等，簡而言之，就是要從建築到文化，作為一個案例，進行完整的測量和繪製，以及剖析。龍忠勇說：「中國人一向只知江南有莊園，而江南之外的南方莊園，似乎大家都不太清楚。這將是我下一本書的內容。」

青林說：「是呀。尤其中南地帶，相當於中國腹部，這裡有怎麼樣的豪門莊園還真沒怎麼了解過。」

龍忠勇說：「遺址倒是看過不少。只是，我現在感興趣的在於，這一個個的家族怎樣興盛，又怎樣衰落，如果了解了這個過程，恐怕更有助於我們了解中國的建築歷史。反過來，這樣的建築歷史，它的興盛和廢棄過程，一旦了解清楚了，又可以幫助我們真正了解中國歷史的轉折點和它真實的發展軌跡。」

青林笑了，說：「嘩，一下子這麼深刻，你都嚇著我了。」

三個學生便笑，其中一個說：「老師講課一向這樣，一講就朝深奧處走，弄得我們腦袋發蒙。」

龍忠勇本來一臉嚴肅，此刻更嚴肅了。他說：「建築不只是藝術，它是給人用的。而莊園更是一個家庭與自然、社會各種關係的凝結點。它的起始緣由、鼎盛過程以及廢棄始末，都與社會變化密切相關。我們要真正了解莊園建築，自己心裡必須要有真實的歷史。就算跟書上描述的完全不同，但我們也只能依據建築本身提供的資料來確認當時的歷史。」

青林又笑：「難不成你要現場就給學生講課？」

學生們都笑得一哄，龍忠勇也只好笑了起來。

28 一個家族的故事

下午，朋友為他們找到一戶人家。據說這家的老爹年輕時，曾是大水井莊園的家丁，就在附近的山腳下居住。他們一行聽得這層關係，便立即有了拜訪的興趣。尤其龍忠勇，他不停地說，這種知情者的口述，最是重要。

老爹姓向，他有點太老了。往事在他那裡不是回憶，而是一種自顧自的絮叨。對於來客，他有幾分高興。拿出自己的長煙桿，一定讓客人吸幾口。青林看到長長的煙桿為竹子所做，時間久遠，已變得烏亮。煙孔尾部尖而向上微翹，金屬包皮，上雕魚鱗紋，精緻富貴。而煙嘴處則鑲著淺綠色的玉，玉色不因時久而黯淡，它仍然透著溫潤的光亮。向老爹說，這煙桿就是當年分浮財時，他向工作隊長討來的。不是尊貴的客人來家裡，他也捨不得拿出來吸用。他說，這個東西，現在怕是要值一千塊錢了。

龍忠勇說：「如果是當年地主家的東西，恐怕得上萬。」

向老爹忙向兒子說：「聽聽，老師說了，這是個金貴的傢伙，以後要收藏好。」

向老爹的方言濃重，講述的過程有些顛三倒四。龍忠勇是貴州人，熟悉這種西南官話的語調，很容易聽懂。青林在武漢長大，大體也能聽明白。苦了龍忠勇的三個研究生。這三個年輕人，一為山東人，一為遼寧人，還有一個來自福建。龍忠勇這個當老師的，幾乎成了他們的翻譯。於是講述的時間便拉得特別長。

向老爹說，要說李家的事，這一開說就得有三百年。姓李的兩弟兄，從湖南進川。這裡以前是川東哦，歸奉節管。早先這兩兄弟幫一個姓黃的地主幹活。哥哥又能幹又精明，慢慢成為管賬先生，自己也搭著做些小生意。日子久了，他們的生意已經大過了自己的東家，於是自己就成了東家。這個莊園最早的老屋，就是黃家的老宅子。兩兄弟賺到錢囉，就教自家娃兒讀書。讀完書就做官，以前就是這樣。做了官，就更來錢，家業越發大囉。家大口就闊，怎麼講呢？有錢人娶幾房呀，婆娘多娃兒多，都是成群成堆的。族人一開會，呼啦啦的，拖家帶口，百多人。家族一興旺，房子就不夠住囉。不過有錢啥子都不怕，蓋新的就是。一代代蓋下來，房子連成了片，就成了莊園。李家也成了川東大戶，方圓幾多里，都是他家的田。

為啥子叫大水井？當年人窮土匪多，川東年年鬧匪。只要土匪路過，看見哪家有錢就打哪家的秋風。但是我們老東家從來不怕匪。祠堂你們看過了吧？牆厚吧？位置高吧？一百零八個槍眼，派一百零八條好漢守起，一個人守一個槍眼，哪個土匪打不死？土匪來過幾回，曉得惹不起。過後有一回，一個姓賀的人帶了軍隊來打我們，那是民國時候了。那時節我還小，我爸爸是槍手。聽他說的，圍了幾天，打不下來。但是，祠堂的水沒得了，族長就是我們老東家，叫李蓋五，他只好單身匹馬出去談判。送了那個姓賀的老總不少銀兩，姓賀的也算曉得江湖規矩，拿錢走人。他們一走，族長就決定挖水井。水井挖好，把高牆圍起。只要有水，再來多大隊伍，他都不怕。牆上的字看見不？大水井三個字，就是老東家李蓋五寫的。字好大，寫得真是威風。

但他不曉得，解放了，他家的牆修得多高多厚也沒得用。李家一族，大大小小一群地主，好幾十個，都被鬥慘了。你們去的那個莊園是老爺子李亮清家的。他家老大，兩口子都被槍斃了。老三自己跳了樓。那時候我二十出頭，我是他家的佃戶，是窮人。但我不是積極分子。李家人對我們不錯，我媽不准我去鬧。不過燒他們家地契我參加了。因為我媽說，地契燒得好。我們以後種田就是為自家種，再不用給地主交租子了。

我們老東家李蓋五腦袋很靈光，清匪反霸的時候他是積極分子，聽說他後來還在萬縣當土改隊長。他以為能躲過這一劫，結果硬是被農會叫回來參加鬥爭。縣裡保他，規定不准吊打不准槍斃。農會聽縣裡的，但是恨他的人也多，就把他一家子關在莊園不准出來。不打你也不斃你，可是不給你吃的。這一條，縣裡沒有規定。他們沒得糧食吃，硬是活活餓死了，連兩個娃娃都一起餓死了。真不曉得前世作了什麼孽，到現世來遭到報應。

向老爹時斷時續講完李家的故事時，天已大黑。

他的最後一句話是：李家就這樣完了。

然後就只聽到他吸煙的聲音。

青林滿心愴然，覺得世道殘酷竟至如此，想起莊園裡巨大的「忍」字和「耐」字。歲月動盪，這兩字哪裡有半點用處？

三個學生唏噓著，龍忠勇跟他們說：「很多人認為，改朝換代，穩固江山，這是個必然過程。只是，我們也可以自問一下，必須這樣殘忍嗎？」

青林想，是呀，何必這麼殘酷。如果理智地來做這些事，應該還有更好的辦法。

或許之前接觸這類內容太少，對歷史的進程幾乎無知。這個家族的故事，帶給他們的震驚甚至比這座莊園給他們的震驚來得更猛烈。

返回縣城的路上，他們竟一路無語。彷彿每個人都在想事，又彷彿每個人的腦袋都呈現出空白。

晚餐是在縣城吃的。龍忠勇決定明天就搬到鎮上住，他說：「南方的莊園，說南方可能太廣大了，我指的是長江中上游的南方地帶。這一帶莊園規模大的不算多。尤其跟山西和江南相比，真是小巫。但在這裡一些偏僻之地，甚至在隱密的森林裡，會突然冒出一些來路不明的大宅院，真是讓人嚇一大跳。而且這邊莊園主的身分也經常讓人感到疑惑，建築材料的來路也有些怪異。每次在這樣的南方遊走，我都會有種神秘感。彷彿大宅和莊園的背後，隱藏著無數的難以言說。像今天我們看到的，恩施就夠偏遠了，利川則更偏遠，而在更偏遠的柏楊壩，竟有大水井這樣規模的莊園，很不可思議。看到一柱抬九樑了嗎？用得多麼老練多麼恰到好處。」

飯間，他們聊起的是這些。

一個學生說：「老師您是用神秘二字，來替代世道的無常嗎？」

龍忠勇說：「世道確是無常，但神秘也千真萬確。我曾經去過川東一座陳家莊園，規模之大，是大水井無法可比的。整個莊園找不到任何排水系統，但上百年來，無論多麼大的雨水，莊園內從來沒有積水。我見這些，心裡的確有神秘之感。」

青林正想搭話，他的手機響了。這是老闆劉小川的電話。

劉小川說他正陪著父親在重慶探友，但突然有緊要事務，必須馬上飛往美國。而他大哥夫婦還在歐洲旅遊，三天後才能回來。他知道青林正在恩施州，問他能不能趕來重慶，幫他照顧一下父親。他說：「老爺子出來一趟不容易，好不容易來了，不能什麼事都沒做就回去。本來也是想在當地找個人陪下老爺子，可老爺子點了你的將，問可不可以請你陪他。他喜歡你。我一想，你不是正在附近嗎？不然你來下？」

青林告訴他，他確實正在利川。不過不知道許家坪機場飛重慶的航班情況，如果趕回武漢，恐怕得兩天時間。劉小川說：「哪用得著這麼繞。在利川更好，過來更方便。利川以前就歸萬州哩。而我父親本來就是去川東。我讓司機明天送他到萬州，你不妨一早開車過來，不到兩百公里，半天就到了。我大哥夫婦兩三天就過去，你可再返回利川。」

青林想了想說：「好吧。」

青林把自己的動向三言兩語告訴龍忠勇。龍忠勇說：「你放心忙你的吧。我們在鎮上總歸也要待幾天。製圖這種細緻活兒，你當老闆多年，大概也不習慣做了。」

青林笑道：「我算個什麼老闆？你看，我老闆一呼叫，作為打工仔，我分分鐘就得到跟前哩。」

29 在萬州吃烤魚

青林下午在萬州國際大酒店的大堂裡見到了劉晉源。

劉晉源原本發紅的面龐，此刻紅色顯得更重，許是途中勞累之故，又或是因為興奮。青林與他握手問好時，依然能感覺到他的力量。

劉晉源說：「青林，是我點你來陪我的。我跟小川說，你如果要找人陪我，我還要青林。小川孝敬我，說保證把你找來。沒想到你來得這麼快。陪我這個老頭，怎麼說也是添麻煩，沒誤你的事吧？」

青林說：「沒有沒有。能陪劉伯伯，是我的榮幸哩。」

劉晉源說：「我聽小川講，你媽媽身體也不好？」

青林說：「反正就那樣了。就像植物人吧，她很安靜。我請了保姆照顧她。」

劉晉源說：「嗯，小川說你自小父親去世，是母親養大的，很不容易。你是得好好孝敬她老人家。」

青林臉色黯然了一下，然後說：「可能正是我的孝敬，害她生病。」

劉晉源說：「千萬別這麼想，你只要有孝敬之心，爹娘都是知道的。你媽雖然病得人事不知，但她心裡一定有數。」

青林說：「嗯，希望如此。劉總說，您以前在這裡打過仗？」

劉晉源說：「是呀，打的是惡仗，圍剿土匪。那個激烈，我們司令當年都說了，是又一場淮海戰役。這個我以後慢慢跟你講。」

青林笑道：「是了，您一路也勞累，先歇一歇。一會兒我陪您吃飯。這裡的烤魚聽說一流的。我請您吃。」

劉晉源說：「啊，你這一說，我胃都開始蠕動了。小川他媽媽，是巫溪人，烤魚做得好，當年她把這一手教給我家保姆。我那保姆，也是本地人，聰明，心又細，做得比她更好。」

劉晉源說時，搖頭閉眼，似在追憶烤魚的味道。青林見了好笑，他也愛吃烤魚，以前母親經常做，做時還說，市場上的花椒真不如她以前用的好。

他有點想母親了。他想，不知道她還能不能醒過來，如果醒過來了，一定要讓老媽多做幾次烤魚吃。

天微黑時，青林估計劉晉源也休息好了，便叫劉晉源外出吃飯。兩人一起走出酒店，路邊的各類餐館多極。儘管三峽大壩剛剛淹掉小半個萬州，哪裡都有些亂哄哄的，但餐館卻沒有半點蕭條。

劉晉源感歎道：「世道真是變了，以前哪有這樣多的餐館？這路名我知道，可街景我是一點熟悉感都沒有了。」

青林說：「現在城市都是十年一大變，五年一小變，您離開這裡多少年了？」

劉晉源說：「四十年了。」

青林笑道：「這都大變了四回，小變八回了。」

劉晉源說：「變得這麼勤，難不成是大小便？」

青林大笑，說：「劉伯伯，您這幽默很黑呀。」

劉晉源自己也笑了起來。他嚴肅正經了一輩子，退休後，人閒無事，連性格都在慢慢變化。他想，難道是因這世界不要我了，我自暴自棄了起來？

走過一個路口，劉晉源駐足看了看，指著前面一棟樓說：「這裡以前是軍分區醫院。小川就是在這裡出生的。唉，他都五十出頭了，你說我們怎麼能不老？」

青林說：「劉總原來在這裡出生的呀，劉伯伯您可以去懷懷舊，我搭著去探秘，回公司就有炫耀的資本了。」

劉晉源說：「一個光屁股娃兒，有什麼秘可以探的？還不是醫生抓著兩隻腳丫，啪啪地拍他幾下屁股。」

他這一說，青林笑了起來。劉晉源也笑開了。他的笑聲很大，引起一些路人注目。

青林看到一家專做烤魚的小店，先快步進門看了一圈，出來跟劉晉源說：「這家挺乾淨，您覺得怎麼樣？」

劉晉源說：「你說這話，像小川他媽媽。她這輩子，對我說得最多的話就是，要乾淨。」

青林笑道：「我媽和我老婆也都是這樣。」

劉晉源亦笑，說：「天下女人都一個樣。你煩是煩她們嘴碎，但沒她們，你日子怎麼都過不好。」

青林說：「是啊。您的體會應該比我更深刻。」

烤魚店並不大，滿屋麻辣香味，老闆一口地道的萬州話，嗓音尖細。他隨意而親切地招呼道：「兩位老闆請窗邊坐起。老人家坐這位置寬敞，放腿舒服，還能看街景。」

青林和劉晉源坐在老闆所指位置上。劉晉源感歎道：「哪兒都變了，但這裡的氣味還讓人親切熟悉，萬縣人還像以前那樣熱情周到。」

青林說：「您在這裡住了多少年？」

劉晉源說：「有將近十個年頭吧。那些年，是我人生中最舒服的日子。剛剛建立新中國，仗打完了，土匪也滅了，社會安定和平，工資也足夠花。家裡養著兩個男娃，活潑健康，加上老婆和保姆，一家子五口。我最大的戰鬥，就是跟兩個淘神的男娃娃鬥，尤其小川。這種小日子，就是以前我們上戰場時最大的心願呀。剛到部隊，班長就是這樣說的，共產主義是什麼？就是老婆孩子熱炕頭呀。沒一個人不這樣想。」

青林笑了起來:「這個就是你們當年的理想？蠻有意思哦。」

劉晉源也笑了起來，說：「是真的，好像當年的動力，就是回家過好日子。你真以為是為了解放全人類？城裡的知識分子可能想到這個了。但我們大多數是農民呀，出了村子，直接上前線。參加革命，就是想過好日子，不受地主的氣。我去當兵時，跟我爹娘說，打走日本人，回家過好日子。後來又說，打垮國民黨，回家過好日子。再後來說，消滅土匪，回家過好日子。一直到朝鮮，還是說，趕走美國佬，回家過好日子。結果，好日子過上了，爹走了，娘沒了，二老不在，連家都不想回了。」

青林被劉晉源這番話說得笑倒。

劉晉源說：「你們年輕人聽了好笑吧？川東剿匪，我們來的是主力部隊。剿匪一結束，我就去了朝鮮。一年後負傷回國，家在這裡，工作安排也在這裡，組織上沒讓咱回老家工作，咱也只能留在這裡呀。我直到五十年代末才調到武漢。」

青林說：「時間真挺長，難怪您對這裡有感情。可是幾個小蟊賊，還需要動用主力部隊？」

劉晉源說：「嘿，你真是小瞧這兒了。你看這周圍，一層一層的山。土匪在這山裡盤踞上百年，真不是那麼好打的。以前打日本人和國民黨，都是他們在明處，我們在暗處，我們想怎麼打他們就怎麼打。打土匪的時候，倒過來了。我們在明處，他們在暗處。他們熟悉地形，又跟殘留的國民黨軍隊合流，再加上當地富人養的民團。那個仗，是真難打呀。開始沒經驗，我們吃了不少虧。」

青林聽得來勁了，說：「那你們是怎麼打的呢？」

劉晉源說：「老辦法，發動群眾。告訴老百姓，把你們當土匪的親戚朋友老鄉，都勸回來，我們不追究。我們來的是正規軍，幾百萬國民黨軍隊都打垮了，難道還打不下他們這點小蟊賊？把土匪消滅了，大家都有好日子過。老百姓一想，對呀。人同此心，誰不想過好日子？新中國剛成立，民心所向共產黨。所以，土匪雖然猖獗，但擋不住到處都有人跟我們通風報信，還有人熟悉他們，告訴我們怎麼打他們。老話說，強龍壓不過地頭蛇。如果我們是強龍，土匪就是地頭蛇。但我們硬是只用了幾個月，就把地頭蛇全部消滅乾淨。從清朝開始，川東土匪年年擾民。你再看看，後來中國哪裡還有土匪？五十多年絕了匪跡，百姓從此過上太平生活，誰帶給他們的？老百姓心裡清楚得很。」

青林肅然起敬了。他說：「您要喝點酒嗎？我想給您敬酒了。沒有您這一代人的努力，就沒有我們現在的好日子。」

劉晉源高興了。平常這些話，他也愛說，可完全沒有人聽。現在青林不光聽進去了，並且還接受了他的想法，這個太難得了。劉晉源說：「血壓高，醫生不讓喝。有你這番心意，我當喝過酒了。現在年輕人不懂得我們當年怎麼走過來的。那叫一個驚心動魄！我的好些戰友槍林彈雨幾十年都沒死，卻死在了這裡。共和國都成立了，一天福沒有享著，人突然就沒了。跟日本人打時，人人都準備殉國，所以，那時候身邊戰友一個一個死，都沒覺得怎麼傷心。因為他們是抗日英雄，值了。可是，在這兒，有時候就是被冷槍打死的，有的是半路遭伏擊死的，還有被土匪抓去折磨死的。我在這裡的眼淚比抗日時都流得多。為什麼？因為他們已經走到好日子的門邊上，一隻腳都踏進了門，人卻沒進去。這樣的死真是太讓人疼了。所以，我特別恨土匪，抓著他們，恨不得一個個都斃掉。」

青林渾身一凜，說：「您親手斃過？」

劉晉源自豪道：「當然！大仗就不說了。光是這裡，就打死過不少。有個土匪團襲擊我們一個徵糧小組，打死了我們好幾個人。小川媽媽在那次襲擊中，險些沒命。逮著那群土匪後，我親手斃了土匪頭目。小川媽媽從山窪裡被送到戰地醫院時，得幸前去援救的部隊中，有一個戰士懂醫術，臨時搶救得力，不然小川就根本沒有出世的命。說來也巧，這個戰士，正是我從北方深山老林裡帶出來參加革命的。所以這裡的老人說，這叫福報。」

青林對當年川東剿匪，一無所知。至於過往的戰爭，也更多是通過電影電視和書本才略知一二。現在親耳聽劉晉源講述，給他的感受相當不同。老人家語言中的憤慨、感歎、悲傷這類感情，只有坐在近旁親耳聆聽，才會被真切觸動。青林努力通過腦子去還原他的戰場和他的戰友情意，但還是覺得很難想像。甚至於他的感情，他也很難體會。所有陌生的這一切，他只能當作傳奇去傾聽。

他們且吃魚且閒聊。這期間劉小川打了一個電話過來，聽說他們在路邊小店裡吃烤魚、聊剿匪，便在電話裡大笑，說：「我就知道青林比我自己招呼老爸還要靠譜。因為他比我有耐心聽老爸講這些話。」

劉晉源不悅道：「你為什麼就不能有耐心呢？」

劉小川仍然在電話裡大笑，說：「老爸呀，從我懂事到現在，我已經聽你那些故事聽了幾十年，哪能沒有審美疲勞呢？」

劉小川的聲音很大，隔著小桌子的青林聽到也笑了起來。

這次來萬州，劉晉源要去看望一個叫李東水的人。這是個當地人，比他的年齡大幾歲。劉晉源說這位老李曾是他的房東，年輕時當過袍哥，人們叫他李三哥。袍哥因為崇拜關公，所以排行空缺老二，因為沒有人有資格當二哥。李東水雖是三哥，其實就是袍哥的二當家。解放前夕，他被地下黨爭取過來，成了川東游擊隊的交通員。剿匪時，劉晉源就住在他家。因他熟悉這一帶土匪的路數，給劉晉源出了很多主意。本來工作隊一個姓韓的隊長要介紹他入黨，沒想到就是那天，韓隊長在半道被土匪的冷槍打死了。剿匪結束後，他跟李東水就失去了聯絡。最近，老李的孫子通過網路找到了他。要請他證明，他爺爺李東水當年剿匪有過功勞，說這是他爺爺一輩子唯一的願望。這時候，劉晉源才知道，因為有過當土匪的歷史，李東水從土改到「文革」，吃了不少苦頭。他立即答應了他們，並親手寫了證明文字。聽說縣裡已經開始接受他們的材料，但進展得很慢。

劉晉源說：「這個忙我一定要幫。我們都老了，閻王殿的小鬼成天在我門口晃蕩，我都能看到他們在跟我打招呼。我說，你們已經放過我好幾回了，這次就再等一陣子，你們那個閻王殿也不多我一個，我辦點正事就跟你們走。你想想，我如果不幫他，他這一生就都冤過去了。正經說，他該過了九十歲。一輩子受冤屈，還能活到這歲數，必定是有執念沒放下。小川說我行的是個大善，所以他要專程陪我過來。如果不是公司遇到緊急的事，他一定不會離開的。」

青林有一種莫名的感動。人老了，一切名利都淡了，並且也無甚意義。或許此時，只有情意，比別的都緊要了。

30 青林瞬間被改變了心情

青林按頭天晚上的約定，早起到餐廳與劉晉源會合時，劉晉源居然已經出了一趟門。大清早，他讓司機載著他繞了一圈，還去了太白巖。劉晉源說：「修三峽水庫，半個萬縣城都被淹到水底下了，得幸太白巖還是老樣子。」

青林說：「什麼太白巖？」

劉晉源說：「原先叫西巖，結果李白來了，在那裡又是喝酒又是下棋的，以後人們就把西巖改名為太白巖。」

青林說：「啊，是這樣呀，還是文人厲害。」

劉晉源說：「我們剿匪，死了那麼多戰士，保了一方平安，卻沒有人把哪座山頭叫了英雄山。文人寫幾首詩，比我們英雄還要流芳千古。」

青林笑了起來，說：「您不用計較這個。文人走到哪，寫到哪，圖的就是個出名。你們就不同了，你們根本不在乎出名不出名，甚至也不圖利，所以你們才是英雄，那些文人就不是。」

劉晉源伸出了大拇指，說：「你這個解得好，比我家小川強。小川說：『這是文化，文化才能流芳百世，您不服也得服！』他這樣講，我還真不服。可你說的這個，我服。這個說得對頭，我們英雄跟文人圖的東西不一樣。我們真心為人民服務，有名沒名都不計較。」

青林說：「您到底是老英雄，思想境界高。現在人可不這麼想。現在不少當官的人，也不會這麼想。」

劉晉源歎道：「社會變了。所以我們老了。」

早餐後，他們即到一個叫白馬坡的地方。劉晉源說，他有幾個戰友在那裡死的，墓也建在那裡，他要去祭拜一下。

司機老早問好了路，但他們繞了半天，依然沒找到。問當地人，說白馬坡早就沒了。修公路連坡都炸掉了。但是，幾個老鄉都說，烈士墓是一定不會炸的。老百姓心裡有數，那些人是恩人。以前年年都有老鄉和學生去祭拜。修路之前，就遷移了，不過遷到哪裡去就不知道了。不管遷到哪裡，祭拜他們的人一定不會少。

劉晉源有些難過，還想再找人詢問。青林說：「時間有點緊張了。您聽到那些老鄉說的話嗎？老百姓心裡有數，他們是恩人，年年都有老鄉和學生去祭拜。他們都活在大家心裡哩。」

劉晉源真心覺得青林講話就是讓他舒服。就算跟他的觀點不一致，講出的話卻句句在理，能讓他接受。

他不再作聲，也不再堅持自己的想法。只是朝著四周的大山，默默地鞠了一躬，說：「老韓，小戴，各位戰友，我這是最後一次代你們向白馬坡表示感謝。感謝它當年收留了你們，讓你們安息。現在它已經變成了山裡的道路，路又平又寬，鄉親們進進出出很方便。這不正是我們當年的願望嗎？我就算找不到你們，也知道你們會喜歡這個變化。過不多久，我們就會見面。你們說，勝利了，我們幾個要找個山頭像李白那樣喝酒下棋。我都還記得。我來時，會帶兩瓶瀘州老窖過來。」

青林突然覺得淚水湧進了自己的眼眶。

他甚至有一種不知所措感。

對於劉晉源這樣的老軍人，青林一向無感，談不上欽佩，也說不上厭煩。只拿他們當老人家對待，即便是劉晉源，他處處表現的尊敬，也是因為他是老闆的父親。他的客氣遠多於真情。見多了這世道的虛偽和假裝，業已有了諸事不過心的習慣。而這一刻，突然見識了這樣的一種真，一種發自內心的真情和真誠，青林覺得自己瞬間被改變了心情。

這個老人家讓他在心裡升騰出一種崇高感。他想，我是不是應該真正地去了解一下他這樣的人呢？

31 塵埃就是塵埃

抵達響水鎮時，已是中午。從響水鎮到李東水老人的家裡，還有一段山路。本來，青林希望從軍分區要輛車，把老人接到酒店。又或者，他們在鎮上找一家飯店，接老人過來，一邊吃飯一邊聊天。這些都被劉晉源拒絕了。他不願意找軍分區的理由是，他已退休多年，有兒有女，還找部隊做什麼？又說，李東水比他年齡大，吃了這麼多年的苦頭，身體一定也不好，本來也應該他親自登門看望。青林和司機都拗不過他，只好依從。

李東水的孫子趕到鎮上來引路。他說爺爺已經走不動路了，父親腰腿都有傷，也走不了這麼遠。他在重慶打工，特意請假趕了回來。正是他在網吧通過網友找到的劉晉源。李東水已經四代同堂，即使前來引路的是孫子，年齡也跟青林相近。

隔了百米路，車便開不進去。劉晉源下車步行，土路雖窄，倒也平坦。劉晉源走了幾步便說：「腳落在這種泥土路上，真舒服呀。」

青林笑道：「您這是在懷舊哩，我從小走的是大馬路，找不到感覺。」

劉晉源說：「這個，你跟我家小川一樣，不懂得土路養腳。」

李東水的家是棟紅磚的房子，被山腳邊成片的綠樹襯托，顯得很是醒目。遠遠地，能看到一個羸弱無力的老人正倚門佇望。

李東水的孫子指著老人說：「那就是我爺爺，從早上起他就不停地站在門口等您。」

劉晉源不覺加快了步子。走到近前，他幾乎是小跑了。青林護著他，生怕他有閃失。兩個老頭見面沒說一句話，就擁抱到了一起。李東水發出了嗚嗚的哭聲。他的聲音渾濁不堪，話說得嗚嗚咽咽：「劉政委，想不到你能來看我。想不到啊。」

劉晉源亦有些哽咽，說：「三哥，我也想不到還能見著面呀。你可真是大變樣了，當年的李三哥多麼了得！」

李東水說：「太老囉。劉政委氣勢倒是跟以前一樣呀。」

劉晉源說：「也老囉也老囉！」

李家堂屋裡坐了不少人，老少都有，一個個都抹起了眼淚。青林和李東水的孫子，分別扶著兩個老人家坐在了兩張舊籐椅上。李東水的孫子一一介紹了客人，村支書也在座。

另一個老人，拄著拐，端了茶上前，說：「劉政委，我是毛仔，當年我十四歲，您還教我識過字。」

劉晉源怔了一下，彷彿想起，說：「啊，毛仔呀。你不說，我都忘記了。你都這麼大了？打馬口洞就是你爸讓你來找我的，是吧？」

叫毛仔的老人說：「對頭。那一仗我們贏慘囉，一根毛都沒有傷著，就把馬口洞裡幾百個土匪都活捉了。」

劉晉源說：「這都是你爸的主意高呀！」

李東水的孫子指著毛仔說：「劉政委，這是我爸爸。他也快七十了。」

劉晉源說：「你那時候腿子跑得快呀，還給我們送過信，一夜晚翻幾座山。你現在怎麼了？」

毛仔說：「以前路不好，坐拖拉機，翻車摔壞了。」

青林擔心他們拉起家常沒個完，便對村支書說：「李大爺的事辦完了嗎？劉政委寫了證明，這回又親自登門探望，這個就沒問題了吧？」

村支書忙說：「沒問題了，沒問題了。劉政委在我們川東剿匪名聲很大，有他老人家的親自證明，一點問題都沒有。區裡除了平反，還要做獎證。領導說，要給李三爹每個月發津貼。但是發多少，我們還不曉得。李三爹啥子罪都沒得了，是我們有罪。」

李東水說：「跟你們不相干。你們年齡也小，啥子都不曉得。那時候，啷個說都說不清楚。唉，不說了。」

劉晉源說：「當年怎麼沒來找我？我就在萬縣呀。」

毛仔說：「去過。說您抗美援朝沒回。後來又去，說您受了重傷，不能見人。後來就找不到了。門也進不去，沒有人能證明我爸。以前路不好，走出山一趟好難。再後來，我腿壞了，我爸就說算了。」

劉晉源長歎一口氣，說：「我根本沒想到你爸會有這些磨難。完全沒有想到。東水是這裡有名的李三哥，又是我黨的地下交通員，當年我就知道。因為他可靠，所以剿匪的時候，我們住在他家裡。他不但不是土匪，甚至是剿匪英雄。沒有他的幫助，我們在這裡剿匪也沒這麼順利。我們能輕易拿下馬口洞，能擒拿洞裡幾百土匪，就是李三哥告訴我的辦法。這場仗是我指揮打的，我就是證明人。還有毛仔，當年也半夜翻了幾座山，給我們送信，讓我們的一支徵糧隊避免了襲擊。你們知道嗎？那一個口信就是幾條人命啊。你們村裡以後要好好照顧兩位英雄老人，不能讓他們再受半點委屈。」

幾個村幹部忙點頭稱是。

李東水再次嗚咽起來，說：「劉政委，有你這句話，我這輩子也算值得了。這世上，只要有你一個人認為我是英雄，我就沒有白活。」

他的兒孫們也都再次抹起了眼淚。

青林有些受不了這樣的場面，他走出了屋子。沿著小路出去，外面是山，山後面還是山。人在其間，渺小得只如塵埃。掐指算起來，李東水被冤屈的時間，有五十年之久。他的兒孫亦都因他而受影響，在人下做人，失去人生無數機會。而現在，只需要一番安慰和「英雄」二字的肯定，一切天大委屈都作煙雲散去。

司機在一邊踱步，青林走過去，找他討了一支煙。司機問老頭們談得怎麼樣。青林描述了一下情況，發了一通感慨。司機說：「他不就是個老百姓嗎？那你能讓他怎麼樣？打官司？巨額賠償？討回五十年時間，重新再活一回？都不能呀。」

青林笑了，說：「是不能。」

笑完想想也是無奈。是啊，塵埃就是塵埃，該不該忘記的事，都只能選擇忘記。

32 且忍廬？

李家這天開了大餐。院子裡擺了五張桌子，附近德高望重的村民也來了不少。這是天大的喜事。青林也被請到了上桌。他默默地吃飯，在熙熙攘攘中聽他們閒聊。其中有三五個也都是八十以上的老人，一提起當年川東剿匪，他們都能講出許多故事，而劉晉源經常就是這故事中的主人公，這讓劉晉源非常興奮。他破天荒地喝了幾口酒。

青林覺得自己責任重大，不敢讓他繼續，以極其堅決的方式，制止對方一而再地敬酒。青林說：「這是老闆交給我的任務，不然我會丟工作的。」

鄉親們雖然覺得丟工作這事重大，但還是再三請求，說是難得與老英雄一起喝口酒。劉晉源聽不得人家稱他英雄，一聽就來勁，一定要再喝一口。整個院子裡五張桌子幾十個人，即便一口，量也太大。青林急中只好拿出城裡人的暗招：將劉晉源的白酒悄悄地換成了礦泉水。劉晉源喝多了，竟渾然不覺已被調包。

喝酒間，劉晉源突然說：「我想起一個人來。那個胡凌雲後來怎麼沒聽人說了呢？當年他一喝酒就倒，年輕人都好整他。」

一桌人都怔住了，很茫然地相互望望。

還是毛仔開了腔。毛仔說：「哦，我想起來了，是那個重慶回來的大學生吧？幫你寫材料的那個？在我家住過好幾天，他跟我睡一張床，還送了我識字課本。」

劉晉源說：「對對對，他說他爹以前留過洋，喜歡字畫，家裡好多書。我還說以後我帶個愛讀書的人去他家看看。可是我從朝鮮回來就再沒見過他。工作一忙，也沒有想起他來。今天到這裡，一喝酒，倒是啥都記起來了。他的文筆好呀，我說他將來可以當作家的。大家又拿他逗樂子，非要他練酒量，說以後要和他一起找個山頭喝酒下棋，完後，這山頭就叫凌雲峰。比太白巖叫起來還響亮。」

毛仔驀然冒了一句：「他早死了。」

劉晉源吃驚道：「怎麼死的？他還年輕呀。」

毛仔說：「剿匪完後，他留在縣裡當幹部。土改時，他家被劃了地主，出了事。他妹妹託人帶口信給他，叫他趕緊回家把爹媽接到城裡。聽說他連夜往家趕，結果走到半道，被人打死了。」

劉晉源更驚了，他說：「啊？這叫什麼事兒啊！」

一個老頭說：「噢，我聽說過這個事。那個娃兒恐怕是胡水蕩胡地主家的老大。一個工作隊的同志回重慶過年，走到這裡落雪了，車不好走，就在我屋裡歇了兩天。他的包裡啥子都沒有，就裝了一堆書。我奇怪，說從山裡出來，怎麼會買到這麼多書。結果他說，是胡水蕩胡地主家裡的。胡地主喜歡藏書，屋裡頭幾間房都是書，村裡人光是燒書，就燒了好幾天。灰太多，農民就拿去肥田。他是個讀書人，心裡捨不得，就偷了一些出來。給我看，說上面蓋的印，是個怪名字，叫啥子且忍廬。」

青林心裡突然咚了一下。

「且忍廬」這名字他不陌生，在哪裡聽說過呢？他一下子想不起來，但心卻忽地亂了，額頭上沁出許多汗。他想這三個字跟我有什麼關係？是觸到了我的什麼？怎麼聽到這名字，心就跳得這麼厲害呢？

青林忙問：「什麼廬？你們剛才說的是什麼廬？」

那老頭說：「幾十年了。當時我也不懂，特意問他，這是啥子爐？燒火的？工作同志說，胡家的老輩子人有文化，主張遇事要暫且忍讓，就叫且忍廬。不是燒火的爐子。是胡家大屋的門牌子。」

他還想問個明白，可是滿桌人的話題又扯到了別處。

他們離開時，天已經黑下來了。青林覺出了劉晉源的累，把靠墊給他當枕頭，讓他在後排躺下。他們一路都沒有說話，回到酒店時，已是晚上將近十點。

安排劉晉源歇下後，青林便給劉小川打了個電話，大致說了下今天的情況。也說了用礦泉水替換白酒的事。劉小川說，你以為老爺子不知道？他喝了幾十年的酒，心裡清白得很。估計，他自己知道自己不能再喝，所以沒有揭穿你。換了年輕時，有人換他的酒，他會罵娘的。

青林說：「我寧願他事後罵，也不能讓他有事。我緊張得要死。」

劉小川說：「你做得對。如果他私下認同你換酒，說明他自己知道自己不行了，可是又磨不開面子。他就是這種人。明天你就讓他在酒店歇息，哪兒都不要去。他的一些老下級要來看望他，就讓他們到酒店。招待費記在他的房間號上，由司機結賬時一併買單。」

說罷又說他大哥劉小安已經在回國的路上，在武漢倒個時差，後天就可以趕到萬州。青林覺得這樣的安排對老人家更合適。就說放心吧，我會料理。

之後，青林給老婆打了個電話，簡要說了一天的事。老婆懶得聽，只是希望他早點回家，說是懷念前幾天那樣的日子。青林便笑，說如果成天那樣，你男人就廢了。之後又給冬紅打電話，問問母親的情況。冬紅的回覆跟過去沒有任何兩樣，說母親依然每天人事不知，完全沒有任何變化。

這是青林意料之中的事。

奔波了一天，青林自己也頗是困乏。沖完澡他躺倒在床，昏昏欲睡之間，且忍廬三個字又蹦了出來，同時蹦出來的還有大水井屏風牆上那個巨大的「忍」字和那個「耐」字。這些字中包含著多少生存哲學和無可奈何呢？

半夜裡，青林忽然夢見母親。母親指著大門說，這大門跟且忍廬不一樣。他霍然而醒。

難道？青林想，我沒有聽錯吧？當初母親說的是這幾個字嗎？還有一個什麼堂？

青林再也睡不著了，母親發病前的種種怪異，又歷歷在目。

關於大門，關於謝朓的詩，關於鬼谷子下山的花瓶，還有說她的父親喜歡畫畫，以及紫色的綢緞被面等等。

她下意識表達出來的這些零碎的詞語，背後會有些什麼呢？對了，母親很害怕，害怕有人來分浮財，難道她曾經經歷過什麼？巧的是，真的有座房子叫且忍廬。還有一點更重要：母親說話，口音似乎跟本地方言很接近。

青林煎熬般地等到天亮。

劉晉源沒有按約定準時到餐廳來，青林有些擔心，忙去到他的房間。在門口，遇到司機。司機說：「老爺子怕是昨天累著了，今天也不早起出門遛街，也不想起來。我把早點送到了屋裡。跟他老人家說，讓他安心歇著。我去給要來拜訪的老下級打下電話，請他們下午來。」

青林說：「也是呀。昨天連我都累得夠嗆哩。我們倆也歇歇。對了，你有那個李東水孫子的電話嗎？」

司機說：「有啊。你找他？」

青林說：「我想問點事。」

青林打通電話時，李東水的孫子正在返回重慶的路上。他說他也不清楚，小時候也沒聽人講過。但他可以幫忙去問問。青林忙拜託半天。半個多小時後，李東水的孫子回覆電話，說村裡那位提到且忍廬的老頭也不太清楚。都是風來雨去聽路過人說的。而胡水蕩早在五十年代修水庫時，就淹沒了。整個村子的人都不知去向。

這樣的資訊，令青林滿心悵然。

33 矯枉必須過正

整個下午，先後有三批客人前來看望劉晉源。後兩批撞到了一起，一看都相識，就一起聊。青林一直在場陪坐，他幫著迎送和倒水。都是老人，多在憶舊。慢慢地，他也聽出了一些頭緒，偶爾也插一兩句話詢問。

有一個老人家，姓馬，曾經是劉晉源的下級，後來轉業到地方，成為領導，可是反右運動中又被打了下去。見到劉晉源，他兩淚盈眶，連連說：「老首長，如果當初聽你的，留在部隊裡，我就不會這麼慘呀。」

劉晉源說：「哎呀呀，我當初不是罵你重色輕友嘛。為一個女學生，把自己的前程都搭進去了。結果呢？你倒了霉，女學生也不跟你，還不是你原配陪了你一輩子？」

馬老頭訕訕道：「我見你找的是女學生，老吳也找了女學生，心裡不也想跟你們一樣？」

劉晉源說：「我們倆是老家都沒娶呀。你呢？你老婆娃都跟你生了兩個，你還又另找人。你這是活該。」

馬老頭便發出一股哭腔道：「的確是活該呀，我是自找的。」

劉晉源說：「好在你也改正了，級別也恢復了，就別計較了。跟那些死在土匪手上的人比，你還活著。就算跟老吳比，你也算夠幸運了呀。算起來，他也死了幾十年了。」

馬老頭說:「這樣想想,倒也是呀。比上不足,比下有餘。」

劉晉源說:「我就勸你不要比啦。我比你官大又怎樣?現在還不跟你一樣當老百姓?比比誰活得長吧。」

兩人說著說著,又笑開了。

回憶舊人舊事是聊天的主要內容。他們嘴上提到的大多數人,都已經死去。於是他們便不時地處在感歎和唏噓之中。

老頭兒們敘舊閒聊間,青林接到龍忠勇的電話,說他們再有一天,圖就繪製完了,問他還回不回。這次收穫出乎意料。如果青林能返回柏楊壩,大概是什麼時間,他好做下一步安排。因為學校有個文學博士老家是川東的,跟他的一個研究生發短信,說他老家那邊有座大宅非常有特色,幾十年幾乎沒有被破壞。並非官方特意保護,而是因為那宅子陰氣森森,被當地人認為是鬼宅,人們都不敢進去,那學生管它叫「幽靈莊園」。再加上位於偏遠山間,政府也沒有人管,一直荒在那裡。據說那宅子的雕樓跟開平雕樓不一樣,非常有川東特色。如果有車,距離也不算遠,不需一天即可到。幾個學生都是文學青年,一聽「幽靈」兩個字,就想去看看。他也覺得已經到了這裡,路途不遠的話,不妨跑一趟。這就需要借助青林的車了。

青林也被「幽靈」二字吊起了胃口,他馬上表示,他能趕回來。具體回來時間,晚上給回話。放了電話,青林想,趁此機會,或許可以找找且忍廬的知情人。

晚間的飯,就安排在了酒店。青林跟那些老人家都講好了,儘管大家希望盡地主之誼，但老闆已經做了交代，必須由老闆買單，這是他的任務，不然老闆會怪罪他。這樣一說，老人家們也就不扯了。

劉晉源說：「你們專程來這裡看我，幾個飯錢，難道你們還要跟我扯嗎？當年沒有你們跟我出生入死地革命，我也活不到今天是不是？」說罷又說，「其實我也是花兒子的錢，讓他盡點孝心。小川，你們也都認得。你們哪家沒有被他摔壞東西或是砸爛玻璃？也算他欠了這些年的債，這回一併賠了。」

這番話說得大家哈哈大笑。青林也笑了，說：「原來老闆當年劣跡斑斑啊。」

劉晉源說：「小川六七歲時，就是孩子王，淘氣得每個人都想揍他。」

老人們便紛然說，應了一句老話，越是淘氣，越是出息呀。

劉晉源歎口氣道：「可不是，他媽媽以前寵他，說家裡將來他會最有出息。他媽的眼光比我好。」

一個老人說：「彭姐當年不容易呀。剿匪時，劉政委天天在外面回不了家。小安才兩三歲，扔在老鄉家。她忙著徵糧，這裡辦識字班，那裡辦夜校，給大家講新中國。老鄉們特別喜歡聽，好多土匪都是她教育過來的。」

又一個老人說：「當年安坪那邊土匪暴動，殺了我們不少人。他們準備第二次暴動時，我和彭姐正好在那邊徵糧。得虧李蓋五向王部長報了信，大部隊提前趕到齊岳山把土匪一網打盡。那時我剛工作不久，嚇得夠嗆。硬是靠彭姐一路給我們鼓勁啊。」

青林突然聽到李蓋五的名字，忙問：「是大水井的李蓋五嗎？」

劉晉源有些驚訝，說：「你怎麼知道他？」

青林便將自己和龍忠勇一行專程去利川考察南方民間大宅一事說了一下，然後就說到大水井的情況，並把他們聽到的關於李家的事也說了一些。幾個老人聽得很專心，間或還提了幾句問。青林說：「我前兩天就是從那邊過來的。李氏家族的莊園現在還保存著，只是沒有後人了。聽說李蓋五後來死得非常慘。我奇怪，既然他是自己人，怎麼還不放過他呢？」

幾個老人都不作聲了。

劉晉源沉默片刻方說：「川東土改我沒有參加，但過程也都知道。我也聽說做過火了，死了好多不該死的人。有一些，我都認識。在我們剿匪時，都給我們幫過忙。還有個陸子樵，也是不該死的。當年他們都擁護共產黨，支持新政府。」

馬老頭說：「是啊，陸子樵和李蓋五都是有過功的。徵糧時，李蓋五還到處演講，讓大家把糧食給國家。陸子樵也是把他家糧倉的糧貢獻出一大半。我們當時覺得組織上應該保護他們。但是沒想到他們還是死了。陸子樵雖然是自殺，但那更慘呀。」

青林說：「那為什麼你們能夠容忍下面亂搞呢？」

老人們便都長歎。

馬老頭說：「基層農民激情萬丈，一下子失控了。工作組也都發了昏，一時間不知道怎麼處理，跟著農民走，結果都失控了。」

又一老人說：「其實川東以前大戶還是很多的，如果土改沒有過頭，恐怕現在不會這麼窮。」

劉晉源不以為然，他說：「矯枉必須過正。不然我們怎麼能鎮得住他們？那時候情況多複雜呀！」

青林說：「我還是不理解。那時候你們是不是覺得凡是地主都應該鬥？地主真的都那麼壞嗎？」

馬老頭說：「不是我們，是當地村民。我們的問題是沒有制止。以現在的眼光看，你們當然會覺得這也不對那也不對。可是當年的社會狀況又險惡又混亂。我們來川東前，這裡幾乎所有縣城都被土匪攻占過。江山是我們的，但我們卻成了守方，他們成了攻方。殺了我們多少人？誰在支持他們？再說了，我們打仗多少年，可誰也沒幹過土改，也不懂法治。當然也沒人跟你說過，萬事應該法治。大家開會，說這個人該殺，就殺了。或者是，土改組長聽到反映，說某人很壞，該殺，也就決定殺了。基層的領導，自己也不懂什麼，政策水準很低，光想著要為窮人說話辦事，並沒有多想想：窮人這樣做對不對。」

劉晉源亦說：「這事也不能演習一遍再開始做。當年並沒有人出來分析，窮人為什麼會窮，窮人中有沒有地痞流氓。更沒人說，哪些富人是好富人，哪些是壞富人。所有的一切，都是現學。而且打完仗剿完匪，殺心還沒有褪盡，就覺得鎮壓是最簡單有效的方式。不像現在，你說村裡開會集體商量去殺個誰，哪有那麼容易？因為社會已經進步了。可那時，誰都不懂呀。所以，一下子就過了頭。一旦過頭，根本就刹不住車，都成了一筆糊塗賬。等到上級下命令不准亂殺時，已經殺了不少。你也看到那些大宅子了吧？富人有多富，你已經知道了。可是你並不知道窮人有多窮。沒飯吃沒衣穿的人，多的是！只要是窮人，不管活在哪個社會，你讓他去把富人的財富變成自家的，把地主的土地變成自己的，只要允許，哪個不會積極去幹？天下人心是一樣的。」

幾個老頭連連點頭稱是，說那時候，手段不嚴厲，根本不可能管得住那些個富人。他們有錢有槍有民團，拉出去就是一支隊伍。何況還有潛伏的國民黨人在暗中串聯。就算剿匪結束了，暗藏的破壞者依然多的是。虧得土改，把他們的主要拉攏和支持的對象全部摧毀，而且也把他們震懾住了。社會穩定的代價很慘重，但重要的是穩定了。川東什麼時候少過土匪？剿匪結束後，本還有些零散的和心不死的。有的人還準備等正規軍一撤，再進山紮伙。可是土改完後，全沒了。不是人死了，就是被管制死了。從此以後的五十多年裡，老百姓才過上沒有匪患的生活。

青林聽他們閒扯，不再插嘴。

他沉默著，覺得他們談的跟自己想的不一樣。

青林是學建築的，考慮的角度永遠是人。人怎樣方便，人怎樣舒適，人怎樣保持獨立，人怎樣擁有私密，人怎樣獲得自由，人怎樣產生自在，人在怎樣的綜合環境中感受美好，人有了優質的居房還會有什麼追求，諸如此類。他從未想過有關江山的問題。這個又宏大又遙遠的東西，於他來說是虛幻的，也是他無力體會到的。由此，他找不出一句話來反駁他們。

劉晉源似乎察覺得到青林所想，他望著他說：「你們和平時期長大的人，無法理解我們的心情，因為你們沒有打過江山。你們現在的日子，是我們年輕的時候一仗一仗打出來的，是拿命換來的。那時候我們出了門，根本不知道能不能活著回來。」

青林點點頭，說：「您說得對，我們體會不到。但是……」

他剛「但是」完，就覺得還是不說為好，因為有時候的用心去溝通，實際是造成更大的障礙。

青林隨即改口道：「酒店的菜真不錯，川菜真是怎麼做都好吃呀。」

說完暗想，這才是「今天天氣哈哈哈」啊。

第七章

34 地獄之第四：西牆的美人蕉下

丁子桃業已筋疲力盡。她清楚地看到，自己已經上了第四層。比起前面，這裡似乎隱隱有了幾絲微光。

她看清楚了，甚至一眼就認了出來：這是西牆。

這是三知堂花園的西牆。這堵又高又長的西牆，她再熟悉不過。整道牆蜿蜒幾百米，順山而下。砌牆的石塊大而厚重，裡外的石縫都長滿青苔。牆半腰的槍孔，也歷歷在目。西牆角上的碉樓，也進入她的視線。她的公公特意把這座碉樓平臺加蓋了四角的亭子，亭角飛翹，給人感覺像是吹風賞景的亭臺。但她知道，亭子中間放著一門小砲。當年防匪時，這個砲臺最為威風。

西牆下正被陰影籠罩。滿牆遍布的爬牆虎都已枯萎。牆邊那叢美人蕉鮮紅如焰的花冠，也已蔫成枯椿，彷彿都是氣息奄奄地熬過了寒冷。

她不記得自己第一次走進陸家的三知堂是哪一年。

她彷彿一生下來就知道三知堂。這是因為她父親的緣故。三知堂比她家在更深的山裡，但是，父親每年都會去那裡。父親說，隔得很遠，就可以望到高高在上的三知堂，西牆彷彿繞了半架山。而三知堂的花園就在那堵高牆後面。

牆角的碉樓也是鄉里人喜歡指著說的。說是老早前，山裡一個覃姓土匪人多勢壯，他想搶劫哪個村，沒人能擋住。可是當他搶劫三知堂時，卻被碉樓上的火砲，堵在了牆外。土匪非但沒法靠近，那姓覃的頭領反倒被碉樓上的一砲轟死。三知堂的高牆後，有多少個天井，多少個房間，沒人說得清，就算她後來嫁進了陸家，也沒有弄清過。

她是父親帶過去的。她的父親胡如匀和三知堂主人陸子樵曾經一道留學日本。陸子樵回國後，隨即參加了辛亥革命，之後從政，直到告老還鄉。而她的父親，子承父業，回國接下祖父的鹽井生意，又代其管理著鄉下家族的百十畝地。閒時便呼朋喚友，吟詩作賦，藏書收畫，附庸一下風雅。

父親在路上告訴她，三知堂是陸老爺祖父修建的。這位老爺爺在清朝也做過官。「三知」乃源於楊震所言「天知，神知，我知，子知」。他想要向子孫及世人表明自己從官一生，做人做事卻都十分清白。天知神知我知，他去掉了「子知」。她問父親，為什麼要去掉一知呢？父親歎說，他的祖上是販賣鴉片起家的，人言可畏。所以他認為，已有天知，亦有神知；我知即可，你知不必。父親說完又歎：「而今天下，還有何等人肯守四知呢？」

丁子桃瞬間連父親長歎時的神情都想了起來。

便是這次，陸家二少爺陸仲文帶著她閒逛至他家花園的西牆下。西牆沿山而上，步步修有青石臺階。牆上的槍眼，可見一道道的火藥痕跡。湊上前朝下望，山下田園屋舍，盡在眼中。

西牆的邊角，一叢美人蕉正開著紅豔豔的花。

她說：「我姑婆講，美人蕉是佛祖腳趾流出的血，所以它紅得與眾不同。」陸仲文望著她笑，笑罷說：「弱植不自持，芳根為誰好？雖微九秋幹，丹心中自保。你想的是血，我想的是詩。你知道是誰寫的嗎？」她說：「不知道。」陸仲文說：「南宋大家朱熹哩。『問渠哪得清如許，為有源頭活水來。』也是他寫的。」她說：「連這句我也不知道，豈不是白念了中學？」陸仲文便又笑了起來。她被他的笑聲所打動。

他們相互生情，應該就是那一次。之後，西牆便是他們常去的地方。牆盡頭碉樓上高聳的小亭子，也是他倆小坐之處。小火砲仍然在。他們時而會坐在砲臺上，也常常倚在亭欄邊，吹風，念詩，聽陸仲文吹口琴。

而現在，陸仲文呢？

丁子桃不禁叫了起來：「仲文，你在哪裡？」

她的聲音似乎被西牆的槍孔吸了進去，四周除了風，卻沒有一點迴響。

而此時的她看到了自己。這個叫黛雲的自己，正跪在這一叢美人蕉下。

她正在朝一個坑裡填土。

坑裡躺著兩個人。一個是小茶，這是她從娘家帶到陸家來的丫頭，另一個是紫平。紫平原是照顧老祖的，她嫁進陸家後，老爺就派給了她。她們倆肩挨著肩躺在一個坑裡。坑挖得有點小，兩人側躺著都有點擠。她不忍小茶擠成這樣，便拖出小茶，讓紫平睡在下面，把小茶擺放在紫平身上。

天黑得厲害。她推著坑邊的土，一把一把朝她們身上堆。泥土最先蓋住小茶的腳，又蓋住她的身體。快要覆蓋著她的臉時，她忍不住伸手撫了一下小茶的臉。驀然間，她覺得小茶還有氣息，忍不住叫了起來：「小茶！小茶呀！你要醒了就跟我走。慧媛她不去了。小茶，我不能丟下你。」

小茶沒有回應。小茶十歲就跟她在一起。是她家的丫頭，更是她的玩伴。她嫁來陸家，小茶作為陪嫁也隨她而來。多少年裡，她每喊小茶，都能聽到她清脆的回應。此時此刻，小茶卻不再搭理她。無論她怎麼叫喊，她都無聲無息。而她給以的回報，卻只是一捧一捧的泥土。她把泥土灑在小茶身上，嘴上抱怨道：「小茶，你應該悄悄地跟著我走。富童在河邊等哩。船上還能坐一個人。」

小茶來向她告辭過。那時她剛剛喝過了酒。小茶走到她的身邊，說：「小姐，我不能陪你了。你要記得我。哪天你回家，要把我挖出來，放到棺材裡，埋我到我媽旁邊。」她答應著，抱住小茶哭得無法自制。小茶也哭。直到門口傳來紫平的叫喊：「小茶，我們一起走吧。」小茶方掰開她的手，獨自走了出去。

她們再見面時，小茶和紫平已然並肩躺在了這叢美人蕉下。

她把最後一捧土，均勻地灑在小茶的臉上。她看不見小茶的表情，也看不清小茶的頭髮是否凌亂。她沒有了眼淚。甚至也沒有了悲傷。

這是她在陸家花園埋完的最後一個坑。她知道，她必須走了。

她回到房間，把汀子放進背簍，上面罩上布，再把背簍挎背上。突然間，她看到床邊有一隻手鐲。這是她送給小茶的生日禮物，想來小茶走前又悄悄地還給了她。她匆匆拿起手鐲，再次回到花園。

園裡到處是土堆。暗夜中，寂靜如死。沒有蟲鳴的聲音，連花草樹木也都死掉一般。這花園，已經是座死園了。她想。

她走到西牆的美人蕉下，彎下腰，刨開土，她把手鐲放在小茶的手上。沒有月光，但她卻能清晰地看到這一園新凸起的土堆。她回轉身，向園裡所有的土堆深深地鞠了一躬，然後走進碉樓。她想，我怎麼可能還會回到這裡呢？小茶，對不起了。我要永遠忘記三知堂，永遠不再回來。

十幾分鐘後，她從碉樓底層樓梯後的暗道中跑出。洞外是茶園，洞口在密集的幾排茶樹後，周圍長滿雜草，極其隱密。再幾分鐘，她便見到了老樟樹，翻過籬笆，走了十幾步，小路即在眼前。然後，她在那路上奔跑了起來。

35 地獄之第五：花園裡的軟埋

是的。丁子桃清楚地知道，自己已經到了第五層。

她已然明白，現在她正沿著自己的來路往回走。她看到的東西越來越多。每一件事的細節，每一個場景的氣氛，每一個人的神情，還有所有人說話的聲音，她彷彿都清清楚楚。

她的公公陸子樵曾經說過，一個人出生時，他的魂魄是飽飽滿滿的。而他在活的過程中，一路失魂。丟完了，他就沒魂了。旁人以為他已死，其實沒有。他正掉轉過身，一點點拾回他灑落的魂魄。能拾得回來，就能得道。再投生時，會到一個好人家。拾不回來的，就難說了，下輩子做豬狗都有可能。

她想，我要把我的魂一點點都拾回來才行。下輩子我要到好人家去。我不想再受活罪。

現在她來到了花園。她看到站在裡面號啕的黛雲。她沿著黛雲面對的方向看去，這場面，令她魂飛魄散。

此時的花園一派死寂。到處是坑，到處的坑邊都堆著新土。這是陸家的人自己為自己挖的坑。是他們自己為自己堆的土。他們挖完坑，堆好土，相互之間並無言語，不說再見，只是各自一仰脖，喝下了早已備好的砒霜，然後自己躺進了坑裡。

棗樹下的坑裡，躺的是公公和婆婆；離他們不遠是玫瑰花壇，花壇中也有坑，裡面躺的是三姨太。東牆的竹林中，坑很淺，這是久病的大少爺伯文自己挖的。他沒有力氣，坑沒挖好，人便躺下了。他說，雖然沒有棺材，但與竹為伴，也是一種雅死。大姑的坑挨著大少爺。大姑說，我沒後人，講好了伯文當我孝子的。我要挨著伯文。

水池旁的坑挖得最深，是管家老魏的。吳媽距他不遠，吳媽是伺候老祖和婆婆的，說是一起走吧，活著也沒有意思了。

花園的每個角落都有土坑。每一個土坑裡都躺著她熟悉的人。這是一整個家族的人。他們選擇了一起去死。公公說，你要抓緊埋土，不要讓明早的光線照著我們的臉。

天上沒有月亮，也沒有雲層。屋裡的燈全滅了。地色和樹的陰影咬合在了一起。花園裡沒有一絲風吹來。春天已臨，但冬季還沒走完。園子裡所有動物植物都蜷縮著。這是一個無聲無息無色無味的花園。

她開始填土。每個坑旁都有工具，根本不用她另外去拿。她瘋狂地把土往坑下堆。公公、婆婆還有老祖的坑挖得深，這是老魏幫著挖的。老魏挖的時候，還笑，他說：「陸爺，我能跟您二老一起死，而且死得一模一樣，是我的福報哩。我爹媽就沒有這個運氣。」老魏的媽是在回娘家的路上，被土匪打死的。而老魏的爹從河南送貨回來的途中，被日本人抓去，死在了牢裡。兩個人死得連屍骨都不知道在哪。老魏把老祖的坑挖在自己的附近，他放老祖躺下時說：「您一路別害怕，我隔您不遠，我曉得保護您的。」

婆婆一直在哭泣。她不停地說：「我不想軟埋。我媽說過，軟埋是不得轉世的。」

公公喝下砒霜，邊躺進坑裡，邊罵她：「你想活著，就去跟村頭的老麻拐睡覺好了。他早說了，他什麼都不想要，只要你和家裡的紅木床。你跟他去吧。轉世？你光想轉世，你往哪兒轉？」婆婆打了個寒噤，把砒霜水一飲而盡。她躺在了公公身邊，用頭巾遮住了自己的臉。

埋土的事，原本是由她和小姑子慧媛一起來完成的。但她去叫小姑子時，她已經口吐白沫，倒在自己的房間。她驚叫著，拼命搖著她喊叫她，慧媛微睜開眼，說：「爹媽都死了，我也不想活。是我害了大家。我雖然沒有告訴金點什麼，但金點恨陸家卻是因我而起，我不能獨活。嫂子，你把我埋到爹媽身邊吧。我到地下去侍奉他們二老和大哥。」

她一時無語。想說句話，句子已經碰到牙齒，但還是沒有說，只是用口水把那話嚥了下去。

她把慧媛扛進花園。離公公婆婆的坑幾米遠的月亮門是慧媛最喜歡的，她常常帶了同學在這裡演戲。月亮門是慧媛出場亮相的地方。她挖坑的時候，慧媛還沒有斷氣。慧媛說：「謝謝嫂子代我挖坑。」

她沒有回應慧媛，只知道用力地挖土。她不知道自己哪來的力氣，似乎很快她就挖好了土坑。她放慧媛下去時，慧媛的臉已經冰涼。她解下自己的圍巾，覆在慧媛的臉上。家裡的一隻麻色貓，是姑姑養的。整個晚上，都一直跟著她轉。它睜圓了眼睛，奇怪地看家裡發生的事。她輕踢了它一腳，說麻雀，你趕緊逃命去吧。麻雀沒有逃，眼睛充滿著不解，甚至憂傷。她歎了一口氣，抱它到姑姑的墳前，說姑姑在這裡，有你陪著，姑姑就不寂寞了。

這一夜，她不知道埋了多少土。日常屋裡曾經從早到晚窸窸窣窣的人聲，全都消失。那些曾微笑的、憂傷的、咧嘴的、垮臉的以及陰鬱的，在此時全都變成了一樣。

經歷了這樣的夜晚，她想，你們以為我還是活著的嗎？

最後，她來到了西牆下。

她要掩埋紫平和小茶了。這是紫平最後的交代。紫平說：「你先埋他們吧，最後埋我。萬一時間來不及，就不要管我了。我不怕曝屍。死都死了，曝屍又算得了什麼？」紫平的妹子紫燕是山南坡頂村陳老爺母親的貼身女傭。分完浮財，陳老爺一家被槍斃了。村裡人來分搶家中女傭。村組長要了紫燕。他家二兒子是傻子，紫燕當了他的兒媳婦。有一天紫平上山去探望了妹子，回來說：「這樣活，不如死。」

她理解紫平。她知道，對於紫平這樣的人，死去才是活路。不久前，她的二娘也說過同樣的話。她的二娘說：「我們唯一的活路就是去死，不然會活得比死更難看。」

決定去死並不容易，這個討論從清早聽到全家都將去祠堂接受批鬥的訊息時就開始了。但決定了之後，卻並不難做。大家默默地、從容地去完成自己的決定。

她感念紫平的義氣，也為了小茶，時間縱然緊迫，但無論如何，她也要把她們都葬進土裡。人死軟埋本已是天大的委屈，如果連泥土都不覆滿，對於她們，活命一場，又該是多大的不公平。

按照公公的要求，她業已完成了所有土坑的掩埋，全身的氣力幾乎用盡。此時的她，見到躺在土坑裡的紫平和小茶側身擠在一起，不由雙腿一軟，跪到了地上。

那個同她一起長大的小茶，那個她已習慣身邊永遠都在的小茶，此時卻躺在這個沒有月光的夜裡，由她親手用泥土覆蓋。從此她的呼喚不再有回應。

36 地獄之第六：最後的晚餐

丁子桃上到了第六層，她走得有些艱難。現在，她覺得自己落進地獄也是應該。她為什麼不在花園裡為自己挖個坑呢？她為什麼要親手把他們一個個埋葬呢？

光線更亮了一點，她不知道是距離天堂近了，還是距離人間近了。總之，她的眼睛看見的東西越來越多。

一些影影綽綽的人影映入眼簾。她一個一個地數。有九個，或是十個。他們的面龐越來越清晰。他們面無表情地望著她。然後她也看到了自己。

這是她所熟悉的小飯堂。小飯堂和糧倉相距不遠。隔著一條通道，是灶房。灶房後的一個院落，是下人們住的地方。她嫁來陸家後，多是在這裡吃飯。他們經常兩桌吃飯，老輩人一桌，小輩人一桌。過年時，家中老少都回來了，小飯堂坐不下，便用大飯廳。大飯廳可以同時放八張大桌，那時候，吃一頓飯就像看一場大戲一樣，好不熱鬧。

現在，是年後。陸家四個兒女，只有老大和女兒在家，老二老三都外出了。此刻的主位坐著老祖，公公和婆婆分坐在她的兩邊。大姑和三姨太分坐在公公和婆婆身邊，病弱的大哥陸伯文則緊挨著大姑身旁。這六個位置，是任何時候都不能改變的。因為這六個人永遠都在家裡。而其他人便可隨意了。

現在，小飯堂擺上了大桌。在家的所有人都呆滯著面孔來到了這裡。家裡發生了大事，是滅頂的事情。

公公的長鬍子不停地抖動。公公去官回鄉後，鬍子就白了。她知道，公公一旦憤怒，他的鬍子就會情不自禁抖動。她想，這是他腮幫裡的骨頭在生氣哩。

婆婆哀傷著面孔坐在他的身邊，她是一個柔弱的女人，一生聽從於公公的安排。她總是說：「你嫁了男人，你的命就是他的了。」老祖是公公的繼母。她已經很老了，在陸家只是活著而已。她像以往一樣，戴著黑色平絨帽，不發一聲。三姨太垮著臉。她很想活下去，但她同時也知道，自己沒有機會。大姑的表情永遠是平淡的。她結婚一個月，丈夫出川抗日，死在前方，她由此回到娘家。多活一天，少活一天，她覺得無所謂。病容滿面的大哥依然一副猥瑣模樣。只有繫著長辮的小姑慧媛，頭髮散開來了，臉上滿是疑惑。平常不上桌的管家老魏也坐在那裡了。以前家裡傭人有幾十個，一解放，就解散了。留了一些無處可去或是家裡必須用的人。眼下在家的只有吳媽、紫平和小茶。她們此刻也沒有忙碌，以同樣哀傷的面孔，立在一邊。

長鬍子的公公面色嚴峻，他低沉地說了一句：「大家也都看到了。坡南坡北的大戶人家，被羞辱折磨完，大多都也還是個死。沒死的也活得不像樣子。還有，黛雲家裡，我們也都知道。她爹不過繼承祖業，開個鋪子，喜歡收藏點書，自己也寫個字畫，待人厚道，事事講忍。黛雲她哥還在幫政府做事，他到處徵糧，連我家也沒少徵一粒。結果呢？凌雲回來救爹媽，走到半道，就挨了黑槍。爹媽沒救成，還搭了自己一條命。黛雲，你不要哭，你哭也沒用。所以，我們陸家人，在這裡光宗耀祖了幾輩子，我陸子樵擺不下這身骨頭架子，也丟不起這個臉，更是吃不起這份打。我不如自己死。」

婆婆首先哭了起來。婆婆說：「我的孫兒汀子怎麼辦？他還沒滿兩歲，你叫我怎麼跟仲文交代？」

公公說：「汀子不能死。黛雲帶了汀子還有慧媛今晚就逃。我會告訴你們怎麼離開。我已經安排了富童在河邊等你們。船太小，只能上兩三個人。河水流急，太險，也走不了大船。家裡其他人，願意死的跟我死，不願死的，各自想辦法離開。」

老魏說：「現在外面已經有人看守，誰想離開都難。如果沒離開，這屋裡要是死上幾個人，剩下沒死的也不會有好下場了。」

三姨太也抹著眼淚，說：「死了就不丟臉了？把我們屍體拖到亂崗上餵狗怎麼辦？」

公公說：「離開三知堂，沒有船，也是逃不出去的。我想過了，想跟我走的，各人自己在花園裡找地方挖個坑吧。黛雲、慧媛，你們連夜把大家埋了再走。入了土他們是不會挖出來的，這是犯大忌的事，我諒他們哪個也不敢。不想跟我走的，自己想辦法找活路吧。」

小姑慧媛說：「爹媽都死了，我活著做什麼？」

公公不理她，望著黛雲說：「你帶著慧媛，先逃到仲文的二舅家。他們會送你們到上海。你找到你家表兄，他跟仲文一向關係好，想必會幫你去香港跟仲文會合。叫仲文帶你們去英國找他四爸。在那裡找份事情做，做什麼都行，告訴他，不要回來，這個家已經沒了。將來給慧媛找個好人家，也算你替我們陸家做件好事。」

老祖說：「我要入土。」

三姨太說：「棺材都沒有備，怎麼入土呀？」

公公鐵著面孔，低吼了一句：「軟埋！」

婆婆的哭泣聲變大了。她說：「我不要軟埋，軟埋了就不會有來世。」

公公斥著她說：「你還想來世？你還來這世上做什麼？」

婆婆又哭了起來。大哥伯文一直沒有說話。這時候，他開了口。伯文說：「媽，爸說得是。你看前村後村和我們村，比三知堂勢弱錢少的人家，也都是活沒一個好活的，死沒一個好死的。我們陸家幾代人在這裡都是有頭有臉的人家，爸更是要臉面也要骨氣之人，不能那樣被羞辱。我慚愧，一身是病，沒有一點能力幫家裡。我能幫的，就是陪爸一起走，不叫人恥笑我們陸家。」

公公說：「老大好樣的。就這麼定了。要走的，各自去穿套像樣的衣服吧。」

幾個下人都哭了起來。公公朝他們揮揮手，說：「想走的，就走吧。外面的人都等著要你們哩。」

吳媽低泣道：「我在陸家有年頭了。跟他們誰也過不來，他們也饒不過我。我跟太太一起走吧。在地下還給你們做飯。」

紫平哭著說：「老祖，我也跟您走。我知道村東頭墩子點著要了我，他不聾不傻，有模有樣，可我見他在鬥爭會上揍西村的岳老爺了。下手好毒，我不想跟這樣的人。」

三姨太說：「小茶，你被派給二禿了。你要跟他嗎？」

小茶搖搖頭，哭道：「我不跟他。我討厭他。」

三姨太說：「你如跟了他，富童這個二愣子回來必定跟他拼命。富童現在能拼得過他嗎？他在村裡是積極分子。你如不想死，富童就是個死。」

黛雲生氣道：「姨娘你怎麼可以這麼說？小茶是丫頭，她憑什麼死？」

小茶哭得說話不團圓，小茶說：「姨娘說得是。我如跟了二禿，富童必是不依。他現在哪裡鬥得過二禿呢？我走好了。我走了，他們都死心了。」

公公的臉板得更加厲害。他說：「既然大家都跟了我，那好，也沒什麼可以哭的。這是我們的命。有人要命不要臉，但我陸家的人，都是要臉不要命的。」

她心亂如麻，不知如何是好。此時抬起頭來，對公公說：「爸，我也要跟你們一起走。」

公公說：「你閉嘴！你埋了我們，帶著汀子和慧媛逃命吧。我留你，也是要給你胡家留個人。九泉之下，遇著你爹媽，我好交代。你帶好我家汀子，算給我陸家也留個根。」

她哆嗦了起來，突然背上疼得厲害。那是批鬥她的家人那天，她從家裡逃出來時，被人用槍托打的。她說：「爸，我好怕。我不怕死，我怕活。」

公公說：「老魏，拿瓶酒來。」

老魏拿的是一瓶瀘州老窖。公公說：「喝了它。喝他三杯你就有膽了。然後帶了汀子回你屋裡，聽到花園沒了動靜，再出來。把大家埋好，你就算有功德了。」

她不敢違背公公的話，接過酒瓶，擰開蓋，咕嚕咕嚕地灌了一大口。灌猛了，她不禁大咳。小茶過來捶著她的背。她咳了幾下，又接著喝。

剛喝一小口，又咳。老魏搶下了瓶子，說：「夠了夠了，太多會醉。真醉倒，醒不過來就糟了。」

直到這時，公公一指桌子，說：「大家吃飯吧。吃飽了，好上路。」

這是陸家最後的晚餐。吳媽幾乎把家裡的存菜都做上了桌。彷彿知道彼此將結伴而行，此刻，不分主僕，大家默默地圍坐一起。因沒有人說話，咀嚼聲音立即變得大了起來。

不安和壓抑籠罩著飯廳。窸窣之中夾有低泣的聲音。泣聲大了，公公便瞪眼過去。聲音立即被鎮壓。

37 地獄之第七：有人送來口信

丁子桃在膽戰心驚中爬到了第七層。原本有的揪心之痛，漸漸發散。她已經開始進入麻木。麻木到眼見的一切，既相識，也陌生；既參與其間，卻又與己相隔遙遠。

送信的是天沒亮時出現的。來人急促地拍打著大門。

響聲驚醒了汀子。汀子放聲哭了起來。她忙爬起身給汀子把尿。這時候，她聽到打開大門的嗡嗡聲。陸家的大門其實很小，在高牆下，彷彿是個洞，只夠兩人並肩而入，進門才可見開闊蔥蘢之庭院。門外行者，不加注意，根本想不到，這小門之後，乃是一豪族大宅。陸家的祖輩，曾經專事販賣鴉片，從種植、製作到銷售，一條龍流水線。山上的茶園早先種的是滿山罌粟。因是販賣鴉片起家，陸家祖輩方才低調行事，小心翼翼。直到陸子樵的祖父做官後，陸續改罌粟園為茶園，及至她的公公陸子樵一輩，陸家已經洗白而為正當望族。

門是單扇，上刷朱漆，無門環，只有凸出一截木頭為門把手。木把手被摸的時間久了，油滑生亮。門板很厚，門開時，會發出沉重的嗡嗡聲。她的公公陸子樵說，大戶人家的門就該是這樣響的。門不一定要大，但門聲一定要有氣勢。來客進門，聽到聲音，就知進到了什麼樣的人家。

丁子桃想，她家就不是這樣。她家且忍廬的門比這個大，與尋常院落一樣，是對開門。黑漆，門上有環。她曾經問父親，為什麼我家的門跟陸家的門開法完全不同？父親說，我們祖輩一直是讀書人家，我們不需要遮掩自己。我們不心虛。所以，只要跟大家一樣就可以了。其實這世上最不被人注意的人，是跟大家一樣的人。這樣才是最安全的。

想到這些，丁子桃這一刻心裡發出冷笑。她想，無論你們用怎樣的方式低調，你們都一樣沒得好死。

開大門的是管家老魏。她將窗子推開一條縫，想看看怎麼回事。

老魏說：「哪有這麼早來家找人的？」

來者是鄰村一個叫陳波三的年輕人。陳波三說：「我媽讓我必須趕早來。我叫陳波三。魏大爺您該記得。三年前我媽被山上石頭砸著了，是陸老爺救下我媽，送她到縣城裡治好的。如不是陸老爺，我今天就是個沒媽的娃兒了。」

老魏說：「我記得這事。你趕大早不是來說感謝的吧？」

陳波三說：「是有緊急事，天大的急事。我媽說，必須我親口告訴陸老爺。」

老魏說：「陸爺沒起床，你先跟我說，我看要不要請陸爺起來。」

陳波三急了，說：「真是大事。我媽昨晚就想讓我來的。後又說，還是讓陸家睡個安穩覺吧，往後就沒機會了。」

老魏說：「這是什麼話？」

陳波三說：「這是我媽的話。我媽再三交代了，必得親口跟陸老爺說。她要回報陸家的恩情。」

老魏打量了一下陳波三，然後說：「看你面相也善，你等一下。」

幾分鐘後，老魏把陳波三帶了進去。

她沒有跟過去看。她不是好事之徒。同時她也知道陸家的規矩，當知道的會讓你知道，不當知道的，你也不必打聽。何況，她睏得很，一個多月來，她幾乎沒有睡一個安穩覺，似乎夜夜裡能聽到爹媽的慘叫和二娘的咒罵，以及打死她哥的槍聲。

天沒亮透，她被小茶叫了起來。小茶臉色驚慌，說老爺讓大家都去他的書房。一大早這麼著，必定發生了什麼大事。

她草草梳洗，讓小茶抱著汀子，一起趕了過去。

書房裡氣氛很壓抑。壓抑的緣故，是她的公公陸子樵鐵青著臉，鬍子抖動得像是有人在刻意擺弄。他來回地踱著步，一言不發。而她的婆婆則掛著一副哭相，滿臉悲傷。

她的心怦怦地跳了起來。她當即想到的是會不會她的丈夫陸仲文出了事。陸仲文到香港去了幾個月，一個多月前來過一封信，此後再無音訊。全家人都在為他擔心，不知道他是否平安。

小姑子慧媛最後進來，她嘟著嘴說：「這麼早，天又冷，我爸是做啥子嘛？」

她扯了一下慧媛的衣衫，低語道：「不會是你二哥出事了吧？」

慧媛說：「嫂子你放心，我二哥多聰明的一個人呀，他永遠不會有事。」

她心安了一點。她喜歡聽到這樣的話。

公公終於停了步子，他望了所有人一眼，方低沉著聲音說：「大家能猜到，家裡出大事了。今天清早有人來送信，說明後天，村裡要開始鬥爭我們家。陸家是遠近最大戶的人家，我又在國民政府當過官，說是不鬥不足以平民憤。要連鬥一個禮拜，家眷都要去陪。附近村子的農戶也被要求過來參加批鬥會。」

屋裡立即靜下來。靜得出奇。靜得能聽到每一個人的心跳，並且能從這些輕重緩急的心跳中，聽出哪顆心屬於哪個人。

她立即渾身發軟，那樣的場面，她是經歷過的。站在那樣的臺上，唯有求死之心。想要活著，不知要下多大的狠。

時間如同靜止，卻又於靜止中悄然流逝。最後竟是吳媽先出聲。她顫抖著聲音說：「先吃早飯吧，都涼了。」

討論便從早餐桌上開始。

最先出聲的是慧媛。慧媛說：「爸，我不要點天燈。」

她說完這句話，眼睛便望著鄰座的黛雲。所有的人也都朝黛雲望去。黛雲立即淚飛如雨。聞說她的二娘和她的嫂嫂都被點了「天燈」，慘叫了三天三夜，之後就不知去向。有人說她們被扔到亂崗上了，也有人說她們投了河。

公公說：「我不會讓你點天燈。但是，如果要你被人鬥爭，你怎麼樣？」

慧媛堅定地說：「我寧可死。」

慧媛的話讓所有人心頭一震。

公公說：「嗯，說得是。現在，我們要商量的就是，我們被鬥後，還有沒有活出來的機會。如果沒有，我們要哪一種死法。是要被鬥死，還是……」

他說著，猶豫了。他的眼光投向老魏，似乎示意，請他把話說完。

老魏低著頭，吞吞吐吐地說：「老爺的意思……意思是是是……大家是願意被鬥死，還是願意自己找個法子死？」

公公說：「就是這個意思。我們得幸有人報信，所以，我們還有時間來弄明白我們活得活不出來。如果能活出來，當然是好。如果活不出來，我們就要清楚自己該選擇怎麼個死法。」

黛雲說：「村裡老少不是已經聯名寫信說爸爸是大善人，推翻清朝時立過功，給山裡游擊隊送過藥，剿匪期間還帶解放軍進山去瓦解大刀會，徵糧也出得最多。而且上級不是也同意不鬥陸家嗎？」

老魏說：「但是新來的組長不認這個，它沒用了。」

慧媛說：「為什麼新組長不聽大家的意見？」

公公望了她一眼，說：「因為他是王四的兒子。」

一家人都驚得哦了一聲，然後眼光都投向慧媛。

黛雲的心猛然跳動得厲害起來。她和小茶相互望了一望，小茶朝她輕微地搖搖頭。她心領神會，輕微地點了一點。

慧媛尖叫了起來：「你們都看我做什麼？那是他的事。我什麼都沒有說過。」

三姨太說：「不是你告訴金點，他爸是怎麼死的，他會離家出走？這下好，回家來報仇了。」

老魏說：「這小子忘恩負義，怎麼說也是陸家把他養大呀！」

公公板下了面孔，厲聲道：「不關任何人的事，這就是命！」

原本被這個家庭早已忘記的王四，此時此刻，強硬地在所有人面前浮出他的面孔。

這是很多年前的事。

那時的陸子樵還年輕，管家老魏也還年輕。陸氏家族想要重建祠堂。家族長輩把這件事交給陸子樵和魏管家來辦。他們請來風水先生。風水先生看了一整天，然後告訴他們，附近哪一片地最合適。結果那片地是王四家的。王四的祖父早前曾是陸家老祖的隨扈，跟著陸家在此落戶。十八畝良田也是當初老祖以他護衛有功而贈送的。陸子樵認為這是件很好商量的事。但當老魏前去跟王四說，陸家願增加兩畝地予以交換，或以高價買下那片地時，王四卻不肯，稱爺爺和父親死前都說過，這地是爺爺的命換來的，是王家的根。現在他的家人也就是靠著這塊地在過日子。談了好幾天，沒談下來。陸子樵甚至親自出了面，王四還是不答應。陸子樵那時還在外面為官，面子掛不住，發了脾氣。那王四也是個強人，居然也發了脾氣。於是鬧崩了，這事就僵持著。

陸子樵和老魏正在想更好的辦法解決問題時，發生了一件事。

王四有兩個女兒，一個五歲，一個三歲。老婆又懷著一個。那天下大雨，山洪隨之暴發。結果王四的老婆快生了，接生婆冒著大雨趕來家時，發現是難產，不敢接生，要王四趕緊送到城裡找洋醫生。進城的幾條河溝都淹了水，村裡只有陸家的馬車過得去，並且陸家的馬車有篷，能擋風雨。王四無奈，急跑到三知堂找管家老魏。老魏滿口答應，說借馬車沒問題，但得先把賣地的事辦妥。王四依然不肯，掉頭而去。回去轉了一圈，希望接生婆能把孩子接下來。接生婆再三說不敢，怕出人命。又說，你還晃個啥子，先救人要緊，兩條命比天大呀。王四一聽也怕了，再次急吼吼跑去陸家，倉促地在契約上簽字畫押。老魏倒也守信，立馬叫了馬車夫隨王四而去。但料想不到的是，王四老婆一路慘叫著到了醫院，孩子平安生了下來，王四的老婆卻沒有保住命。醫生說，早來半個鐘點就好了。老婆死了，祖傳的地也沒了，王四幾近瘋狂。拿了賣地的錢，領著幾個孩子，就不知道去到了哪裡。陸家雖然拿到了地，卻因王四老婆的死，覺得那塊地帶有人血，不吉利，也不願意在那裡修祠堂。

兩三年後，有人送了一個男孩到陸家，說是一個叫王四的人讓他送來的。孩子身上夾著紙條，紙條上寫著：「替我把娃兒養大，就扯平了。」老魏忙問王四本人呢，那人說，死了，病死的。老魏嚇著了，又問他女兒呢，那人說，沒見過，可能早賣掉了吧。這件事對陸家震動好大，老魏也悔死。事已至此，陸子樵決定把這孩子養大，並且說，以後那十八畝地，就是他的。那孩子叫王金點。金點在陸家長大，具體照顧他的人就是老魏和吳媽。老魏心有愧疚，也很善待那孩子。陸家孩子上私塾，金點也跟著一起念書。念完私塾，陸家孩子進城裡讀中學，金點才開始跟著長工們去幹活。本來也相安無事。但兩年前，有一天金點沒有給任何人留一句話，突然離家出走，不知去向。三姨太說因為慧媛告訴了金點他們兩家發生過的事，理由是太太頭一天為警告慧媛不要跟金點走得太近，講述了陸家與王四家之間發生過的事，結果沒幾天金點就走了。而慧媛一直不承認。陸子樵沒有責怪任何人，也不准大家再議論此事，只是說，十八畝地還給金點留著。

但是，現在金點卻以他自己的方式回來了。

靜默的時間太久。

慧媛有點耐不住，她大聲嚷了起來：「我去找王金點。陸家對他怎樣，他心裡應該有數。」

公公呵斥了慧媛一聲：「你閉嘴。坐下！一步也不准出門。我們陸家有什麼事需要你去出頭？我們陸家又有什麼時候求過王家人？」

三姨太嘀咕道：「死到臨頭還擺什麼架子呀。」

公公的聲音更大了：「你也閉嘴！」

這幾聲厲喝，震得人人心裡發顫。

這天的早餐吃了很久。吃完飯也沒有人離開。整整一天，全家人都在討論，此一次，有沒有活出去的機會。如果沒有，應該怎麼辦。

西村的范家，全家被趕出大宅，住進了牛棚。宅院被充作了倉庫。北坡的劉家宅子，呼呼地住進了七八戶人家。正房偏房都住的是外人，自己一大家子擠在下人的屋裡，進進出出還要受氣。當年見著他們點頭哈腰的人，全都踩著他們過日子。山南坡頂村的陳家，四代同堂，死得只剩幾個老弱，被攆到村頭的土地廟裡，靠討飯度日。村裡的幾個痞子瓜分了他們的屋子和丫頭。還有他們的親家，胡水蕩的胡如匀家，就更不用說了。除了黛雲，家裡已經沒有了其他活口。店鋪和屋子自然也改作他姓，家中字畫和書燒了好幾天，燒完的黑灰也被一擔擔挑到地裡肥田了。

參照了前村後垸、山前山後的諸戶人家的經歷，大家一致認定，如果被拉出去鬥爭，就不可能活著出來。即使活著出來了，比死去會更難受。

結束語是公公陸子樵說的：「活不成就死吧。好歹自己選擇死，比被人打死鬥死要強。」

這個決定一說出，女人們便哭出聲來。繃了一天的氣氛，倒因了這長長短短的哭聲，顯得鬆弛了許多。

已是落日時分了。冬天雖已過完，但春天卻來得很慢。夕陽的光彷彿被早春的寒氣給凍住，發射不出熱量，於是，這天的夜晚就顯得格外的冷。

第八章

38 這個背影怎麼這麼熟悉？

現在，劉晉源站在了三峽遊輪的船頭。

他的身邊是長子劉小安。劉小安的老婆待在船艙裡沒出來。江風溫煦地吹拂在臉上，有特別的愜意和舒服。風還是以前那樣的風，船卻不是以前那樣的船。沒有了甲板，也沒有了船舷，只有房間中的通道。好在船頭還敞開著，不然，劉晉源想，這哪裡還是船，把人包在裡面了，豈不是跟潛水艇差不多了？

他望著岸上青林漸漸行遠的背影，越看越覺得有熟悉之感。這種熟悉是一種很久遠的熟悉，是他早已經忘卻的熟悉，現在突然都浮現出來。劉晉源想，為什麼會有這種感覺呢？

劉小安說：「老爸，進艙吧？」

劉晉源說：「再看看萬州，這是最後一眼了。再沒機會來了。」

劉小安說：「別說這麼喪氣的話，想來照樣來，現在交通方便得很。」

劉晉源沒作聲。他自己知道，這是他的告別。

劉小安夫婦趕到萬州時，劉晉源已經在萬州待了四天。

劉小安在萬州上過幾年小學，那時還叫萬縣。他自認為自己應該印象深刻，說是上了飛機後，想起往事還很激動。不料到了之後卻大呼小叫，說已經變得完全像個陌生地方，根本不覺得自己曾經在這裡住過。他開著車，拉著老婆在城裡轉了大半天，回來方說，還有幾處老的痕跡，讓他想起從前。只是他來之前積攢的那些感情，被所有的陌生感割成了碎片。

劉晉源冷冷地看他這樣嘮叨。青林則在一邊不停地笑。

青林原計劃在劉小安到達後的第二天即離開萬州，直奔大水井。接上龍忠勇幾個，然後再折轉至川東。不料行前龍忠勇卻打來電話，說他父親病危，他必須趕回去，川東那邊去不成了。甚至來不及等青林的車，他們一行已經乘上了前往機場的長途車。

劉晉源說：「既然如此，也就不急了是不？」

青林說：「是的。」

劉小安說：「那就在這裡陪陪我們幾個老傢伙吧，再聽聽我老爸講他們的英雄戰鬥史。你不在，就得輪著我聽。」

青林大笑，說：「我倒是願意聽劉伯伯講他們當年的那些故事，我覺得非常有意思。像川東剿匪呀什麼的，來之前，我完全不了解這些歷史。而且，我也知道了為什麼他們那一代人跟我們的想法有那麼大的差異。」

劉小安也笑，說：「你是頭一回，覺得新鮮。可我已經聽了五十年，印象中一生下來就在抗日，然後打仗，然後剿匪，一直到現在。而且我自己都被聽成了歷史人物。我老爸在講的時候，經常會說，那個時候劉小安什麼什麼的，或者劉小川什麼什麼的，是不是？」

這話說得連劉晉源也笑了。他在講述時，的確會順手把他的兩個兒子抓進來做陪襯。

劉小安說：「話說回來，我老爸老了之後，脾氣好多了。沒老時，我這些話根本就不敢在他面前講。現在他就慈祥了很多。我覺得慈祥這個詞，用在老人身上，真叫一個好呀。」

劉小安是那種做事絕不靠譜，但共事卻很讓人開心的人。青林到公司時，劉小安還在負責辦公室。青林在他手下打雜，不知道幫他填補過多少窟窿，補後也並沒有作聲。所以劉小安一直對青林很友善。後來青林調到了項目部，此後沒多久，劉小川便讓劉小安回家專心伺候父母。

劉晉源一直對劉小安不滿意，覺得他作為長子，應該更有出息一些。但劉小安天性就是那種不思進取之人。當初沒有下鄉是因為「文革」不上課，他覺得待在家裡沒意思，就直接進了部隊。那時候高中生當兵，屬於非常有文化的，提拔起來很容易。而劉小安居然為了愛情不願意提拔，就地轉了業，把劉晉源夫妻氣得夠嗆。劉小川私底下也說，如果找了個美女，倒也好理解。可他找的我那個嫂子，既不漂亮，也沒什麼才華，就會吃喝玩樂，圖個享受。不然，以劉小安的資歷，現在恐怕都是將軍了。

青林覺得劉小川說得有道理。有一年跟劉小安一起出差，兩人坐在北京街頭小餐館裡喝啤酒。青林一時興起，問劉小安這事是怎麼想的。劉小安理直氣壯地說：「我就是圖個舒服自在。人生有很多活法，哪裡非得像我爸那樣，一心想升官，像我弟弟那樣，一心想發財的？你嫂子跟我的人生觀一致。所以，我覺得跟這樣的人一起過日子，會很舒服。這麼多年過去了，事實證明我是對的。我老婆雖然貪點小錢，但絕對不會逼我去犧牲自己的生活玩命往上爬或是玩命賺錢。看看劉小川的那個老婆，好像不在銀行給她存幾個億，她就不肯好好過日子似的。你再看我老婆，多省心，夠她吃喝玩樂就可以了。每一個人的人生其實都是小人生，而每一個人過得最多的是小日子。所以，小人生要和小日子相配，這才會產生最自在的享受。」

那時候青林還沒有結婚，劉小安對婚姻伴侶的選擇，給了他極大啟發。但同時他也想，像他這樣的窮孩子，不可能有劉小安式的底氣，他必須努力打拼。只是，他倒也明白一件事，就是打拼到能讓家人豐衣足食時，就收住。

萬州這地方，自是留不住劉小安夫婦。他們剛從歐洲晃了回來，看夠了那些姹紫嫣紅、乾淨漂亮的小鎮，再看萬州，心理落差太大。尤其劉小安的老婆，嘴上一直叨叨，這個破地方，有什麼可看的？叨得劉晉源臉色都擺了出來。算是青林機靈，說來這裡不是為了遊玩，而是懷舊。懷舊是現代人生活中最重要的內容。那些歐洲小鎮樣式幾百年不變，其實也就是供後人懷想的。

劉晉源說：「就是這個道理。」

劉小安這回同意了父親的觀點，說：「別理她，她對這裡沒感情。」

有感情的劉小安在萬州連導遊都當不了，只好說自己是故地重遊。而故地幾乎沒什麼故舊他還認識，並且故地的感情也需有對故人的懷想以及與故人的相見才會重生繾綣。劉小安離開萬州時，不過一個三年級的小學生。人走茶涼，人太小，茶涼得更快。他跟這裡的同學，幾無來往，甚至根本不記得任何一個同學的名字。因此，他只在酒店睡了一夜，便提出回家。

回家的想法，青林萬分同意。他覺得劉晉源在這裡該做的事該見的人，差不多都已經做完或見到，再住下去，也無意義，的確可以回家了。可劉晉源自己還想多住些日子。他覺得就這樣住在酒店裡，散散步，呼吸呼吸這裡的空氣，也很舒服。其實他有說不出口的話。連續幾天的奔波和講話，他身體很疲憊，需要歇下來。劉晉源從不願意別人看到他的弱。

青林提出了一個方案，他說出門本就是為了到處都看看，從原路回去，真沒必要，在這兒待著，也沒多大意思。他認為最好的方式是從萬州坐三峽遊輪直接回武漢。一路可以躺在船上休息，又可以看看大壩建起之後的三峽。而三峽的新風光，完全不輸於當年。

青林有自己的小算盤。他不想繼續逗留在此，但劉晉源這些天的興奮激動下來，體力消耗太大，青林能看得出他的疲憊。如不休息一陣子，馬上就坐車坐飛機返回，他的身體怕是會吃不消。雖然老闆說，把劉晉源交給劉小安即可，可萬一有個什麼事，自己還是會不安，並且也得擔責。同時，青林不好意思的還有：劉小安一到，自己就立馬走人，他擔心劉晉源會覺得他的前來相陪，只是當作工作任務來完成。如果坐船，情況就完全不同了。因為在船上也是休息，甚至是更好的休息。

劉晉源立即表示了同意。如果這是劉小安提出的建議，他一定會覺得劉小安來之前就打好了這個主意。由此，他會為了這份反感而反對劉小安。但現在，這個方案是青林提出的。他從青林的表情中也能看出，他是由衷提出，並非跟劉小安有過商量。於是，他在第一時間表示了同意。並且，他從心裡喜歡青林的這個主意，既可讓他得到休息，又讓他舒服地回家，還能再看一次三峽。

至於劉小安，他幾乎是歡呼了起來。本來他就是靠了這個理由，說服老婆不顧時差，直奔這裡。但來了之後，他不好意思馬上即提。因為他怕他的父親或是他的弟弟都會認為他們夫婦正是衝著遊三峽而來的。劉小安想，其實他只是用這個說服他老婆而已。真要遊三峽，他機會多得是。但他也知道，劉晉源和劉小川一定不會從這個角度來理解。所以，他老婆一來就跟他嘀咕此事，敦促他趕緊提出這個建議，他卻始終沒找著機會說。

現在青林卻很自然地替他說出了口，而他的父親居然爽快地給予了同意。他們兩人的想法與他的初衷完全契合。劉小安頓時覺得青林這個人實在太會體貼他人，像能讀懂他心裡所有的想法似的。當年他跟青林合作時，就覺得彼此相處特別舒服，現在這種感覺更是強烈。

青林為他們辦好了一切，並送他們上到船上。揮著手，目送他們的船離開碼頭，然後才與司機兩人分頭開車，各自往返。

劉晉源和劉小安也在船上目送著青林。青林的背影和他走路的姿態，越來越讓他有眼熟感。然而他實在想不起為什麼會這樣的熟悉。

劉晉源說：「你們公司這個年輕人，真不錯，給我特別貼心的感覺。他總讓我想起我認識的一個人，但我想不起來是什麼人。」

劉小安說：「他也不年輕了，小四十了吧。剛來公司時，他在我手下做事，那時才真是年輕。但青林這樣的人，天生就是會辦事的人，不然小川怎麼提拔他那麼快。」

劉晉源說：「他知道為他人著想，這個真不容易。」

劉小安說：「要說起來，像他這樣窮人家裡長大的孩子，從小就會看人眼色。到了這年齡，已經自然而然了。為了改變命運，他們真是比我們努力多了。」

劉晉源不屑地說：「嘁，自己不努力，倒怪爹媽給你們的條件太好了。」

劉小安說：「這不能不說是原因之一呀。因為我們可以坐享其成是不是？根本不需要我們怎麼努力，也從來沒有人瞧不起我們。像我選擇這樣的生活方式，老爸你應該感謝我才是。因為我不想沾您的光往上爬，你省心多了。不然你不也得去求許多人？」

劉小安邊說笑，邊攙著劉晉源回到艙房。腳踏入艙門的一瞬，劉晉源突然覺得自己抓到了什麼，他忙問：「青林姓啥？我一直忘了問。」

劉小安說：「姓吳。聽說父親早就去世了。」

劉晉源心裡咯噔了一下，他急切道：「他姓吳？他爸爸叫什麼？是做什麼的？」

劉小安笑了，說：「我哪知道？只聽說他是寡母養大，現在他媽媽又病得人事不知。下回你自己問問他好了。」

劉晉源沒再作聲。他只是想，他居然姓吳，難怪覺得他像個熟人。莫非他是……躺在床上，劉晉源拼命回憶，他越來越覺得青林像那個人，走路、說話甚至感覺，都像。更重要的是，他覺得跟青林在一起，就有跟那個熟人在一起時的溫暖感。青林會是他的兒子嗎？

劉晉源覺得回家後，他一定要找個機會親自問一問。

39 你確認見過他爹？

劉晉源從萬州回來後，心情特別好。

退休久了，很長一段時間裡，幾乎沒什麼人理會他。他經常會覺得自己出生入死一場，彷彿白幹，並沒有人當回事。結果這一趟萬州之行，解了他的心結。他深深地明白，自己一生所選擇的，都對了。他們曾經所做的那些，非但沒有被人忘記，甚至在百姓中還成了傳奇。他們都記得，非但記得，還傳說給了兒孫。更重要的是，他在山間的鄉村繞來繞去的途中，看到了他們當年所期望的安寧。幾乎每個老百姓都說，這裡自古以來土匪就沒有斷過，年年匪患。得虧他們前去剿匪，讓這裡老百姓五十多年來再也沒有土匪的騷擾。劉晉源想，這真是太值得了。我還有什麼可計較呢？想想慘烈犧牲在那裡的戰友，我活到了八十多歲，一把年紀還能故地重遊，我還有什麼可歎息的呢？我應該是一個再幸運不過的人呀。

懷著這樣的愉快心情，他重新開始了每天早上的走路。走路完，便去刀削麵館吃碗刀削麵。平靜簡單的生活，又開始了。

天又漸涼。劉小川來電話說，深秋時，武漢一冷，就接他去南方過冬。劉晉源說：「你還派那個青林送我，我有事要問他。」

劉小川笑道：「這有什麼問題呢？你繼續跟他講你的戰鬥故事好了，反正他也願意聽。」

劉晉源心想，你知道什麼！

這天早上，有點涼意。劉晉源披了件薄毛衣到公園裡，伸伸胳膊，蹬蹬腿後，不到十分鐘，就開始往回走。他用來舒展身體的時間越來越短，以前，他要做半小時操，再返回。現在，來了之後，糊弄幾下，就往回走。他自己暗笑自己，好像走到公園的目的，就是為了去吃刀削麵似的。因為這碗刀削麵，他對家鄉的感情也越來越深了。甚至想，什麼時候回去一趟？

這天，他意外地又見到了老起。兩人都很高興。

老起說，他回老家了一陣，那邊一冷，就過來了。劉晉源說：「這邊也冷呀。」

老起說：「這邊到處是綠的，就不覺得冷。還可以出來走走。閨女家裝了暖氣，屋裡也不冷。在老家，根本就沒法兒出門。」

劉晉源笑說：「現在老傢伙們都跟候鳥似的，天一寒就南飛。」

老起說：「可不是。」

劉晉源說：「咱爹娘可沒享著這樣的福。」

老起笑道：「他們是活在啥社會？咱們是活在啥社會？以前爹娘記掛時，寫封信路上得走一個多月，現在倒好，一秒鐘就到了。還有手機，以前咱整個村子都沒電話，現在，差不多的年輕人都有了手機。擱在過去，想都不能想呀。你兒子還有汽車。我女婿說，過幾年，他們家也要買車。我想著都害怕，就算地主，當年也沒這種日子過，您說是不？」

劉晉源說：「可不是？我孫子說，誰讓你們送情報來著，發個短信不就行了？他還罵我們笨。」

這話他以前說過，這回又說，老起又一次大笑。端麵過來的老闆也還是笑得一噴。他們覺得現在的小孩子實在是幼稚，當年的他們一過十歲，差不多就得幹大人的活了。

老闆說：「還別說這些高級的，光是坐在大城市裡吃刀削麵這事，咱小時候想都不敢想。」

說著家鄉話，吃著家鄉麵，笑上幾通，幾個人都甚有快感。劉晉源想，這就是幸福生活，而這份幸福，是當年他打仗時想都想不出來的。現實早就超過了他的預想。他這輩子活得真是太合算了。

出門時，起了一陣小風。

老起說：「這南方的秋天，只一場雨，就立即來了。」

劉晉源側身讓著一輛飛馳而來的自行車，嘴上說：「這裡最舒服的，就是秋天。真是秋高……」

一句話沒完，自行車為了避讓後面的汽車，朝劉晉源衝過來。劉晉源趕緊閃向樹後，自行車倏地一下就過去了。

老起嚇了一跳，忙問道：「老哥，你咋樣？」

劉晉源用手扶著腰，說：「小子太猛了，讓都讓不過來。腰閃了一下。」

老起忙上前攙著劉晉源說：「試試看，能走不？要不叫車？」

劉晉源試了試，覺得還行。可走上幾步，終覺得不對勁。

老起不敢鬆手，攙緊了他說：「要去醫院不？」

劉晉源說：「別說得嚇人，歇會兒就好。家不遠。」

老起忙說：「如果能慢慢走，我扶您回去。如果不行，咱就在路邊坐一會兒？」

劉晉源笑道：「沒那個事，走得回去。你不放心，陪我回家也行，算是認個門吧。」

劉晉源在老起的攙扶下到家時，劉小安夫婦跳晨舞還沒回來。劉晉源靠在沙發上，說：「歇會兒就沒事了。」

老起說：「給您倒杯茶？」

劉晉源點點頭，說：「那就有勞你了。」

老起說：「咱鄉親一場，這算個啥。」

倒完了茶，老起就坐下了，說：「我陪您一會兒，反正我也沒啥事。圖個放心。」

劉晉源說：「那最好，陪我聊天哩。有時候，一個人，也是悶得慌。」

劉晉源的桌上，攤放著一些照片。老起隨意地看了一下，說：「您穿軍裝這些，好威風。」

劉晉源說：「當年可真是威風過，現在老了，算個啥？避一下自行車，就讓自個兒走不了路。真是廢掉了。」

老起說：「您在寫回憶錄？」

劉晉源說：「也不是，就是沒事，想整理一下。剛去了川東回來，那是我戰鬥過的地方。」

老起被桌上一張合影照吸引，他不禁拿起來仔細地看。

劉晉源說:「這是當年我在川東剿匪時，跟戰友們的合影。」

老起突然怪異地指著一個人說：「這個人是不是醫生？」

劉晉源有些奇怪地看著他，說：「那時候還不是，後來到了醫院。是個好醫生呀。」

老起的聲音顫抖著說：「他是不是姓董？」

劉晉源搖搖頭說：「不姓董，姓吳。也是咱老鄉。他是我從深山老林子裡帶出來的。」

老起略有失望地說：「姓吳？不姓董？」

劉晉源說：「咋了？你認識？」

老起說：「他咋好像我的表兄呢？這也太像了吧。」

劉晉源笑道：「長得像的人多著哩。」

老起說：「你知道他家裡有些啥人？他在哪裡工作？有沒有他的電話？」

劉晉源說：「當年我到他家時，他娘已經死了，就一個爹，是採藥的。所以他懂點醫。那年剛解放。後來……」

老起打斷他的話，失聲叫道：「你見過他爹？你確定那是他爹？」

劉晉源說：「是呀。我在山裡遇到土匪，受了傷又迷了路，倒在地上，是他們父子救了我。我在他家住了小半個月哩，出來時傷沒太好，他爹就讓他送我出來，這樣我就把吳家名帶到部隊裡了。那時候剛解放。」

老起更失望了，他哦了一聲。

劉晉源說：「你表兄咋了？」

老起說：「失散了。到現在沒找著。」

劉晉源說：「哪年失散的？」

老起說：「四八年哩。他是醫學院畢業的。在上海待過好些年，醫術好著哩。本來準備回家開診所的。回老家的半道上，被我攔下來。家裡出了事，你知道吧？他家是地主。爹娘都死了，他爹臨死前只說了一個『堵』字。我知道咋個意思。他是讓我堵住表兄，不要他回家。」

劉晉源歎息道：「真不容易。不過失散都這麼久了呀。那年頭也算兵荒馬亂，怕是人沒了。你想想，如果活著，解放這麼多年，他怎麼會不回家？如果不回家，那就是回不去了。」

老起說：「不一樣，不一樣啊。現在也沒人說他家的人死得冤呀。家裡沒人了，叫他怎麼敢回？對了，您剛才說，他叫啥了？」

劉晉源說：「他叫吳家名。就是國家的家，名字的名。」

老起再一次驚道：「吳家名？這豈不就是沒有家，也沒有名字的意思麼？」

劉晉源怔住了，認識吳家名這麼多年，他從來沒有從這個角度來理解他的名字。半天回過神來，他才長歎一口氣說：「說起來，家名也死好多年了。車禍死的。真可惜啊。」

老起這次真呆住了。他喃喃道：「死了？難道他死了？」

說話間，老起便急著要回去，說過幾天帶他表兄的照片來，讓他認認，看看這個人是不是跟他的戰友是同一個人。

這天的夜晚，劉晉源做了夢。

他夢見自己趴在山裡，被重物壓著，不能動彈。白茫茫中，冒出兩個人，把他抬了起來，一直抬到一間小木屋。他看清了，這兩個人，一個是老吳，一個是他兒子吳家名。他說，又是你們救了我。他們兩人不作聲，只是瞪著眼睛望著他，臉上露著詭異的笑容。這是兩張完全不同的面孔，五官幾乎沒有任何相同之處。一個聲音突然爆炸般地在他的耳邊響起：「你確認見過他爹？」

他突然驚醒。

於是真正開始了回想，仔仔細細地回想。想著想著，他真覺出了蹊蹺。

他記起自己被追逐，之後負傷，迷路，失血過多，昏倒。醒來時，在一間木屋裡。救他的人是深山老林中的兩父子。說是藥農，長年住在山裡。他在那裡住了近半個月，傷沒全好，因急著歸隊，便提前出山。父親見他傷未痊癒，便讓兒子送他出山。當他問那兒子叫什麼時，他遲疑了一下，才說出自己叫吳家名。他回答時的表情也在瞬間浮現在劉晉源的腦海。又回憶到，吳家名出來後，幾乎很少談他的父親，甚至也沒有過探親。而且他雖然會中醫，但西醫外科水準也很高。甚至沒怎麼學，就能上手術臺。院長當年見到他曾說，你給我們送來一把好手，他很專業。

這一切，他過去都沒有細想，現在他覺得的確有些問題。他想，他們或許真的不是父子？而吳家名的來歷，也頗為可疑。

這麼想著，他覺得自己應該給老起打個電話。

劉晉源伸手抓電話時，突然發現天還黑著，覺得自己不便在此時打擾人家，於是又縮回手來。這時候，他有尿意，想上廁所了。可是，撐了半天，他居然撐不起自己的身子。他有些惱怒，心道老子英雄了一輩子，難道連撒泡尿都不行了？於是他奮力地拉著床邊，猛然一撐，卻不料身體一滑，人便栽了下去。

40 一個人的一生就這樣走完了

劉小安早起時，發現父親的門還關著，心想今天怎麼不去散步了，不知道是不是腰還疼著。推門一看，方嚇一大跳。劉晉源身體落在床下，兩條腿還搭在床上。

劉小安大叫了起來，急吼吼地打電話，叫急救車。

進了醫院的劉晉源一直昏迷不醒，家裡老小都趕回來了。知道這是他的一道坎，看醫生語言和表情，大家都知道他過不去了。老一點的便都歎：「七十三八十四，閻王不找自己去。」

一週後，劉晉源嚥了氣。

這一切來得太突然，三個兒女都很難過，因為他們一直覺得劉晉源身體是蠻不錯的，活到百歲大有可能。劉小安哭得號啕起來。孫子輩的人都奇怪地望著他們。人死是自然，老了必然要走這一步，何至於如此。劉小安是後悔自己頭天已經知道父親腰閃而未送他去醫院。如果在醫院，就不至於摔下床來。又後悔自己晚上應該留意一點，不該睡得那麼死，父親房間裡的動靜居然一點沒聽到。

劉小川流了一會兒淚，拍拍劉小安的肩，說：「你也盡心了，大家都知道。有些事是擋不住的。」說罷又說，「老爸的房子是公房，得交。這事還得你和嫂子辛苦。我在深圳給爸爸買的別墅，以後你們兩口子去住吧。」

追悼會是兩天後舉辦的，家人來自各地，還都要趕回去。雖然準備的時間短，倒也隆重。

劉晉源的老戰友在世的也已不多。就算活著，能走得動路的，也沒剩幾個。但這些已然走不動的，也還是來了，有兩個甚至是坐著輪椅來的。劉小安兄妹三人顯然都認識這些人，來回地跟他們說著父親的事。輪椅上一個老大爺說：「你爸賺多了。我坐了三十年輪椅，他卻可以到處跑。何況他起碼有三次以上死裡逃生的經歷。他的運氣比誰都好，人家閻王也要扳一局回去是不是？」

結果劉晉源的小孫子說：「他扳回一局不要緊，我爺爺就直接 OVER 了。」

豈料那老爺子輪椅上成天沒事，也被家裡的孫子教會了玩遊戲，馬上補一句說：「那他也比別人多了幾滴血呀。」

這番話說得劉小安幾乎破涕為笑，想想，就是這麼回事呀。三兄妹一直糾結和悲傷著的心，這一刻才輕鬆了一點。

青林原本在深圳，聽到消息，很是震驚，匆匆趕回來，參加了追悼會。他完全想不到，劉晉源會這麼快去世。他手上拎著兩瓶瀘州老窖，對劉小川說：「他自己是不是早已預料到？不然怎麼會專程去一趟川東？」

說著，他把劉晉源在白馬坡向戰友祭拜時的一番話，複述給劉小川聽。然後遞上兩瓶酒，說希望劉老能把這個帶上，他向他的戰友承諾過。

劉小川說：「謝謝你青林，謝謝你想得這樣周到。你不說，我還不知道他有這個心願。或許他真有預感。但我很慶幸，我及時讓他過去了。」

青林說：「我也很慶幸，在老人家最後的一段時光裡，陪了他一程。我學到了很多東西，這真的不是恭維話。」

川東李東水的孫子也趕了過來。說爺爺和爸爸都動不了，他作為全家人的代表過來表示哀悼和崇敬。青林見到他，立即又想到了且忍廬，便託他過年回家時，再幫自己打聽打聽。

一個人的一生就這樣走完了。

青林離開殯儀館時，看見劉晉源的小孫子正跟輪椅上的老爺子熱烈地討論遊戲。他們的臉上，沒有一絲悲傷。彷彿死去的那個人，跟他們完全不相干。甚至，死亡對他們來說，也是件無所謂的事。青林想，人生多麼有趣呀。

還有一個人，也在追悼會上。他口袋裡裝著一張照片，在向劉晉源告別時，他淚流滿面。他說，老哥哥啊，你怎麼走得這麼快，叫我不好想啊。咱們不是約好天天去吃刀削麵的嗎？我還要請你看看我表兄的照片，我想知道，我表兄是不是你的那個戰友，我這輩子都在找他哩。

這個人是老起。追悼會場沒有一個人認識他。他默默地來後，又孤獨地走了。

第九章

41 地獄之第八：讓我死吧！

丁子桃終於走到了第八層。她本來就身心疲憊，現在更覺疲憊不堪。

四處仍然昏黑，茫茫一派，無邊無際。那些稀薄的光，忽有忽無。她不禁坐了下來，便是這時候，她看到了自己，看到了哭泣的黛雲。

黛雲的聲音，像尖刺一樣，扎進了丁子桃的耳裡。她邊哭邊叫著：「讓我死！讓我死吧！」

老魏和富童正緊緊地抓著黛雲，試圖讓她安靜下來。但黛雲卻不停地掙扎，她的動作，似乎是想要撞牆。

在她的哭聲中，另一個哭聲，以一種更響亮的方式出現。這是汀子的。他在慧媛的懷裡，奮力地蹬著兩條小腿，朝著黛雲的方向伸出雙手哭喊。

小茶亦兩眼通紅，似乎也哭過一場。她始終圍著黛雲轉，嘴裡不停地叫著：「小姐，不要呀，不要這樣。汀子還小，他不能沒有媽。小姐，不要呀。」

但是黛雲卻像是著了魔，她的聲音越來越瘋狂。老魏和富童兩個男人都快抓不住她了。

屋外一陣騷動，此時進來了陸子樵。小茶忙叫：「小姐，老爺來了！小姐，你安靜點好不好？聽老爺拿主意。」

黛雲根本不理任何人，只是自顧自地哭喊，她似乎處在瘋魔之中。公公陸子樵走到她的面前，照著她的臉伸手搧了兩嘴巴，屋裡頓時發出女人的驚叫聲。

黛雲的哭泣止住了。她盯著她的公公，眼睛裡充滿憤怒。公公說：「你有資格死嗎？你胡家就剩了你一個。你爹娘為了讓你活，費了多大的心機，你還想死？這屋裡，所有人都死得，就你死不得！」

黛雲說：「我就是不想活，又怎麼樣？」

公公說：「你不想活也得活。不管你用什麼樣的方式，就算是像豬像狗，你也得活下去。這就是你的命！」

黛雲哭道：「我就是要死給他們看。」

公公說：「他們才懶得看哩，你死了不如死一條狗。你全家都死了，你看有人在乎了嗎？」

黛雲又開始了掙扎，但勁道已然小了許多。

公公板著面孔，冷冷地看了一會兒，方說：「老魏，富童，鬆開。既然她想死，就讓她死。我看她死得了死不了。」

老魏和富童鬆開了手。黛雲抬起頭，瞪著眼睛望了望公公，這目光中有絕望也有仇恨，然後她一頭朝牆撞去。老魏抓了她一把，只聽到衣服哧啦撕裂的聲音，然後就見黛雲撞到了牆上。

屋裡發出尖銳的驚呼聲。小茶大喊著撲了過去。她哭道：「老爺，你不能這樣呀！」

公公沒有走過去，只是冷冷地對老魏說了一句：「醫生還在後面，叫他過來，給她敷上雲南白藥。」然後就走出了門。

屋裡的喧鬧聲瞬間就沒了，就連汀子的哭聲也停了下來。他不知道發生了什麼事，四下張望著，突然一把抓住了慧媛的頭髮夾，咯咯地笑了起來。

丁子桃被這一幕嚇著了。她不禁伸手摸了摸自己的前額。

她摸到了那塊細細的傷疤，心想，對了，這就是那天留下來的。

42 地獄之第九：這命又有什麼意義？

這已經是第九層了。丁子桃默數著，甚至有些高興起來，她已經走過了一半，再走一半，就能出去了。能見到陽光嗎？丁子桃突然覺得陽光對她來說，非常重要。她想，我已經多久沒有見到太陽了？

然後她看到了老魏。

正是黃昏時刻，陰冷陰冷的天氣，沒有陽光，北風呼呼地刮著，一到下午時分，天色就灰濛濛起來。老魏連走帶跑，神色慌張地進了大門。老魏依然穿著穿了多年的那件灰布棉袍。丁子桃記起來，那件棉袍肩頭有一塊補丁。老魏曾經呵呵地笑著說，這是土匪刺刀挑破的，但沒傷著皮肉。後來老爺花錢把他贖回來後，他就覺得這袍子吉利。老魏笑的聲音，驀然就在耳邊響起。

老魏走到了黛雲的房門口，想要敲門，卻又縮回了手。他猶豫片刻，踅過身，又匆忙地走進另一個院落，然後站到了一個房間的門口。

丁子桃看得很清楚，那是她公公陸子樵的書房。

公公陸子樵正在寫對聯。每年冬天，他都要寫上一堆，讓村裡鄉親春節時過來挑選自己中意的。丁子桃甚至認了出來，他用的硯臺和毛筆都是父親胡如匀所贈。他們是老同學，現在又升為親家。每年公公的生日，父親都會有書畫或文房四寶作為禮品相贈。公公陸子樵曾經調侃他，說你這些東西，到了山裡，大概也只有送我才送得出去。父親自己也笑，說差不多是這樣吧。

老魏推門的聲音太重，陸子樵的筆尖抖了一下。老魏進門即跪倒在地，他整個頭部抵到地上，顫抖著說：「老爺，出大事了，天大的事。」

陸子樵的筆落出了手，他的身體沒有動，頭也沒有回，只是問了一句：「什麼事？」但聽得出，他的聲音也開始顫抖。

老魏說：「老爺的親家，黛雲她爹媽，還有全家，都死了。昨天都死了。」

陸子樵站起來，轉頭看到幾乎趴倒在地的老魏，臉上顯出驚訝。然後厲聲道：「怎麼死的？」

老魏說：「我不敢說。老爺您不用知道那些，曉得他們都不在了就夠了。老爺，無論如何，您要保住黛雲，不然胡家就絕戶了。」

陸子樵頹然地跌坐在椅子上。他用渾濁的聲音說了一句：「先不要說。」

但消息卻傳得飛快，到了晚間，全家人都知道了這個消息。

黛雲母親的繡房在分浮財時就沒了，繡品也早就交了出去。最後離開的繡工過來報的信，說是黛雲爹媽一聽到兒子凌雲在回家的路上被打死，就根本不想再活，一直說是自己害死了兒子。黛雲的媽自盡了兩回，一回是上吊，被二娘發現，喊人解了下來。還有一回是想跳井，被救了下來，也沒死成。結果還是被拉出去開鬥爭會。誰也沒想到，開著開著，就把他們拖出去槍斃了。開會時，有人說，槍斃的名單上本來就有他們。名單上沒有黛雲的二娘和嫂子，不知怎麼，鬧起來，沒人管得住，末後點了天燈，就乾脆扔進河裡。扔下去前，她們也都快沒氣了。

黛雲被這個消息所擊倒。她哭得昏死過去。醒來又哭，再哭到昏死。得幸陸子樵聞知消息後，料定黛雲承受不住，當即讓老魏請了醫生在家裡待著，彷彿是等著這個時間的來到。

全家人也都陪著哭。小茶的嗓子都哭啞了。小茶的娘是黛雲的母親從成都帶過來的。在這裡嫁了人，有一年走在回娘家的路上，遇到洪水，翻了船，兩口子被淹死。唯有小茶被人所救，從此成了孤兒。黛雲的媽不忍她在祖父母家受苦，便去抱來家裡，讓她跟黛雲做伴。那時候，小茶才三歲多，此後便在胡家長大，幾乎視黛雲父母為自家父母。黛雲的母親原想培養小茶成為繡工，但小茶願意跟黛雲一起，而黛雲也離不開小茶。黛雲出嫁時，小茶也執意相伴隨嫁到陸家。如此，黛雲的母親只好依了小茶。

渾然不知事的汀子，並不能理解家裡的事，他跟著吵鬧，要母親，要小茶。小茶只好一手抱著汀子，一手又想要去照顧黛雲，自己也傷心得嗚嗚地哭。

這個家裡一切都處於混亂。老魏前後張羅了一整夜，次日天亮時，臉都黑了。

這個夜晚的陸子樵，同樣一夜未眠。他在書房裡不時地來回踱步，偶爾坐下時，把玩著文具。因為桌上的幾樣文具，都是他的同學加親家胡如匀所贈。而這個人，一夜間成為罪人，又一夜間悲慘地死去。

早飯時，黛雲沒有出現。老魏說，醫生的意見是讓她吃藥，睡覺。不然，她一醒，就會崩潰。昨天鬧了一整天，她的體力也不行了，莫如讓她昏睡。

陸子樵說：「照這樣下去，不知還會發生什麼事。如果那邊還不甘休，追到家裡來找黛雲的麻煩，也會難辦。今天下午，不管黛雲是醒是睡，都想辦法把她弄上馬車。讓她住到城西頭家裡的閒房裡，這地方也沒多少人知道。慧媛跟著一起去。小茶過去帶孩子，也好照顧她們起居。局勢如果一直不好，就想辦法到上海，從上海到香港，找仲文。如果局勢緩解，就再回來。這期間，富童也過去，跟看房子的老楊對換時間，日夜要有人醒著。」

三姨太說：「我也不想留在鄉下，我也要過去。這房子當年就是為我買的。我在城裡熟，去了也方便。我還可以幫小茶抱汀子。」

陸子樵怒道：「這時候，你還瞎扯個啥子？」

慧媛說：「我不去。我要跟爸媽在一起。再說我家是革命家庭，爸爸也立過功，上級已經同意不鬥爸爸，家裡很安全。我不想去城裡。」

陸子樵白了她一眼說：「這個不由你說了算。」

三姨太說：「慧媛不去，我去。再說，一旦有什麼事，我也比慧媛更會拿主意是不是？」

陸子樵說：「慧媛必須離開這裡。等所有事情平息後，再回來。」

慧媛堅決地說：「除非爸媽都去城裡，我就去。反正我不跟爸媽分開。爸媽安全，我就不會有事，爸媽如有事，我離開就沒有良心了。」

陸子樵仔細望了望慧媛，長歎一口氣。這時候老魏說：「老爺，如果這時候把黛雲送進城裡，一旦她甦醒過來，又開始鬧，該怎麼辦？汀子還小，光是小茶和富童，怕弄不住她。」

陸子樵這次妥協了，他沉吟片刻方說：「那就緩幾天吧，讓黛雲腦袋清醒一下。大家都聽好，胡家只剩黛雲一個人了，我陸子樵就是拼了自己的命，也要保她的命。任何時候，大家都要看好她。」

一桌的人不說話，都只是點著頭。屋裡有一種即將爆炸的沉悶。

那天的事，丁子桃完全想了起來。她的心口陣陣絞痛。她無法描述自己的心情。她想，你們都讓我活著，而且我也的確活著。可是我這樣活著，是不是活得跟死了一樣？而且我活著跟胡家或是跟陸家還有什麼關係呢？你們都不在了，又有誰介意我是胡家人還是陸家人呢？你們要保我的命，可是連我自己都不知道自己是誰，這命又有什麼意義呢？

此時的丁子桃，真的已經沒有眼淚。這世上，眼淚是最沒有用的東西。

43 地獄之第十：哥哥你在哪裡？

現在的丁子桃已經抵達了第十層。她覺得自己看到了希望，而充斥在這希望中的東西，卻盡讓她絕望。她知道了自己是誰，她的人生經歷了什麼。但同時，她又忘記了自己是誰，為什麼經歷了這些，還能活著。她想，難怪公公毫不猶豫地選擇去死，原來，死才是最輕鬆最簡單的事啊。

丁子桃看到的越來越多，她的痛苦感，也越來越淡。那些熟悉的名字和熟悉的面孔，一個個地往外跳。但這一切，都已然不再心驚。當她聽到「凌雲」兩個字的時候，她想，哦，這是我哥哥，他叫胡凌雲。是的，凌雲哥，我一直是這樣叫的。雖然，她已然想不起他長的什麼樣子。

一切都是那樣清晰地呈現。

富童趕了一夜的路，從城裡回來時，他最先見到的人是小茶。他告訴小茶，他見到了凌雲哥。他叫他少爺時，凌雲哥說快莫這麼叫，叫凌雲哥就好。凌雲哥準備去忠縣參加土改。聽說自己爸媽被鬥爭，很吃驚。然後說他馬上會趕回家接二老進城，讓黛雲小姐不要著急。還說，如果仲文少爺年底沒回家，就讓黛雲小姐也到城裡跟娘家人一起過元旦。

小茶鬆了一口氣，立即把這個好消息告訴了黛雲。

天陰沉得厲害，老魏說，照這樣子，是要下雪了。而且今年的雪應該不會小。要趕在下雪前，把過年吃的東西都備上。免得到時候，客人來家裡，招待的東西不夠。

三姨太說現在土改正忙著，人人都心驚肉跳，哪會像往常一樣閒著沒事到處走動。黛雲覺得姨娘說得是。老魏說，不管人家來不來，陸家也得備著，陸家任何時候都不能少禮，這是陸爺立的規矩。

半夜裡，餵馬的老倌子突然跑去找老魏，說有人在外面喊了一句，告訴你家媳婦，她哥昨晚被打死了。老倌子披著衣服跑到馬棚外，想看看誰叫喊，卻沒見到人影。心裡有些怕，便趕緊把口信告訴老魏。

老魏一聽也嚇著了。黛雲讓富童進城找她哥趕緊回家接爹媽進城的事，是老魏安排的馬車。富童也帶回了口信，說是黛雲哥答應了馬上回去。難道……老魏天一亮就去告訴老爺陸子樵。

陸子樵嚇了一跳，胡家就只有凌雲一個男丁，他要有事，家中二老必然難以承受。陸子樵說：「你趕緊帶了富童出門打聽一下，如果真有事，也先別出聲，回來跟我商量再說。」老魏稱是，忙不迭地叫了富童早早出門。

下午的時候，老魏回來了，說胡凌雲吃過晚飯便叫了一個同學跟他一起往胡水蕩趕。在離家二十多里路的山腳下，挨了冷槍。兩個人都死了，對方沒留活口。是什麼人打死他們，還不知道。但親家已經曉得兒子死在回家的路上。兩具屍體都沒送到胡水蕩，暫時寄放在附近的寺廟。老魏說：「要不要告訴黛雲？」

陸子樵長歎一口氣，說：「她爸媽都已經曉得了，不告訴她怎麼行？不然她會怪罪我。你先告訴小茶吧，讓小茶告訴她。不要說我已經曉得了。」

小茶在晚餐前得知了消息。她忍了又忍，等到黛雲吃完了飯，才把這個噩耗說出來。黛雲立即傻掉了。她奔到公婆的房間，求證此事。公公陸子樵沉默半天，方說：「我也剛聽老魏說。真想不到。老魏說，你爸媽已經曉得了。」

黛雲這時候眼淚才噴了出來，她一句話未說，掉頭就走。陸子樵說：「你要去哪裡？」

黛雲沒有回答，她自顧自地走到了大門口。老魏衝過來攔下了她。老魏說：「不能呀，這麼晚了，不能出去。」

黛雲尖叫道：「我要去看我哥！」

家裡人都被她的尖叫所驚動，老小一堆都跑到了門口的庭院裡，站在老魏一邊幫著攔黛雲。老魏說：「凌雲少爺挨的是冷槍，是什麼人打的，還沒有弄清楚。眼下那邊不安全。再說，明天白天去可好？」

黛雲說：「我就要今天去，我就是要今天看到凌雲哥！」

最後一個出來的是陸子樵。他嚴厲道：「老魏，門關好。今天一個人都不准出門。」他說罷，轉身即去。

黛雲一下子軟坐在地上。她哭道：「凌雲哥，你在哪裡呀？是我害死了你。我如果不去叫你回家，你就不會死呀。哥哥呀，天啊！」

這天的晚上，在黛雲悲傷的哭泣聲中，陸子樵寫了一封信，叫二兒子陸仲文暫時留在香港不要回家，叫小兒子陸叔文盡快去英國讀書。不接到他的親筆家信，絕不要回來。

第十章

44 青林開始了閱讀

春節的時候，青林沒有回南方。母親已經靜睡兩年多了。她的存在，越來越讓青林覺得神秘。雖然她滿面呆滯，活著就跟沒活一樣。但她的心跳正常，飲食也正常。只是偶爾有時候，她的呼吸時而急促，時而平緩。似乎她有她自己的一個世界，她在那裡的行走坐臥，輕重緩急，都只有她那個世界的人知道。儘管青林是她最心愛的兒子，但卻只存在於她的世界之外。

好在青林會想。他覺得，也許這是母親生命中的一個必然過程。她所抵達的地方，或可能是其他人所無法前往的地方。她不過是用另外一種方式活著。甚至，她的活法，也為自己這等庸常之輩難以理解。重要的倒是，這世上只要母親的氣息尚在，他就心有所安。

有了這想法，青林便覺得母親眼下並非處於病中，而是以一種秘密的狀態存在。他跟兒子打電話說，奶奶現在就像外星人一樣，特別神秘。兒子不相信，幾乎要飛過來看看奶奶到底有著怎麼樣的神秘。青林的老婆呵斥住他。對於一個中學生來說，學業最重要。就是放假，大多數時候還是在補課。

青林一直想，自己還是應該盡可能用多一點時間陪伴母親。說不定哪天母親瞬間就恢復了呢？而她清醒過來時，第一眼就應該看到自己。青林知道，對於母親來說，最好的提神物就是他。

冬紅是在年三十的中午離開的。她做好了除夕的菜，又把春節期間要吃的東西，備了一堆。儘管她已經跟青林說過，她今年必須回家，為了照顧老太太，她已經兩年沒有回家過年，她爹媽都有些不高興了。但走之前，她還是有些不好意思，再三表示，元宵一過，就馬上趕來。青林說：「沒事，放心回去吧，我一個人忙得過來。從初三開始，就會有朋友過來陪我哩。每天晚上，朋友家的保姆也會過來幫忙安排老太太。你放心吧。」

儘管是冬天，外面冷颼颼的，但天氣還不錯。母親房間朝南的窗子，斜射進陽光，因為裝了暖氣，屋裡呈一派的溫暖。下午，青林把母親牽引到窗前坐下，在她的身上搭了一條羊毛披肩。這是他老婆買的過年禮物。他老婆雖然不願意跟婆婆住在一起，但時常會用這樣的小動作討得青林的歡心。婆媳是天敵，更何況母親只是一個做保姆的，沒有半點社會地位。青林很明白女人的勢利，所以他不介意老婆的這種態度。時而能有點小小的討好動作，並聽任丈夫在春節中照顧婆婆，在女人中，已經算是足夠好了。這世道，不要指望任何一個人沒有勢利眼光，青林想。

青林找了一本書，坐在母親身邊閱讀。屋外的花樹，已然有幾分蕭瑟。原先空著讓母親種花或種菜的地皮，都被冬紅種上了各種蔬菜。但到了冬天，蔬菜已經沒有了，菜地也被冬紅全部翻了一遍。青林低頭朝下看，心想，如果開春的時候，母親能醒過來，親手種種菜，該有多好。想著便說：「媽，等你好了，就在那幾塊菜園種點番茄吧。我最愛吃番茄炒雞蛋了。」

其實，青林最愛吃的是番茄炒雞蛋裡的雞蛋。他並不喜歡番茄那種酸酸的味道。但是父親總是逼著他吃番茄，說是營養。這時的母親經常悄悄地幫他，瞞著父親，代他把番茄吃掉。想起童年在父母面前撒歡的場景，青林不禁歎想，如果父母現在都健康地活著，都住在他買的這幢大房子裡，他的人生該有多麼美滿。

這麼想著，青林記起了父親的筆記本。他回到自己房間，把那只舊皮箱拎到母親的屋裡。他舉著它到母親面前，說：「老媽，你再看一下。還記得這個皮箱嗎？這是爸爸的。我記得你非常愛爸爸的。你應該想得起來是不是？」

母親依然沒有反應。他想，無論如何，我還是要了解一下他們。不管其中有沒有他難以接受的內容，他們也永遠是他最熱愛的父母。

就這樣，在這個春節溫暖的日子裡，青林開始閱讀父親這份老舊的記錄。

45 父親難道姓董？

青林翻開了筆記的第一本。

它是從 1948 年夏天開始的。鋼筆的墨漬已經開始發散，字跡也變得不太清晰。青林並不熟悉父親的字體，他只見過父親寫給母親的十幾字留言。但他似乎能從這些字行中，感覺到父親的氣息。他知道，這正是父親所記。

父親的記錄都很短，有的有日期，有的沒有。更多的一些，只是寫有年份或是季節，然後隨手記錄，這記錄甚至有些匆忙。青林想，父親是醫生，大概不擅寫長文。

1948 年 7 月 15 日

回家。過黃河。一想到馬上就要見爹娘，甚興奮。娘眼睛不好，每次伸手摸我臉。手糙，但很舒服。爹信說，一定要在鎮上開家診所，是那種像洋人一樣可以開刀的診所，給老少們治病。房子都已挑好。表弟小起是助手。小起在二舅的藥房裡長大，識得不少草藥，總歸可以幫個手。

世道混亂，哪兒活命都難。聽爹的吧。爹說，咱董家的人，得了鄉親們不少幫助，我兒學成回來開家診所，也是對鄉親們的回報。

自從娘的病被教堂的神父請來洋醫生治好後，爹就開始相信西醫了。爹說得是。世道混亂，哪兒都難。那就回家守在一起吧。

董家人？青林看第一篇就怔住了。父親不是姓吳嗎？怎麼是董？

青林有些發蒙了。他腦子裡的頭緒瞬間有些混亂。

7 月 21 日

晴天霹靂！不想活了！

前幾天山腳下遇見小起，說是專門堵我的。他哭著告訴我爹娘姐姐還有爺爺奶奶俱已亡故。我不可以回家。回家必定是個死。爹斷氣前，最後一字是堵。別人不明白，小起聽明白了。

天啊天啊天啊！為什麼為什麼為什麼會全家一起死？他們都死了，我又如何獨活？小起哭喊道，為你爹娘，你也不能死。能逃多遠就逃多遠。你董家不能斷子絕孫。

他說得是。但從此我便是無家之人了麼？

心亂透。疼。喘不過氣。幾天來不知怎麼過的。今夜住進了客棧，明天住哪裡？我還有哪裡可以去？

這篇很短，字跡凌亂。斷句分行都零碎不堪。好幾處都被鋼筆戳破了紙，上面還有滴淚斑斑。寫字者悲痛複雜的心情，盡在紙上。

青林被嚇著了。

幾行字背後有巨大的資訊量。發生了什麼事，竟讓全家人集體死掉了？並且兒子還不能回家，回家了也得死。是土匪，還是戰爭？更或是對頭尋仇，刻意滅門？青林腦子有些短路。但小起又是誰？父親的表弟？以前怎麼從來沒聽父親提過？

青林突然有些害怕。他站了起來，來回踱步，似乎考慮自己要不要繼續閱讀下去。天色已經有些昏暗了。青林帶母親上了一次廁所，又重新送她回到籐椅上坐好。青林說：「老媽，你知道爸爸姓董嗎？你知道嗎？」

母親沒有回應。

除夕的晚餐，是青林和母親兩人一起吃的。丁子桃的是銀魚蛋羹。青林認為，一定要讓母親營養夠量，以保持她的身體有抵抗力，不出其他病。這樣，她就可能有一天突然醒過來。青林問過醫生，醫生說，不排除這種可能。

青林為母親餵了蛋羹，他看著母親麻木地咀嚼，心裡十分酸楚。他說：「老媽，明年過年，你不要讓我這麼慘哦。你一定要好起來，你答應過每天都要燒魚燒肉給我吃的。我已經好久沒有吃你燒的菜了。」

說到此時，青林的眼淚竟自流出。他沒有抹掉，任它流了下來。

這一年除夕的晚餐，他印象最深刻的味道，便是這眼淚的味道。

晚餐後，青林打開客廳的電視機，他讓母親坐在電視機前的沙發上看電視。春節聯歡晚會依然如每一年一樣，五彩繽紛，尖叫喧囂。但任憑多少笑聲和歡歌，都引不起母親半點的注意。青林陪著她坐了一會兒，覺得無趣，便自我調侃道：「老媽現在欣賞水準提高了，連春晚都不稀奇了呀。跟我一樣，我也一點都不喜歡看春晚。」

他自話自說著，索性關了電視，扶著母親回到她的臥室。

再次坐下來，拿著父親的日記本繼續閱讀時，青林發現那裡的記載已經進入了秋天。

1948 年秋

不知時間。住在深山裡。秋天也深了。

獵戶吳爺是個好人。他說他採藥回來，見我躺在岩石上。他不知我是活人還是死人，上前叫喚。我沒有理他。他摸我的頭，發現我在發高燒，嘴裡說胡話，叫著爹娘。於是背我去了他的家。

現在我就住在這裡。吳爺說我昏迷了至少五天。甦醒過來，又呆躺了好些日子。所幸他採藥多年，會用藥。他說他不救我，我就完了。我心想，我就是想要自己完呀。

吳爺似乎明白。說住在這山裡，活得沒人知道，跟死也差不多少。

這話打中了我。既然上天讓你不死，那就活吧。

吳爺說趁天還沒寒下來，趕緊出山。雪封山後，就出不去了。翻過五架山，就是河南界面。

可我哪有地方可去？吳爺見我沒說話，又說，沒地兒去就住下吧。深山老林子，方圓幾十裡都沒啥人。我也老了，跟我搭個伴也好。吳爺問我姓啥。我還能姓什麼呢？我說隨便您叫吧。

吳爺望望我說，好吧。那就跟我姓。我救你一命，得個兒子，當是老天對我的回報。

那就這樣吧。像死了一樣活著。既然死了，還有什麼不能忍呢。

1948 年，還是深秋

應該近 11 月了吧。今天我走出了門。吳爺的房子搭在山洞口。洞兩旁打理出幾塊小園子，壘著石塊，窄窄的，種了些菜，還有些我不識的植物，怕是藥草吧。園子緊貼著山崖，有水自上而下。一根竹筒斜靠著流水，一直順流到洞口的石臼裡。吳爺說，在山裡，只要有水就餓不死。洞門幾米開外，是懸崖。但要進林子，得貼著山壁下八十六步石階。吳爺拿槍出去了，說得打點獵物。山裡冬天長久，吃的要備足。我剛復元，吳爺沒讓我同去，說我的腿不夠力氣下崖。

中午有點陽光，坐在石頭上曬太陽，竟也暖洋洋的。不敢想事。一想便有死掉之心。

鋼筆也快沒水了。記到哪裡算哪裡吧。

今天下了雨。無奈也無聊的日子。想爹娘想得全身疼。睡在床上不想起。睡死也是個好法子。

吳爺今天說已經 11 月了，到底是不是，他也記不大清，不過這都不重要了。天已經很冷。吳爺說，要不幾日，就會下雪。

1948 年冬

或許是 12 月了。也或許翻過了年。吳爺說，記時辰有什麼意思呢？看天氣吃飯就是，冷暖自知。說得也是呀。

下了雪。和吳爺一起，把門前的雪掃到崖下去。不然結凍就更難行了。

無事。吳爺教我識草藥。前陣我已經告訴了他，我是學醫的。爹娘都死了，所以自己也不想再活。吳爺說猜得到是家裡出了事。

今天吳爺告訴我，說他進山那年是四十二歲。也是爹娘被人害死。他殺了仇家帶著老婆孩子逃出來，孩子死在了半道。頭些年有老婆跟著，還經常摸去鎮上賣些山貨，換點雜物。後來老婆死了，就懶得出去了。春暖時分，讓進來採藥歇夜的人給他帶點鹽就成。他說一個人在山裡習慣了，願意活得清靜。

原來如此。我想我也會習慣這樣的活法。

雪厚了。走到坡上，回頭看，只一人腳印。打了一隻山雞回，抓著它走，恍然覺其眼神有哀。想放，又想不能讓吳爺覺得我一無所獲，終是帶了回去。

1949 年元月

不知道是不是。猜測已經進新的年頭了。其實也不必猜測，無所謂哪年。時無間，就這樣了。

雪大。幾乎封門。蜷縮在屋裡。吳爺睡覺，睡時說，要習慣沒事做，睡長覺。長覺是啥，就是學著慢慢死哩。

吳爺是笑說的，笑裡有無奈。需要練習的死亡，算是一種好死吧。但爹娘呢？一生勤勞一生行善，卻未有好死。

不想了。一想全身都疼。

寫到這裡，顯然是鋼筆沒水了。最後的這個「疼」字，下面兩點沒寫出來。

青林的眼淚已經溢了出來。他想，這個悲哀而孤單的人，竟是他的父親呀。他內心深處的傷痛，作為兒子的他居然從來不知。父親去世的時候，他剛上小學。他對父親的印象就是父親雙手卡著他的雙腋，一下一下地把他拋起。他大笑。父親也大笑。他心中的父親，一直就是一個快樂的滿面笑容的父親，他怎會有念頭想到他曾經歷經苦難？

青林前所未有地感覺自己有一份錐心的痛苦，其銳利程度甚至超過母親突然生病所帶給他的那份痛。

他把父親的日記本合上，讓自己安定一下。

46 生活又重新開始了

朋友的保姆過來了。她幫著替母親洗澡更衣，然後安置她睡覺。母親很溫順，隨人擺布。躺到床上，她馬上就閉上眼睛。一切都悄無聲息。

青林自己也去沖了個澡。除夕前要把自己洗乾淨，這是從小母親的規矩。那時候，洗浴條件差，青林並非像現在這樣天天洗澡。家裡的衛生間只是很小很小的一個蹲坑，欲要洗澡，只能在房間裡，用一個大木盆，兌上很熱的水。寒冷的時候，母親還會弄一個塑膠浴罩，以免熱氣跑掉。那時洗澡，只能每週一次。

青林穿著浴袍回到母親房間。他把所有日記本重新裝進箱子裡，走到母親的床邊說：「老媽，你知道爸爸的身世嗎？你知道他有很深很慘的經歷嗎？你怎麼從來沒有告訴過我？莫非你也不知道？難道爸爸連你都沒說過？」

青林的問話不過是自話自說，丁子桃閉著眼睛，面孔無一絲變化。那裡沒有青林要的答案。

青林長歎一口氣，捧著所有筆記本，回了自己房間。

天早已黑了，無數人家的燈火和隱約而至的樂聲，令這夜晚洋溢著盛世的氣息，又溫暖又舒服。青林站在窗口，心裡卻是萬般的糾結。他想，父親家到底怎麼了？

他重新回到了日記裡。

日記本後面接連幾張都夾著樹葉。青林不識樹，他不知道父親夾這些樹葉是什麼意思，也不知樹葉中是否有奧秘。他把樹葉拈起，對著光亮看了看。他把每一片樹葉都看過了。除了莖脈，什麼都沒有。

最後的一頁紙上畫著凌亂的草圖。畫圖的是另一支筆。線條指示著方位和路線。青林看不明白其中之意。

這一頁的背後，整頁只有六個字：生活重新開始！

驚嘆號寫完後，還進行了描粗。顯然此時的父親，心情已變。青林的心情也為之一振。他想，什麼事讓父親振作起來了，難道遇見了母親？愛情改變了他的心情？

青林翻找出第二本日記，上面的時間已經是 1950 年。

青林掐指算了下日期，距父親最初的日記已隔一年半時間。難道父親此間一直在隔絕人世的山裡？現在他要出山了？

1950 年

今天除夕。每逢佳節倍思親。

決定繼續日記。這是在我識字後，父親要求我必做的一件事。他囑我記下自己每一天的事情和每一天的心情。說老過之後，知道自己做過什麼。現在他已距我無比遙遠，給我留下的只有這個習慣。我決定堅持下去。雖然每天忙碌，不能天天記錄，但我可以在有空的時候，追記一下。

我的復活是從什麼時候開始的呢？

準確地說，是那天在山裡遇到劉政委。我以為是塊石頭，不料卻是一個人。他動了一下，絆倒了我。正是斜坡，我沒留意，便摔倒。我滾下去了好幾米。山裡已經有雪，薄雪蓋著他。吳爺看清了，他大聲說，是個人！

他身有重傷，昏迷不醒。救治他時，吳爺說，這個人一身槍傷，不是土匪就是兵爺。不知道會不會給我們惹出事來。我說那也得救，不然他連今晚都熬不過。

吳爺依了我。我們把他抬回了家。這個人甦醒過來是好幾天後。他很懷疑地看著我們。吳爺說，放心吧，這是老山裡哩，就咱爺兒倆。我看你不是匪就是兵，咱倆救了你，等你身子好了，可千萬別給咱添事。他無力說話，只是聽著。

又過了幾天，他好轉起來，說你們一直住在山裡？吳爺說，嗯，幾十年了。他說，你們不知道世道變了？吳爺說，管這些做啥，哪個世道都是活命。他說，民國已經垮了，老蔣逃去了臺灣小島。現在是中華人民共和國，共產黨坐天下，由毛主席當家。新中國已經都一個多月了。我是解放軍的政委，回老家奔喪，途中遇到土匪。我被他們打傷，又迷了路。你們救了我，就是功臣，政府一定會感謝你們。

他的話令我大驚。始知洞中三日、世上千年這話真不是假的。

吳爺說，什麼黨什麼軍都不關咱家的事哩。

但我卻願意聽他說山外。他顯然很明白。他說，你這麼年輕，一輩子在山裡值得嗎？我說，活著就值得。不值得也沒啥。

他沒有再說啥，晚上睡覺時，卻突然說，你上過學，舉止文雅，我看得出來。我不知咋回答，這時候吳爺說話了。吳爺說，我娃當然念過書。他娘死了，他才進山來陪我過哩。

他不再吱聲。然後一連幾天都跟我說，有文化就更不要在山裡浪費生命。他說要帶我出山，去建設新中國。這將是一個民主和平的社會，不再有戰爭，不再有饑餓，不再有富人壓迫窮人。人人有書讀，人人有工作，人人平等，人人自由。

這些話不能不讓我怦然心動。這也是我曾經夢想的國家。

吳爺暗地勸我，說這人實誠，不像說假話。你跟著我，不是個長事。不妨跟他出去，混個前程，也算對得住你爹娘。

他在山裡住了十來天，身體尚未復元，就要離開，他再次讓我跟他一起出去。吳爺說，兒呀，你送他回去吧。他的身體也沒好全，路上需要有人照應。你也順便也看看外面咋樣了。行，就留在那兒，不行，就回來。

其實我的心已經被他說動，只是覺得吳爺已老，留下他一個人也不仁義。劉政委說，大爺一塊下山，住到鎮上，讓政府照顧。吳爺卻不肯，說是在山裡住慣了。

就這樣，我跟著劉政委出了山。他把我帶到軍隊。我進了培訓班，然後成了解放軍的一員。我告訴大家，我叫吳家名。我的父親是隱居深山的老藥農，母親早逝。我的證明人就是劉政委。

只有我自己知道，這名字有怎樣的痛心。而那個我所謂的家鄉，我永遠都不會回去，那個名字我永遠都不會說出口，以後也絕不會讓自己的後代知道那個地方。

明日春節，我要告訴爹娘：你們在地下要好好的。我一定為您二老爭氣。

原來父親的名字是這樣而來。原來他是暗喻自己是無家無名之人。青林想，父親竟是忍著這樣的痛，而且一直忍到了死。

這一大段日記沒有標明日期。從筆跡和顏色上可看出，父親是一小段一小段寫的。他應該是在非常緊張的條件下插空補記。

從一個隱居在深山裡的人，突然成為軍人，青林覺得自己一下子都拐不過彎來，而當年的父親是怎麼適應的呢？

想完又意識到，自己經歷這個過程只是幾個小時，而父親用的卻是幾年時間。拉開的時間或許能將許多難以理喻的事變得簡單自然。時間有著最強的消解力，它能將一切強烈的情感化為平淡，能將天大的決心變成無奈。這一點，青林很明白。

1950 年春（5 月補記）

向南。向南。

部隊奉命去川東剿匪，因此一直向南方急行軍。隨身攜帶行李不得超過十二斤。好在我本來就沒什麼東西。南方的山跟北方的山太不同了。潮濕陰暗，雨水連連，一連幾天，被子都是濕的。

沿途皆住鄉村，老百姓非常歡迎，向我們訴說土匪之可惡。他們的熱情也讓我感動。我們從不擾民，走前還把院子和路都打掃乾淨。我以前想不到解放軍會是這樣。現在我明白我跟劉政委出山是非常正確的選擇。過去的一切都可以過去，我要重新開始人生。這個人生將與我的過去一刀兩斷。我永遠不再回去，我要把自己的過去永遠埋葬。

川東的土匪十分兇悍。來之前，上司在動員令裡說，川鄂、川湘、川黔三大匪區交界之處的川東匪患，最為嚴重。大批國民黨潰逃部隊與他們混雜一起。但再兇猛也經不起我們正規軍的打擊。新中國滅掉他們，才會有真正的和平。我的戰友中，許多人都是打過大仗的。他們說，打這些小蟊賊土匪根本不算打仗。但實際上，土匪占有地利，我們打得很艱難。

得寫一下帶我出山的劉政委。

劉政委在軍分區，他把我安排在淮海戰役時他帶過的連隊。還跟我的連長交代要好好對我。他說，給你們連送來一個寶。小吳會診病，你們有小病小疼或是被毒蟲蜇了蛇咬了，他就是醫生。連長大為高興，留我在連部。戰友都很歡迎我。大家對南方的山林，都有害怕之感。

一路上發現藥草我都會留意扯一些。雨天我會煮一些讓大家喝了排濕毒。這都是吳爺教給我的。走了一路，我們連生病的人最少。連長還專門派了兩個戰友幫我拿藥草，說是關鍵時候用得著。

攻打那些匪窩山寨，劉政委非常有經驗。我們都很服他。有天打馬口洞，洞口很高，岩壁很厚，加上有國民黨殘留人員助力，他們顯得很有守洞經驗。我們連費時費力攻打幾次都沒攻下。結果劉政委視察來了。他跑到近處看了一遭，又進寨子找了幾個老鄉問了問話，然後讓我們夜晚在石洞下堆穀草，天一亮就點火。當時我覺得他的想法有問題，因為這麼厚的山石怎麼會怕火？洞口守衛的土匪大概也是這麼想的。我們堆穀草時，他們便在上面嘲笑。結果早上火燒了起來，風也起了。風帶著濃煙和細碎的小火苗吹刮到洞裡。只一會兒，便聽到裡面一片嗆咳聲和亂叫聲。半小時後，劉政委讓我們撤火，令大家用濕布捂住臉，直接攻打。洞內人幾乎沒有戰鬥力，我們很快就打進了洞，活捉了洞內所有土匪。原來劉政委發現沿著洞口邊吹曬著很多乾辣椒。只要有一串乾辣椒點著，其他都會相繼燃起。而村民們告訴他這裡的風向多是朝洞內吹。劉政委說，就算他們川匪愛吃辣子，也頂不住刺激眼睛和鼻子的辣風。這一招真是絕透，不佩服不行。

父親的日記依然是斷斷續續地寫。依然沒有細分日期。字跡凌亂，倉促用筆，有幾段甚至是鉛筆所寫，字跡已然模糊，很難辨認。

但青林卻激動得雙手發顫。

川東剿匪？他前不久去到川東，才聽說過這一戰事。而劉政委，當地人管劉晉源正是叫劉政委，難道難道……這個劉政委是劉晉源？其中馬口洞這個名字，他顯然也是聽到過的。熏辣椒？天啊，這不就是那個李東水教劉晉源的招數嗎？他們說此事時，還大笑了半天。

這個發現太震驚了。他的父親，難道是劉晉源的下屬？

青林立即給劉小川打電話，但是他的手機關機了。正值除夕，想必老闆害怕騷擾。他轉而給劉小安電話，劉小安也關機了。青林突然想起，這是他們父親去世後的第一個新年，也許他們需要一份安靜。再說了，這件事，電話裡也說不清楚，莫如過兩天當面去談。

1950 年夏至秋（補記）

土匪的倡狂，我們也未預料得到。前陣我們採用篦梳式隊形，把他們的氣焰幾乎打滅。但是美帝侵朝戰爭爆發，謠言又起。說第三次世界大戰開始了，國民黨馬上就會打回來，於是匪勢又起。

前幾天徵糧的工作隊遭到土匪伏擊，我們奉命前去營救。可惜隊長已經犧牲。其中有兩個女同志身負重傷。附近沒有醫生，連長令我急救。我盡全力對她們進行了緊急處理，西醫手段、中醫草藥，全都用上。並且親自護送她們去了軍分區的戰地醫院。我向主治醫生詳細地介紹了她們的傷情，然後就去休息了。我們在山路上奔了一夜，這時候睏得睜不開眼睛。

萬萬沒有料到的是，叫醒我的人是劉政委。原來其中一位女同志竟然是他的愛人。劉政委說，你救過我，又救了我老婆，我一家人都欠你的了。

院長對劉政委說我的處理非常得當，如果不是我前期處理得好，她們這樣的重傷員，又經過一夜顛簸，是很難活的。我沒有告訴他們，我在上海學的就是外科。我在仁濟醫院做見習生時，就經常被外科大夫誇獎。劉政委說，我是部隊的土醫生，會用草藥。但院長卻看出我受過專門訓練。他私下對我說，我相信你不是簡單只會用草藥。醫院現在人手奇缺，你願意留在醫院嗎？我猶豫了一下，想到自己畢竟學了那些年專業，浪費了可惜，便表示了願意。院長立即請求劉政委留我在軍分區醫院裡。劉政委當即便答應了。又為了讓我能進醫院，去上級申述了好幾次。我不知道有多感謝他。

命運竟是這樣奇異。就這樣，我成了醫生，回到了我自己的所學。這樣大幅度的轉換，時間只用了三天。我回到部隊，拿了我的行李，就來醫院報到了。全連的戰士都來送我。他們甚至改口叫我吳醫生了。那場面讓我感動萬分。我跟他們相處不過半年，結下的卻是生死情誼。

因為我對送來的兩個女傷號病情熟悉，所以院長讓我協助他對她們的治療。院長是留過洋的，他的醫術相當不錯。我跟著他可以學到不少東西。他問我是不是共產黨員，我說我還不是。但劉政委帶我進革命隊伍，要求我好好幹，爭取入黨。他說他是共產黨員，抗戰時就入了黨。他還說他會幫助我進步。

醫院的辛苦甚至超過部隊。不打仗時，部隊還是有比較多的閒時，而在這裡，隨時都有事忙。但我喜歡這樣的忙，它讓我心裡平靜。

差不多十天，兩個女病人都緩了過來。劉政委夫人是個直爽的人，她讓我叫她彭姐，說是大家都這樣叫。而另一個小嚴，是師範畢業的，人也大方隨和。或是因我救過她們的關係，我們一下子就熟悉起來，情感上也比別人多出幾分親近。等她們恢復稍好一點時，我們便都成了朋友。這是多麼珍貴的友誼，好像是生死之交。

小嚴的傷比彭姐要嚴重。她身上中了三顆子彈，一粒從她的肺部擦過，一粒穿過肩胛，還有一粒子彈從大腿穿過，傷到了骨頭。

彭姐出院那天，小嚴還站不起來。我想背她到門口，但稍一動彈，她的腿就疼得厲害。彭姐堅決不讓她下床。她們分別時，都哭了。

小嚴是個閒不住的人。她能下床後，就一瘸一拐地在醫院幫忙。有時還教傷患識字。這個女孩子真是可愛。

我現在有一種感受，如果去病房見不到小嚴，心裡便會有失落感。這是愛嗎？

我們真的相愛了，感謝上帝。我以為自己不會愛了，但這個女孩子不經意地在我身邊歡笑和歌唱時，我還是動了心。她比我小四歲，是成都人。並且我能感受得到，她愛上我甚至在我愛上她之前。

我一直以為我這輩子，生活中從此不再有快樂和幸福這樣的內容。但小嚴的出現，還是讓我知道了：原來我可以快樂，我也可以幸福。

今夜擁她在懷。我親吻了她。幸福到自己有點害怕。她說她也覺得特別幸福。上天你是在彌補對我的虧欠嗎？

土匪一直在潰逃。部隊一直推進到貴州邊界。

11 月，川東土匪幾乎滅盡。生活總算安定了。我隨院長一起，留在軍分區醫院。而劉政委則帶著部隊北上去了朝鮮。這一去，不知道何時能見。他走前，我和小嚴去送他。他託我們照顧好彭姐。又說，如果我在前線戰死，你們倆就多幫幫我的老婆孩子。他們已有一個兒子，大約兩三歲。

聽了他的話，我的眼淚都差點掉了出來，而小嚴直接就哭出了聲。他是我認識的最偉大無私的共產黨人。

劉政委見我們倆如此，立即笑說，我命大，死不了。我回來給你倆當證婚人。我們倆忙說，一定啊。我們一定等您回來主持婚禮。

青林閱讀時，有無限的感動，但似乎又有一點點失望，原來父親的初戀並不是母親。不過他轉而又想，母親似乎說過，他們是六十年代初期結的婚。父親一表人才，又是醫生。既無父母做主，又非媒妁之言，在那樣的時代，他怎麼會找母親這樣一個沒文化的女人呢？想想也覺得有些反常。

這大段的記錄，也是沒有日期的。依然可見他是斷續地寫下的。兩段之間，有的估計相隔了很久。

47 無名氏

夜已經很深了。青林本欲睡覺，明天再接著看。但他準備合上日記本時，突然見到了自己的名字。在這時而鋼筆、時而鉛筆的凌亂記錄中，「青林」兩個字猛然跳出，像兩根釘子，它們直接扎著了青林的眼睛。他所有的睡意一消而散。什麼意思呀？青林想，那時距離他出生還有上十年哩，怎麼就有了他的名字？

1952年春

立春了，天卻依然冷。小嚴回成都探望父母，還沒回來。走之前，她說會把我們的事告訴她的父母。我說如果你父母同意了，我們能不能先訂婚？她笑我太著急，但卻答應了我。我的天！我恨不得捧她到天上去。

送她走的那一刻，我的心真有刀割之感。想她，成了我心裡每天唯一的內容。

我對小嚴的思念，一天天濃烈。見不到她的日子，對我真是折磨。

這一陣，我們幾個醫生被派到鄉下出診。對於我們的到來，鄉親們非常歡迎。每個村子都是騰出最好的房子，讓我們居住。今天下了雨，黃昏時，幾個村民抬來一個病人。她幾乎沒有了氣息。村民說，是從永谷河裡撈出來的。不知道是什麼人，覺得她還沒死。送到縣城恐怕來不及救了，就送到你們這裡來。

我立即進行了急救。她渾身是傷，身上多處肉都翻開了，似是岩石所撞。腿部也有骨折。她一直昏迷不醒，偶爾會喃喃地說「釘子」。緊急搶救後，覺得她的傷勢太重，必須送回醫院，否則凶多吉少。大家都同意我的意見，所以，當晚我們打電話請示了院長，然後找到車，連夜送她到了醫院。

不知道她是誰，是哪裡人，只好用「無名氏」替代。我寫這三個字時，自己心裡竟是驚了一下。這名字中有兩字與我的相同。

小嚴終於回來了，並且帶回了她父母的同意。我是多麼欣喜若狂。從此我又成了一個有家之人。我們決定國慶日訂婚。

多麼美好的未來！我即將又有家了。我未來的孩子，女的我會給她取名樸珍，男的我要叫他青林。取自爹的名字「樸青」和娘的名字「珍林」。爹娘呀，我也只能用這樣的方式來紀念您二位了。

青林想，原來我名字的由來是在這裡。此前，父親母親都從未說過。父親在世時，他還小，未曾談及這一話題。而母親只是說，這名字是你爸爸取的。青林一直喜歡自己這個名字，他只覺得很有詩意，卻從未追問過緣由。

現在他知道了，原來他的人生，還代表著爺爺奶奶。那是父親最深沉的思念和記憶。我的爺爺叫董樸青，我的奶奶叫珍林。之前從未有過家族概念的青林，瞬間覺得自己與某一個地方的一群人，與歷史幽深處的一群人，有了親密的血肉關係。如同自己的一根血管，連在了他看不見摸不著的一個龐大體系上。他們的血通了，並且開始流動。

青林覺得自己的血在沸騰。他翻開了後面一頁。

依然還是 1952 年春的那篇記錄。母親的名字也出現了。他意識到自己正在接近謎底。

請姜醫生替我代班，與小嚴一起去看彭姐。我們走了將近三十里路。

我們告訴彭姐我們想在秋天訂婚。並且等劉政委一回國，就結婚。彭姐很高興，說是一定要好好操辦。我是劉政委帶出來的，而小嚴跟彭姐有同生共死之情。他們幾乎就是我和小嚴的親人。

彭姐說，前幾天有從朝鮮回來的同志，給她帶了劉政委的信。說他在那邊一切都好。生活雖然艱苦，但他沒有負傷。

我們聽到這個消息，都非常高興。

彭姐問我是否去山裡接父親來參加訂婚儀式。我怔了一下，想到她說的是吳爺，便說，路途太遠，醫院又離不開，讓老人家一個人過來，太不放心。所以還是等結了婚以後再帶小嚴回家見他。彭姐說，你說得有道理。

吳爺在哪裡呢？還在山裡嗎？我也惦念。沒有地址，也不知有誰認識他，連寫封信都沒辦法寄。婚後一定爭取回山一趟。沒有他就沒有我的今天。我必須看望一下老人家。我要為他養老送終。

昨天從彭姐那裡回到醫院，見幾個村民抬著木板床往馬車上放。上前一問，說是那個被救的女子無名氏已經死亡。

院長原本也估計她挺不過來，所以，這個消息我並不吃驚。但我還是上前又仔細檢查了一遍。突然我覺得她的手指顫了一下。這一小顫，讓我意識到她還有生命跡象。我說，她不能走，她還活著。

她真的活過來了。這是多麼慶幸的事！護士小何說她半夜裡輕歎了一口氣，早上就看見她的眼皮動。從村民送她來醫院，她昏迷的時間幾乎有半個月了。

她身上的外傷均已結痂，但她骨折的腿還打著石膏。她清醒時，滿臉驚恐。對所有人的問話，都露一副茫然的神色。小何護士說，問她是哪個村的，多大年齡，叫什麼名字，她說她不知道。

看來她是失憶了。大家根據她的口音猜測她應該是本地人。

今天院裡一片喧鬧。原來吵鬧聲來自無名氏的病房。大概是同房間幾個病人知道了她的失憶。她們告訴她，她是從永谷河裡撈出來的，要她從河水開始回想。結果，她想了幾分鐘，開始崩潰。她的尖叫聲把大家都嚇著了。我給她用了鎮定的藥，叫大家不要再逼她。讓她想起往事，恐怕需要時間。

下午給無名氏填寫病歷。問她叫什麼，她也完全不記得。我只說了一句，一點都記不起來了嗎？她立即滿臉驚恐。這神情，讓人憐惜。

無論如何，還是需要給她一個名字。想起她昏迷中曾經不停地說「釘子」，這兩個字或許對她非常重要。這是她與自己過去的某種聯繫。所以我建議她把這兩個字用作自己的名字。她點了頭。窗外的桃樹正開著花。我寫下了「丁子桃」三個字。我說，在你想起自己名字之前，先用這個名字可以嗎？她也點了頭。

她的話不多，但眼睛裡有一種莫名的哀傷，很深很重。她的失憶也似乎是受過強烈的刺激，這種刺激沉重到使她的本能拒絕讓自己記起過去？如果是，我倒是真羨慕她了。

晚上小嚴有工作，我在醫院值班。在研究丁子桃的病歷時，我突然有奇怪的想法。從她的手掌、腳板以及皮膚和髮質來看，她不會來自窮人家裡。甚至，她的指甲都修剪得很好。那麼，她會是什麼人？

這一帶正在進行土地改革，莫非？

想起她的目光，如利刀，一直扎到我的心底，把我久久掩藏的痛挑了起來。或許，同是天涯淪落人？

青林被母親的出場震住了。原來她跟父親是以這樣的方式相識的。她居然有過死裡逃生的經歷。她居然失憶。此刻他才明白，難怪父親在他小的時候一再說，你將來一定要好好對待媽媽，她一生很不容易。她很特別。

但是父親的「莫非？」二字加這個問號，又是意指什麼？

這世界到底發生了什麼樣的事情，讓他的父母有如此特別的遭遇？而且他們在有意無意間掩藏得那樣深，深到幾乎不為人知。

「且忍廬」三個字，在此時突然頑強地冒了出來。照父親的記錄，母親顯然家在川東。那麼，且忍廬對她來說，是什麼地方？難道是她家？且忍廬家姓胡，這位胡地主是收藏書畫，而母親，說她父親經常畫「鬼谷子下山」。這是怎樣一個蹊蹺的吻合呢？

青林再一次跳了起來。

48 青林被嚇著了

青林真覺得自己被嚇著了。嚇著他的是他父母的經歷。他想像不出來，他們的人生怎麼會有這樣的曲折？更想像不出來，他們隱藏得那麼深，深到這世上全然無人知道。彷彿他們把自己的前半生都隱藏在日常瑣事之下，這種隱藏，暗示著他們對一切外人，懷有何其深刻的恐懼。

生活在翻雲覆雨時代的個體，該有怎樣的孤單和脆弱？時代的一縷輕風，或許就能讓他們人生的這條船徹底傾覆。

他迫切地要把父親的記錄看完。

1952 年夏

劉政委到底還是負了傷，他被送回國來。萬幸的是，雖然傷勢較重，但已無生命危險。只是他新傷舊傷交錯，積累太多，傷了元氣。至少相當長的時間裡，須以休養為主。我用人參、黃耆和山藥再加以些許草藥，熬成湯汁，讓他調理補氣。他說喝了之後，覺得身心舒服。這話讓我也感寬慰。

小嚴今天上午來醫院，我在病房忙著。剛送來一個戰士，肚子疼得厲害，我判斷是闌尾炎。得到院長認同，決定下午動手術。小嚴一直在我的辦公室裡看書。然後我們一起吃了午飯。她說，我們不用再買床單了，她的同事們說要送給我們一床。她說時臉上露出羞澀。我喜歡看她這種樣子。

小嚴走的時候，把她的最愛《紅樓夢》忘在了我的辦公室。

下午動完手術回到辦公室，居然看到了丁子桃。她站在我的辦公桌前翻閱《紅樓夢》，嘴裡念出了「黛玉」二字。這真是讓我大吃一驚。難道她能看懂這本書？

見我來，她慌忙放下書。

我想了一下，一字一句告訴她：不要讓人知道你認識字，或許這樣對你更好些。她茫然地看著我，胡亂地又是點頭又是搖頭。我說，我沒別的意思，只是擔心醫院人多嘴雜，好扯閒話。你來歷不明，很容易讓人猜想。

這一次，她使勁地點了頭。

問她有何事。她說，她身體差不多好了，想在醫院找點事做。

我答應了她。但在她走後，我的心無端地跳動得厲害。

這個會讀《紅樓夢》的女人，到底是什麼人？院長今天還專門跟我說，要設法問清楚一下她的來路，或者送到政府收容部門去。我要不要把心裡的猜測告訴院長呢？如果告訴了，有可能出現什麼樣的結果？

我的心有些亂。一種神秘的感覺告訴我，她和我或許有著相同的經歷。

我讓丁子桃在後勤臨時幫忙。幾個護士都對我說，她很勤快，很細心。但不愛說話，也不跟人來往。她滿腹心思，一點也不積極上進，是一個很古怪的女人。這種來歷不明的人，最好不要留在我們醫院。

她們的話讓我不安。

下午遇到彭姐，帶著她兒子來看病。她顯得很憔悴，說老保姆回家了，新的還沒請到。劉政委有傷在身，她也得照顧。真夠忙的。

今天突然冒出一個念頭，與其讓丁子桃在醫院幫忙，莫如讓她去劉政委家幫傭。比起醫院，待在劉家，或許更好。於是我乾脆去辦公室給劉政委掛了個電話，對他說今天見到彭姐，覺得彭姐太辛苦，家裡沒了保姆怎麼行？劉政委說他也正為此事發愁。新請了一個，做了兩天，彭姐嫌她話多，什麼事都在外面說，就讓她走了。我說，這裡有個合適的婦女想找事情做，她的優點很仔細，也很乾淨，並且不愛說話。劉政委說，我們就是想找一個話少的。我說，那讓她來你家先試試？不合適就再換人好了。劉政委覺得這樣可行。

下午我對丁子桃說，讓她去劉政委家幫忙。我很認真地告訴她：你去劉政委家，生活會簡單一些。不會有人盯著你的來歷。她疑惑地望著我，彷彿在琢磨我的話。我說，你好好做，就可以長期留在他家。劉政委和彭姐都會保護你。她望著我的目光依舊充滿懷疑。但是她點頭同意了。她說，我聽你的。

我深深地鬆了一口氣。如果我的猜測不錯，相信這是對她最好的保護。

青林瞠目結舌。

他想，這麼說來，劉政委毫無疑問就是劉晉源了。甚至連劉小安、劉小川他們都是認識母親的？而母親在劉家竟是這樣的一種存在。

母親替人當保姆，一直都是青林的心頭之痛。但是他又很明白，在沒有父親工資的前提下，母親無文化，又沒有其他生活技能，不當保姆，他們就根本沒有生活來源。他原以為，只是父親去世後，為生活所迫，母親才外出當保姆。而沒料到的是，母親年輕時即做這個。這樣說來，母親當了一輩子的保姆。

青林印象中知道父親有一位老上級姓劉。小時候，父母偶爾會帶他一起去他們家坐一坐。劉家距洪山公園不遠。洪山公園裡施洋烈士墓曾給小小的青林留下很深的印象。坐在那裡的臺階上，父親跟他講過施洋和林祥謙的故事。也就是在那個時候，他知道世上有一種人，叫律師。他們幫好人，也幫壞人。他們是站在另一種立場說話。

父親去世之後，他們與劉家就再也沒有任何來往。他從來不知母親曾經是他們家的保姆，更沒有把劉晉源父子跟父親聯繫起來。

現在，他知道可以向誰詢問父母的當年了。而這個人，卻剛剛去世。

青林有一種痛悔，悔不早些閱讀父親的記錄。他居然讓它們放在那裡兩年多時間，沒有翻閱。如果他早讀了，那麼，當他和劉晉源同在川東時，他可以知道多少事啊。然而現在，他卻與父親人生中最重要的一個人擦肩而過。

49 我很想娶丁子桃

青林繼續看著父親潦草的記錄。有些與醫學和病人相關、與政治運動相關、與他前一個妻子小嚴相關的事情，他都快速翻閱而過。青林看到父親的第一個妻子小嚴在 1960 年冬天，因重感冒引起肺炎，又引發她過去的傷口，搶救不及而死亡。他們沒有孩子。

父親 1963 年春轉業到武漢。先在中醫學院，後經他的申請，又調到醫院。一直有人在為他介紹女朋友，他前後見了三個，都不中意。直到他去拜訪老上級劉晉源時，與母親邂逅。

青林再次詳細地閱讀這本記錄。

1963 年夏

好容易得閒，便抽了時間去看望劉政委和彭姐。想不到又與他們在同一城市生活了。覺得自己又有了親人一樣。

居然再次見到了她——丁子桃，那個從永谷河救出來的女人。十幾年來，她竟然一直在劉政委家當保姆。見她時，我的心居然咚地跳了下。看到她生活平靜，沒有任何人追究她的來路，覺得自己以前真是做對了。掐指算來，她也應該三十好幾了。

劉政委和彭姐也聞知小嚴去世，他們替我難過，卻更關心我現在的生活。劉政委有意讓丁子桃跟我組成新的家庭。雖然他是在亂點鴛鴦譜，但我卻為之怦然心動。不知道為什麼，總覺得自己跟這個女人有點緣分。並且我相信這世上只有我還記得她，也只有我知道她的來路不明，知道她的身世會不那麼簡單。

晚上睡覺，丁子桃的面孔就一直在眼前晃動。再次想到，我們同是天涯淪落人。她在這世上，隻身一人，而我又何嘗不是如此？第二天給劉政委打了電話，跟他說，我太想有個家了，我很想娶丁子桃。

1963 年秋

國慶日，我們結婚了。婚禮很簡單，就是跟劉家人一起吃了飯。丁子桃跟我走的時候，很坦然大方。我知道，她心裡是喜歡我的。這讓我很開心。對於我來說，最重要的，是必須愛護這個可憐的女人，而愛護她，也就是愛護我自己。

進家門時，她問我為什麼願意娶她。我說，你如果嫁給別人，我還不放心哩。她似乎聽懂了我的意思，想了想說，她也不放心自己嫁給別人。我從這句話中能聽出，她是一個聰慧不過的女人。我還跟她說，從今以後，我們兩個都有一個親人了。

但是她異常恐懼。我不知道她的恐懼從何而來。夜裡，無論怎麼安慰，她都始終害怕。這個過程是小嚴所沒有的。其實，我已經有充分的思想準備，不管她是什麼人，我都要接受她的全部，愛惜她保護她。

婚後第一天早起，子桃給我做了早餐，她的手藝是一流的。我告訴她，我們全新的生活開始了。一切都很好，以後只會越來越好。

她的恐懼明顯已經減輕不少。難道她是在怕我知道她不是處女？這其實是在我意料之中的事。她掉進河裡或許是偶然，但她抗拒回憶卻必有原因。一旦讓她回憶，她便有萬分的痛苦。醫生說顯然是失憶前受過極大刺激。她的本能在排斥過去。但到底是什麼呢，卻無人知道。或許是被人姦污而跳河自盡？也或許是與人通姦而遭族人嚴懲？同樣，還有一種可能，就是跟我一樣不想獨活？

不知道。

1964 年春

子桃告訴我她懷孕了。天啊，這對我來說是多麼重要的消息。爹娘呀，董家有後了。但是爹娘，我要對不起你們的是，這孩子不會再姓董了。血液是董家的，但他將來的一切都與董家無關。孩子長大後，無論如何，我都不會告訴他老家在哪裡。也不會給他我的原姓。我希望他永遠不要知道這一切。他是武漢人，他姓吳，就足夠了。越簡單的記憶，會讓他越輕鬆的生活。

子桃的肚子已經顯形了。但她的焦慮比結婚時更為嚴重。每天疑神疑鬼，總覺得有惡魔存在。我只好帶她去看心理醫生。

醫生還是說，可能是因為失憶前有過創傷。這創傷令她痛苦。如果能想起來，或許能治療。但是，子桃抗拒回憶。我不敢讓她多想，因為萬一想起來什麼，她更加無力承受呢？所以，還是決定聽其自然。

每天帶子桃去教堂走一走。站在露德聖母像前，子桃問她是誰，我告訴子桃，當初人家也問過她：「你是誰？」她說：「我是無染原罪者。」子桃不明白這個意思，我便給子桃講了她的故事，又在她手心裡寫出了這幾個字。她問我是什麼意思。我說，就是沒有原罪。然後告訴她，在這個世界，我和她都是無染原罪者。她似懂非懂，但記住了我的話。第二天告訴我說，她望著露德聖母，心裡默念著「我是無染原罪者」，心裡就會很安靜。

這就對了。我需要她安靜。

孩子就快出生了。子桃最近的飯量大了很多。所有的家務事，我都不讓她做了。我要讓她知道，我心裡多麼感激她和愛她。我已經將近四十，終於要當父親。我跟子桃說，無論男孩女孩，我都會用我全部的感情去愛這個孩子。男孩叫青林，女孩叫樸珍。子桃同意了。但她的恐懼感仍然沒有消除，越近臨產，越發強烈。每一天每一刻，都是病態狀，真讓人擔心。原先慢慢安慰她時，她還能聽進一些。到了現在，連安慰也無用了。不知道她在怕什麼。這樣的日子，我也難過。

子桃開始發作，忙送她去醫院。她全身發抖，那種極度的恐懼無法形容。無論用什麼樣的語言安慰，她都控制不住自己。婦產科的李醫生也都是熟悉的同事，見她如此害怕，便讓我在她身邊陪護。不料她更是大怒，硬把我趕了出去。

好在孩子順利出生。是個兒子，這個消息讓我興奮。青林青林，爸爸從現在開始就這樣叫你了。

出院時，李醫生私下告訴我，說她不是頭胎。她以前生過孩子。問我知不知道。我忙說，我知道，我知道她以前結過婚，我也結過婚哩。

但實際上，我還是大大吃了一驚。那麼，她的孩子呢？難道她是因為有私生子而被扔進河裡？或是她的丈夫被鎮壓了？我無法明白。她的恐懼會不會是擔心我知道她有過生育呢？她的潛意識在恐懼自己的過去為他人所知？

晚上，我陪著她。我跟她說，無論什麼事，無論她是什麼人，我都會愛她，保護她。因為她現在是我兒子的母親。

她一直望著我。我不知道這眼神是放下心來呢，還是提高了警惕。

子桃不想回憶起以前的事，我也但願她想不起來吧。因為我也如此。就讓時間把我們的過去掩埋掉。現在，她有夫我有妻，我們共有一個兒子，我的工資也夠我們三人開銷，這樣平淡地生活下去，就可以了。甚至也足夠好了。

1965 年冬

青林長起來很快，現在已經可以滿地跑了。看到他牙牙學語，叫著爸爸媽媽，我們都十分開心。婚後的子桃，經常會表現出害怕和焦慮，但青林到來後，她似乎好了起來。她完全像一個正常的妻子和一個正常的母親。她每天很開心地帶孩子，並照顧我的生活。我已經很少看到她的不安了。

是兒子改變了她的心境嗎？母愛真是偉大，唯有母愛能治癒一切。

1966 年夏

運動越來越兇猛。外調我時，劉政委給我出了證明。證明我和父親是山裡的藥農，是窮人出身，證明我為革命做過貢獻。而我的部隊經歷也幫助了我。所以我輕鬆過了關，並且成了院裡的積極分子。

我必須保護好自己。我只有保護好了自己，才能保護好子桃和青林。

1967 年春

武漢看來更亂了。我心裡十分不安。

我不能再繼續記錄這些文字。我要把這些筆記收藏起來。

1968 年元旦

青林：我的兒子。這是寫給你的。當你看到這些東西時，我一定已經死了。這裡有一些秘密。我寫下來，只出於自己有著日常記錄的習慣，並不是為了讓你知道。因我明白，其實不讓你知道這一切或許更好。現在，我也並不想銷毀這些記錄。只希望你看到這些時，已經長大，或許世道已有改變。你不會為此而擔驚受怕。

但是我想跟你說的是：你永遠不要探究家裡發生了什麼事，也不需要知道老家在哪裡。我們家已經沒有其他人了，所以，忽略那一切，也是好事。永遠不要回去，也不讓你及後代知道那個地方，這是我的決定。你姓吳，你在武漢出生，並在這裡長大，這樣就足夠了。

至於你母親的身世，你恐怕需要琢磨一番。她是在川東永谷河被人救起來的。她家或許還有親人（說不定你還有哥哥或是姐姐）。我不想你在我們兩人走後孤單一人。如能找到你母親的親人，至少你的生活會多一些依靠和溫暖。

當然，這種尋找，最好也在你母親去世後。因為，我擔心你如果真的找出什麼人或是發現什麼事，它也許會喚起你母親對往事的記憶。那些事很可能她根本承受不了。所以，她活著時，你輕易不要去打聽。

兒子，我還要對你說，即便是你自己，如果在追蹤問跡的過程裡，發現一些很殘酷的事，也大可中斷或是放棄。這世間，不為人知的事是多數，再多一件也沒有關係。

忘記過去，是人的生命中相當重要的功能。因為有它，我和你母親才能平靜地生活這麼多年。忘記，能減輕你的負擔，讓你輕鬆面對未來。

我希望你能輕鬆地過好一生。到了你的孩子這一代，過去的一切，連痕跡都不復存在。

從 1967 年春天後，父親的記錄就停了下來。一直到 1968 年元旦，他突然又寫了這樣一段文字，而且是專門為青林所寫。此後，剩下的日記本裡，便全是病例研究。

此刻，天已快亮。青林仍無半點睡意。母親的身世居然充滿懸念，而父親最後的文字，則讓他深感茫然。

50 推測和疑惑

青林控制不住自己的好奇心。

他還是想要知道，自己的父母到底發生了什麼事。他擔心腦子裡稍縱即逝的想法會忘卻，便將手提電腦打開了。他一邊看，一邊把父親筆記中重要的內容，做了記錄。記錄的同時，他寫下了自己的推測和疑惑。

推測：

1. 把父親帶出山的劉政委，正是劉晉源。
2. 父親原姓董，家庭富裕，在上海讀過醫學院。學的是西醫。因家庭變故（什麼樣的變故呢？與土地改革運動有關？），隻身逃走，避進深山。在山裡被一位姓吳的採藥人所救，之後他又救了劉政委，並在他的勸說下，出山參軍，並隨軍進入川東剿匪。在川東期間調進醫院。他為自己另外取名為吳家名。
3. 母親是川東人。被人從川東的永谷河裡撈起。又被當醫生的父親所救。母親的生日是她被救的那天。母親的名字是父親所取。「釘子」是母親昏迷中叫喊的兩個字。
4. 母親失憶，來歷不明。她不像窮人家的人，並且很可能識字。讀過《紅樓夢》。（自註：她知道謝朓的詩，也知道鬼谷子下山這樣的圖畫。）

5. 經父親介紹到劉家做保姆。據父親記錄，疑似為了保護母親他才為她做了這樣的選擇。

疑惑：

1. 母親曾經偶然說過「且忍廬」，而川東在一個叫胡水蕩的村子，曾經有一家人的房子，恰好叫且忍廬，且忍廬收藏很多書。它與母親有關係嗎？
2. 胡家有個兒子叫胡凌雲。在重慶讀過大學。被打死。他有一個妹妹。
3. 母親的名字丁子桃既是父親所取，說明母親之前不見得姓丁。她是否本來姓胡？
4. 母親失憶之前，生活中有一個人或一件事與「釘子」密切相關。
5. 母親的父親會畫畫？至少畫過鬼谷子下山。
6. 母親家應該不會是窮人，她說她的被面是大紅色的，不是紫色的。她上過學嗎？
7. 她善繡。背上曾經被槍托打過。
8. 她娘家有個跟著她的人叫「小茶」（是丫頭嗎？）。

青林在記錄和整理這些線索時，越來越覺得這背後有極其複雜的事情，它們被埋藏在母親缺失的記憶中，也埋藏在父親有意識的遮掩和含混的猜測中。

青林想，他是不是應該把這一切弄明白？儘管父親並不希望他去了解，但他還是覺得，他應該知道。他有權利弄清父親的生活裡曾經發生過什麼事，母親的生活裡又發生過什麼事。

青林反覆地比較。父親那邊，幾乎沒有什麼線索。他姓董。董樸青和珍林，是祖父祖母的名字。父親還有一個表弟叫小起。其他都很模糊。黃河以北那麼大，青林覺得自己無從下手。父親刻意不想讓自己記住，也刻意不想讓後人知道，他把自己和以前的生活做了斷然切割。

相對來說，母親的線索倒顯得多了起來。更重要的是：母親還活著。如果他能了解到母親的身世，甚至找到她的親人，或許能夠喚醒母親。母親一向堅強，青林覺得母親能夠承受她的往事。現在都什麼時代了？當初的事，大可一笑了之。青林這樣想。

那麼，他現在需要查的東西就清晰起來：

1. 永谷河應該可以找到。
2. 盡可能找到曾經在胡水蕩住過的人。
3. 胡水蕩與永谷河是怎麼樣的地理關係？
4. 劉小安、劉小川是否會知道母親的點滴事情？比方有沒有什麼人找過她，或是她平常無意流露過什麼？（時間久遠，他們年齡尚小，估計會沒有什麼印象。）
5. 最重要的，要找到了解且忍盧的人。

寫下這些後，青林長長地吐了一口氣。

第十一章

51 地獄之第十一：我要去找哥哥

丁子桃現在很清楚，她的娘家已經完全沒有人了，而婆家也死了一大半，整個三知堂，只有她尚且苟活。她想，那麼，我孤零零的一個人，還活著幹什麼？我看著你們都死了，連汀子也死了，我怎麼向陸仲文交代？

想到這些，她覺得她的背開始疼痛，而且疼得相當厲害。擊打她的槍托，太猛太重，而打她的那個人，她甚至熟悉。

這個人的面貌瞬間浮現出來。

是的，他們很熟。他就住在她家的屋後。小時候他們還一起玩耍過。這家人恨她家。恨的原因就是因為以前他們家很富有，祖父死後，幾個兄弟分家扯皮，然後開始破落。他們家的地幾乎全都變賣，房子也賣掉了。兄弟幾家人擠住在後院傭人曾住過的屋裡。

丁子桃記得父親沒有買他家的地。父親說，他家的地再便宜我們也不買。我們祖輩跟他們有怨，我們不續這個怨。但是，丁子桃想，父親，你錯了。你只要過得比他們好，這個怨就會自動延續。

想到這些，她的背越發疼得厲害。她不禁躺了下來。

丁子桃在躺下的時候，看到躺在床上的黛雲。她哭泣，並且大聲呻吟。

小茶跑過來說：「小姐，再忍一下，醫生馬上就到了。」

黛雲依然哭著。小茶說：「小姐，發生了什麼事？老爺太太都沒事吧？」

黛雲哭道：「他們怎麼會沒事？爸媽太可憐了。他們沒有做過壞事，為什麼要這樣對待他們？」

小茶急道：「小姐，你說清楚點呀，老爺太太對我有養育之恩哩。他們怎麼樣？」

黛雲不說。恰這時，老魏帶著醫生進來了。小茶輕輕掀開黛雲的衣服，她不禁驚叫了一聲：「天啊！小姐，這是怎麼回事呀？」

黛雲的背紅腫到發紫，一直延伸到肩胛骨下。醫生說：「這是什麼東西打的？」

黛雲說：「槍托。他們用槍托打的。」

醫生說：「怎麼下手這麼重？」

黛雲說：「不知道。」說話間，她又哭了起來。

公公陸子樵在屋外問道：「需要送城裡醫院去嗎？」

醫生回答說：「可以不去。我用藥敷上，過幾天應該能好。」

黛雲背上被敷上了藥，小茶用被子蓋在她身上。天有些冷，小茶說，我去燒個火盆。

晚間的時候，老魏領著公公陸子樵和婆婆過來看她。黛雲說：「我明天一早進城。我要馬車送我。」

婆婆有些不悅，說：「你要進城？我孫兒汀子哪個帶？」

黛雲說：「我帶他進城去，小茶跟我一起。」

公公說：「你進城做什麼？」

黛雲說：「我去找凌雲哥，叫他把爸媽接進城住。爸媽已經被鬥得吃不消了。」

公公說：「他回來有啥子用嘛，這個時候他莫把自己搭進去了。」

黛雲說：「我爸說，他會有辦法的。凌雲哥現在也是幹部。」

公公說：「我跟你爸年輕時就認識，他就是個書生，啥子事都往好處想，對形勢從來就沒有判斷對。我看你還是不要出門，待在屋裡更安全。何況你又受了傷。」

黛雲說：「爸媽怎麼辦？這是爸媽跟我商量好的。我今天能脫身，就是爸媽想出的辦法。我在鬥爭會上，說了跟他們斷絕關係。」

小茶大驚，她不禁叫道：「小姐，你瘋了！」

黛雲哭了起來，說：「我還動手打了他們。二娘罵死我了。」

小茶更驚：「小姐，你怎麼可以這樣？」

黛雲說：「是我爸要我這樣的。」

公公陸子樵沉默片刻，方說：「你爸媽不容易，弄一齣苦肉計，寧可讓你當眾打罵他們，也要讓你脫身。我真要謝他們。如果非要找你哥，你自己也不要去。你受了傷，路這麼遠，去晚了也沒得用。就讓富童去跑這一趟。老魏，天冷亮得晚，明天叫富童早點，不等亮就出門，爭取夜裡能趕回來。」

老魏忙說：「好的。老爺說得是。」

公公繼續道：「你要富童說啥子話，你自己跟他講。」

黛雲說：「我也沒多的話，就說爸媽被鬥得吃不消了，叫哥哥回來把他們接進城裡住。」

公公說：「老魏，你去跟富童說吧。如果凌雲工作忙不能回來，就莫勉強他。」

黛雲說：「我哥哥最孝敬爸媽，他一定會回家救他們。」

公公陸子樵長歎了一口氣，隨老魏走了出去。

陰冷的風從窗縫穿進屋裡，小茶在火盆裡又添了些炭。黛雲的背又開始疼。她趴在床上，低聲呻吟。

那一年漫長的冬天，山頂上有薄薄的雪，天氣總是陰冷陰冷。就算陽光出來，仍然有寒氣侵骨。丁子桃突然想起了老家，而老家的冬天，總是這個樣子。這份寒冷，會一直滲透到皮膚。

此時此刻，她果然覺得寒風如刺，正尖銳地刺傷她的皮膚。

52 地獄之第十二：倉皇的行走

丁子桃慢慢地走著，她時而會覺得自己並非在走，而是在爬行。已然是十二層了。

隨著背上一陣陣的疼，丁子桃記起了那一天她的逃跑。

鬥爭會是在祠堂裡開的。大門的兩邊各貼標語。一邊是：鬥倒地主不交租。另一邊是：農民不再流血汗。

她一直在低聲哀求那個工作同志。她說她的公公叫陸子樵，參加過辛亥革命，也曾在剿匪時立過功。報館都寫過他的事。現在，她已經鬥過了自己的父母，並且與他們劃清界限。而且還把家裡所有的租約都拿了出來。她是支持新中國政府的。但是，她的孩子還小，她得回家照顧孩子。

她一遍一遍地說，工作同志看著她，想了想，終於說：「我知道陸子樵，剿匪時，他表現很好。既然你是他家的媳婦，那你回去吧。」

黛雲拔腿就跑。她心跳得厲害，甚至顧不上回頭看一眼正在挨鬥的家人。

快到村口，遇到兩個拿槍的人。他們攔住了她，一個人厲聲吼道：「你是偷跑的嗎？」

黛雲嚇得腳一軟，幾乎要癱坐在地。但她認出這個吼她的人是胡小四。這正是她家屋後遠房親戚家的老四，因蓋屋與她家有過節。他家破落後，子輩中有人出去參了匪，也有人成了別人家的長工。黛雲家沒有僱用他們。因為黛雲的父親說，不想跟他們家有任何的瓜葛。

黛雲說：「是工作同志讓我走的，我家孩子小，我得回去帶孩子。」

胡小四繼續厲聲道：「鬥爭會沒完，你怎麼能走？」

黛雲說：「我公公陸子樵是進步地主，還登過報紙。我的兒子是他的孫子。他才一歲多，沒媽照顧是不行的。」

胡小四呵斥道：「你們陸家是更大的地主，遲早要鬥爭。眼下我們窮人翻了身，你不服氣嗎？」

黛雲說：「你們家的地原先比我家多得多。」

胡小四舉起槍，對著她說：「你還敢頂我？」

旁邊一人拉了他一下，說：「工作組同志既然同意了，就讓她走吧。一個女人家你跟她計較個什麼？」

胡小四想了一下，放下槍，吼道：「滾！」

她不再跟他說話，拔腿即走。剛走幾步，背上被狠狠地擊打了一下。她一個趔趄，摔倒在地。

還沒有站起來，她的背部，又遭到一擊，這次她感覺到了，是槍托打的。她翻過身來，對著胡小四哭道：「你憑什麼打我？有本事槍斃我好了。」

另外一人拉著胡小四朝祠堂方向而去，胡小四回頭說：「槍斃你家是遲早的事。告訴你，我爺爺當年就想槍斃你全家。」

黛雲掉頭而去。她踉踉蹌蹌地奔走在鄉村的小路上。一邊走，一邊哭，偶爾對著層層的山影喊叫幾聲。那聲音，淒然而又惶恐。

冬日蒼黃的景致，與黛雲倉皇的行走相互映照。這條路，她走過無數遍，從來沒有覺得它是那樣的漫長。

丁子桃看清楚了。她知道，從此以後，她就再也沒有踏上回家的道路。

53 地獄之第十三：一切成為灰燼

這是丁子桃最不堪的回憶。

因為有這一幕，她心裡對自己充滿怨恨。現在，這一幕毫不客氣地展示在她的眼前。她的心在發抖，手也顫抖得厲害。她用左手抓住自己的右手，但是，仍然控制不了手的抖動。她明白，這隻手永遠會記得自己的罪惡。

祠堂外的標語十分醒目，而祠堂內的樑柱上，也都貼有標語。紅紙上寫著黑字：有苦訴苦，打倒地主！有冤申冤，還我良田！

胡水蕩的三戶地主及其家人，無論老少，全都低頭站在了臺上。人群之中，也有黛雲。這是一場控訴大會。人們紛紛上臺控訴三家地主的罪惡。

輪到控訴黛雲家的時候，黛雲突然抬起頭，對工作組的負責人說：「我能不能也說幾句？」

工作同志疑惑地看著黛雲。黛雲忙說：「剿匪的時候，我在城裡讀書，還參加過識字班，我是革命進步青年。因為要生娃兒，才回了老家。」

工作同志說：「你要講什麼？」

黛雲示意了一下，她讓家裡原來的傭人抬上三個木箱。

黛雲說：「我支持廢除地主階級封建剝削的土地所有制，也支持把土地還給農民。我要跟我爸媽劃清界限，並且從此與這個地主家庭一刀兩斷，斷絕所有關係。我用行動來支持大家。」

下面有人鼓起掌來。或是這掌聲鼓舞了黛雲，她的聲音放大了。她說：「這是我家全部的地契和租約。現在我當著大家的面，把它們統統燒掉。從今以後，胡如匀家所有的土地都歸種田人所有。胡如匀家的每一個人要像全體農民一樣下地勞動。」

臺下的人先是怔住了，忽然又有人鼓掌，也有人歡呼，尖叫。在這雜亂聲中，火燃起來了。火花照亮了會場。伴隨火花而來的是一股濃郁的香氣，芬芳撲鼻。於是場上更是沸騰。

驀然間一個聲音大聲問：「怎麼這麼大的氣味？是不是放毒氣，想要毒死我們？」

有人甚至想要撲滅那堆火。黛雲也有點傻了，她也不知道香氣從何而來。她把目光投向父親。胡如匀哆哆嗦嗦地說：「不是毒氣，不是的。是政府的印泥裡摻有銀珠和香片，所以會很香。」

他的聲音太小，臺下人沒有聽清楚。

黛雲於是大聲複述道：「不是毒氣。是政府在契約上蓋了章。蓋章的印泥摻了香片，所以燒的煙子，會有香氣。」

這裡有著多少年以及多少人家的租約呢？黛雲不知道。她也從未看過，上面或許還有她祖父甚至曾祖父的簽字畫押。從此以後，這些東西都不復存在。

人們交頭接耳地議論了一番後，再次響起了掌聲，也有人喊起了口號。工作組同志的臉上也浮出笑意。

黛雲繼續說：「胡如匀這個地主，只知道吃喝玩樂，寫字作畫，而且家裡還養著姨娘。所以，我希望革命的同志，能把姨娘送回她的老家。胡如匀不能再過地主階級糜爛的生活，他必須跟農民一樣。」

又有無數的掌聲響起。這時黛雲的二娘衝到黛雲面前，叫了起來：「我已經嫁到胡家二十多年了，你再把我往哪裡送？你做人不能這樣沒良心呀！你還要跟家裡斷絕關係，你還是人嗎？難道你爸媽白養了你？」

黛雲板著面孔沒作聲，突然間，她伸出手照著二娘的臉就是一巴掌。臺下瞬間安靜下來。驀然有人喊道：「打得好！」

在這聲音的帶動下，無數人喊了起來：「打得好！繼續打！」

黛雲沒理臺下，只是說：「你在我家當姨太太，不勞而獲，吃香喝辣這麼多年，現在新社會了，你還想繼續嗎？你趁早滾回你的老家！」

二娘傻了一般看著黛雲，她突然哭叫了起來：「你這個挨千刀的，你會下地獄的！閻王老子會收拾你的！」哭時，她轉向黛雲的父親，號叫道：「這就是你寵大的女兒，她連你都咬起來了。」

黛雲的父親低著頭，任二娘推搡。黛雲上前，奮力地拉開她，伸手猛然一推父親，父親一個趔趄，坐在地上。她又推了一把二娘，二娘也跌坐在地。黛雲彎腰揪著她父親的領口，大聲道：「你站起來！你必須接受人民的審判。」

胡如匀站了起來，低著頭，渾身打著哆嗦。

黛雲傲然走到前面，繼續說道：「在今天之前，我就已經要求地主胡如匀解散了家裡的長工和幫傭，也要求地主胡如匀夫婦搬到以前長工的住屋，騰出我家的屋子，貢獻給村裡。我家裡有很多書，我建議以後可以在這裡辦學堂，讓窮人家的孩子也都能念書。」

工作同志帶頭鼓了掌，於是掌聲響成了一片。黛雲突然伸出胳膊，大聲喊道：「打倒地主！土地還給農民！」

黛雲的父親和母親，以及站在臺上的所有人，也都舉起了手，隨著她喊起了口號。只有她家的二娘，翻著白眼坐在地上望著她，嘴裡嘟噥著。

焚燒的地契和租約已成灰燼。餘香依然在祠堂的上空縈繞。有人出門，忽地刮入一陣風，碎了的黑灰騰空飛起。站在臺上的所有人，頭上和肩上落下無數黑色的碎片。

黛雲被工作同志請下了臺。工作同志說：「你做得對。我們非常歡迎你的革命態度，你不用再站在臺上了。」

黛雲走到了臺下，回頭望時，臺上的父母，都嚇得哆哆嗦嗦。她母親的髮髻鬆開了，略顯花白的頭髮，垂落在頸項。而父親灰色的棉袍右角不知何時被撕破了一個口，露出一絲棉花，在冷風的吹動下，隨著父親的哆嗦，一起哆嗦。他們低著頭，什麼都不敢看，在人們陣陣的怒吼中，瑟瑟發抖。

這是她的父母留給她的最後印象。

54 地獄之第十四：爸媽就靠你了

丁子桃的眼裡看到了光。

這光線隱隱約約，忽明忽暗。像是飛舞的灰燼，又像是正下著的雪。她想，老天爺呀，難道我已經快要出頭了？走出去之後，會怎麼樣呢？爸爸的棉袍換新的了嗎？媽媽是否在生氣？特別是二娘，如果見到她，是否會還回這一個嘴巴？突然間，她又記了起來，爹媽已經死了，二娘也死了。她走出去後，應該跟誰說？她要說這一切，都不是她的本意？

那天下著雨。秋盡冬來，山裡冷得早，哪兒都是冰涼冰涼的。

儘管家境開始敗落，但母親的生日還是要喜慶地過。黛雲由此專門趕回且忍廬。家裡很冷清，傭人們都打發走了，無人走動的院落便有些淒然。

黛雲問父親：「凌雲哥不回來嗎？」

父親說：「捎回口信了，說是要開幾天會，不能請假。」

母親也說：「讓他忙吧，公家的事是大事哩。」

這天的壽麵是二娘和嫂子一起做的。還沒開始吃，突然有人找上門來，這是家裡過去的長工小二。小二說：「工作組同志讓我傳一個通知：從明天開始鬥你家，明天誰也不准出去。」

黛雲忙說：「怎麼會鬥我家？我哥哥是城裡的幹部啊。」

小二說：「工作組通知的，只要是地主都得鬥。全家都去，就在胡家祠堂。」

黛雲父親說：「姑娘是回來給她媽過生日的，明天一早就回去。」

小二說：「姑娘回來得好，姑娘不是當完了小姐就當少奶奶嗎？正好一起參加鬥爭會。」

小二出言很傲慢，全家人被驚呆的不只是這番話的內容，更是小二的派頭。小二在胡家當長工也有十幾年，一直都是老老實實做活的人，出去不到一個月，再見竟是這副模樣。

黛雲說：「小二，你怎麼這樣講話？」

小二說：「我是翻身農民，你們是地主。我們不是一路人，不講一路話。不過，我還是要好心告訴你們一聲：這幾日多吃點，鬥爭會不是只開一天。」

黛雲說：「你曉得三知堂的陸子樵家吧？那是我婆家。我家跟陸子樵是親家，他是我公爹，他是縣裡都很重要的人哦。」

小二說：「他是地主嗎？」

黛雲說：「是的。但他為革命做過貢獻。他剿匪立過功，徵糧也交得最多。」

小二說：「比你家地多？」

黛雲說：「當然了。陸家的年租就有幾千石。」

小二說：「那就等著吧，以後鬥得還要狠。明天一個都不准走。」

小二說罷揚長而去。黛雲父親說：「他是下人，跟他說沒用的。」

母親的壽麵竟是在一家人寂然無語中吃完的。

夜晚，黛雲愁得睡不著覺，她很後悔自己回家這一趟。上臺挨鬥爭，那會是什麼場面，她不知道。明天自己將面臨什麼，她也十分擔心。甚至她不知道自己是否還可以回到夫家。她頭一次覺得自己好無助。

突然，她聽到有人敲她的門。慌忙披衣下床，來者卻是父母二人。兩人進門，竟又回頭張望，似乎生怕有人跟蹤，臉上的神色也有些鬼鬼祟祟。黛雲不解，說：「爸，媽，啥子事？」

黛雲父親把門關好，兩人拉著黛雲坐下。父親說：「雲兒，現在的局面對我們非常不利。我和你媽覺得如果能進城去，恐怕還是安全些。」

黛雲說：「當然好，我家在城關不是有幾間屋嗎？爸媽住到那裡，哥哥也可以經常回家照顧。」

黛雲父親說：「原是想過完春節，暖和了，我們就搬進城裡。但現在，如果我和你媽要挨鬥，怕是吃不消，所以想是早點住進城去。」

黛雲說：「那是最好。」

黛雲父親說：「我和你媽想了半天，明天你得想辦法脫身，讓你公公馬上派人進城找你哥哥。你哥哥現在是幹部，叫他儘快回家來接我們。不然，我們恐怕走不脫。」

黛雲母親愁眉苦臉說：「我不曉得哪樣子鬥爭我們，我怕得很。」

黛雲說：「他們能讓我走嗎？」

黛雲父親說：「所以，我和你媽來跟你商量。明天你在臺上要揭發我們，把家裡的地契拿去燒了。」

黛雲驚道：「那怎麼行？以後家裡沒地了怎麼辦？」

黛雲父親說：「留著也沒用了，你哥哥上次回家也說過，以後不會有地主，所有土地要歸還給農民。現在我們是要保命。你燒了地契，把房子捐出去，就說給村裡以後辦學堂。還有，一定要跟爹媽斷絕關係。讓他們信你，好放你走。」

黛雲哭了起來，說：「爸，媽，這些話我怎麼能說得出口。」

黛雲父親說：「你要想救你爸媽，就得說得出口。對了，你還要救你二娘。你要提出來把她趕回老家。你哥哥一定不會接你二娘進城，可是留她在這裡怎麼辦？把她趕回去，以後我們再讓她到城裡來會合。這個話我現在不能跟她說，等她回去後，我接她時，再告訴她。不然，她話頭多，又不會裝，我擔心她會說出來。」

黛雲依然哭：「我怕我做不到，二娘要恨死我了。」

黛雲父親說：「這是沒得法子的辦法。等仲文回來，你們也住進城裡。不要留在鄉下，鄉下也沒法子待了。」

黛雲母親說：「沒得法子。你就想著快點逃出去，快點找你哥哥回來接我們。我一天都受不了了。如果城裡還不安全，我們就去成都你外公家。雲兒，爸媽就靠你了。」

黛雲說：「家裡房子真的不要了？」

黛雲父親說：「這些以後再說吧，先把命保住。雲兒，爸媽告訴你，明天你該狠的時候就要狠。需要打爸媽就出手打，我們不會怪你。我們只要你能出得去。我們應該還能忍幾天，你趕緊找到凌雲，儘快來接我們進城就是。叫他來的時候，不要一個人來。最好還有另外的幹部同志一起，不然怕也走不脫。」

黛雲答應了。

整整一夜，她都在想，怎麼樣應對明天的鬥爭，怎麼樣才能逃出去。她從來沒有預料到自己會有這樣的一刻。她被迫要大聲向人宣告，將與父母斷絕來往。想到這個，她不禁雙淚長流。

此時的丁子桃，異常冷靜。她想，爸媽的一生，是怎樣過的？他們的頭腦怎麼會如此簡單？本來他們還可以好好告別，而這個愚蠢的苦肉計，不但沒有保住他們自己的性命，還連累了哥哥殞命途中。至於她自己，雖然活著，卻因此而無比痛恨自己。連她的手，都記牢了她的罪惡。

55 地獄之第十五：說你是陸家的人

丁子桃已然沒有了一滴眼淚。那些最慘烈的事早令她麻木不堪。公婆是她埋的，爹媽也都已經死了，哥嫂俱已不在。而她為什麼還會活著？她又怎麼能活著？她怎麼能活得下去？是什麼原因讓她不死？這些都成為她想不通的事。

當她意識到自己已然走到第十五層時，卻覺得一切都沒有了意義。

所有的這些，她又去找誰說？她還認識誰？甚至，是像他們那樣死了好，還是像她這樣活著更好，她都已經分不清楚了。

三知堂花園裡的月亮門就在她的眼前。

當初她和陸仲文戀愛時，最喜歡靠著月亮門的兩邊說話。他們一人貼著一邊，像是鑲在月亮上的兩條彎邊，然後天南海北地閒扯。陸仲文有一次送她一條長絲巾，說是特意請香港朋友幫買的。她繫著絲巾、貼著月亮門跟陸仲文說笑。風起時，把絲巾吹得飄揚起來。陸仲文突然說：「我喜歡看絲巾在你脖子上飄起來的樣子。」

有時候，她想念陸仲文了，就會帶著汀子和小茶沿著長廊走到月亮門去玩。她會跟汀子說：「記住哦，這是爸爸喜歡的地方。」

這天傍晚，她帶著汀子在月亮門前玩耍。汀子踉踉蹌蹌地要抓麻貓，嘴裡還喊著，抓、抓、麻雀。

她和小茶站在門邊商量著，到底要不要回娘家。公公陸子樵從花園踱步過來，聽知她們在聊此事，便插了一句嘴，說：「你媽明天生日，多難都得回娘家一趟。不然你爸媽會覺得我們陸家不懂禮數。」

黛雲說：「我不是不想回去，可是汀子這幾天一直都有點屙稀，我擔心……」

公公打斷她的話，說：「汀子就留在家裡，讓小茶帶著，你自己快去快回。你婆婆為你媽準備了一雙新棉鞋，是她親手做的，你帶回去。」

黛雲想了想，說：「我替我媽謝謝婆婆。」

黛雲晚上收拾好東西，次日大清早，便去找老魏要馬車。老魏說：「喲，糟糕了。村裡農會今天要去城裡為大家拉年貨，徵了我們家的馬車。陸爺說過，家裡的東西，只要村裡需要，都得優先盡他們用。咋辦？」

黛雲怏怏不樂，卻也無奈。她說：「那我走路吧，好在沒得多遠。」

老魏說：「莫走小路，走大路。多走一兩個鐘頭不打緊，安全些。」

出門時，黛雲跟汀子打招呼說再見。此時公公陸子樵追了出來，說：「黛雲，如果有人找你們麻煩，叫你爸跟他們說，你們是我陸子樵的親家。路上如果有人為難你，你也告訴他，你是我陸家的媳婦。」

黛雲遲疑一下說：「這個有用嗎？」

公公冷然一笑，說：「我陸家在這方圓幾百里地，還是說得上話的。縣裡的幹部，有幾個不認識我的？」

黛雲說：「可這是什麼時候？又不是以前。」

公公說：「就憑著我給他們立下的那麼多功勞，這個面子，公家還是會給的。你聽我的就是了。」

此刻的丁子桃不覺像她公公一樣地冷笑了。她想，你陸子樵有多大的面子？連自己的命都丟了，還談什麼面子？你那樣驕傲，那樣強霸，讓全家人一起跟你死，你這驕傲又有什麼用？真是一文錢也不值！

第十二章

56 天啊，丁孃孃是你的母親？

青林煎熬般一直等到初五，才跟劉小安通上電話。

劉小安說父親去世的新年，一家人不能出門。大家都求個安靜，也不想驚擾父親。

青林說：「我還是想到你家來一下。你們方便嗎？」

劉小安有些詫異，說：「當然，你如果一定要來，我們當然也歡迎。小川也在家。你那邊項目沒問題吧？」

青林說：「沒有，項目進展得挺好的。我有些私事，想跟你們聊一下。這事對我挺重要的。」

劉小安便說：「好。那你過來吧。」

青林把母親託付給朋友家保姆，然後帶了一張父母的合影，立即開車出了門。春節期間，街上行人雖多，但車輛卻少了許多。到處都張紅結彩，喜慶氣息從每一面牆的縫隙和每一個路口向外洋溢。

一個人在家待了五天的青林，卻並未被這喜慶感染，他的內心被自己的傷感所籠罩。

劉晉源的房子還沒有退還，劉小安和劉小川在客廳裡擺了一張條案，上面放著劉晉源的遺像。遺像正是在萬州所拍，劉晉源開懷大笑，臉上的光彩透著笑容散發出來。遺像的兩邊點著燭火。

青林一進門，突然看到劉晉源的大照片，照片上又是他那麼熟悉的笑臉。自己與他同行幾日，竟不知父親與他有那麼綿長的淵源。青林不禁熱淚盈眶，他佇立在照片前，一時有些發呆。

劉小川和劉小安都在家。劉小安拍拍他的肩頭，說：「過來坐。今年是父親的新年，老規矩說我們不能出門拜年，所以都待在家裡。連麻將都沒敢打，怕驚擾了父親。你看看，這都是些啥規矩。」

青林說：「我也是待在家裡，哪兒都沒去。」

劉小川也走過來，說：「你一個人陪你媽？老婆孩子沒回來？」

青林說：「是啊。她爸也有病，我讓她帶孩子回她家去看姥爺。我家保姆今年回家過年了，所以我就只能留在家裡。再說，難得清靜，我也想一個人好好陪陪我媽。你們沒去劉老的墓地祭拜嗎？如果再去，能不能告訴我一聲？我想去祭拜一下他老人家。」

劉小安說：「難得你有這片心。據說，頭一年是不能去的。逝者的靈魂還在墓地轉悠，沒走遠。如果驚擾他，他一路走得不順。這說法，蠻有意思。我們不信，但也還是尊重風俗，就只好在家裡紀念紀念。」

青林說：「這樣呀。不過，楚人特別看重靈魂的歸宿。我在博物館看到楚人的墓棺都留有一個洞，說這是讓死者的靈魂能夠自由進出。我感覺他們想像力太偉大了。」

劉小川說：「這個是有意思。你說你今天來找我們有事？」

青林頓了頓，方說：「我是想問一下，你們認識一個叫吳家名的醫生嗎？」

劉小安說：「當然認識。我爸經常吹牛，說吳醫生是他從深山老林子裡帶出來的。」他說到這裡，突然有所悟，「你是說……他是你什麼人？」

青林說：「他是我父親。」

劉小川驚訝道：「什麼？這麼說，你母親就是……」

青林說：「我母親叫丁子桃。」

青林說著拿出照片，走過去，遞給劉小川，然後問：「你們，都認識他們？」

劉小安也驚叫了起來：「天啊，當然認識！你居然是他們的兒子？」

青林有些哽咽，說：「是的。」

劉小川跳了起來，一把擁抱住了青林，說：「我的天啊，真是想不到。你居然是丁孃孃的兒子。兄弟，得幸我沒有虧待你，不然腸子都要悔斷了。我是你媽一手帶大的呀。」

劉小安若有所思道：「你等等，讓我想想……難怪爸爸一直說青林讓他有熟悉和親切感，像他認識的某個人。在船上他還問我你姓什麼。我說你姓吳，他好像非常驚訝。天啊，他是有感覺的。他第一次見你之後，就老是覺得你讓他想起一個什麼人，而且你讓他有很舒服的感覺。我完全沒有想到你是吳醫生的兒子，但你真的跟你父親很相像。」

劉小川亦說：「這下就明白了。我也一直奇怪爸爸為什麼特別喜歡你，原來這背後竟有這麼漫長的緣分。他一定在你身上感覺到了你父親的什麼氣息。你知道嗎？你父親不光救過我爸的命，還救過我媽的命。他們兩人非常倚重你父親。一旦生病，只認為你父親說得對。你爸呢，對我父母就像親人一樣。你媽就更別說了。小時候我爹媽忙，我們家差不多都是你媽在撐著。我哥、我，還有我妹，從小都是跟著你媽混。早些時候，我爸一提起吳醫生，我妹就說，我最討厭他，他把丁孃孃拐走了。」

青林眼睛裡湧出了淚光，他哽咽了一下，方說：「我爸去世後，我媽給人當住家保姆，不方便出門。又覺得自己地位低下，也不願意與外人聯繫。可能因為這些，就跟你們斷了聯繫。那時我小，什麼都不知道。」

劉小安說：「現在病得像植物人的就是丁孃孃？」

青林黯然道：「是的。她身體倒是正常，就是醒不過來。我本來是要孝敬她，掏空所有的錢，買了這幢別墅。哪知道住進去第一天，就成這個樣子。我想不通什麼東西刺激了她。」

劉小川說：「太意外了。青林，我真是沒有想到。我要去你家看望丁孃孃。我家屬於新喪，按規矩不能去別人家。元宵一過，我一定要去看你媽。」

劉小安說：「我也要去。」

青林說：「謝謝。不知道你們的出現，會不會讓她感到驚喜，然後就醒過來，如果能這樣，就太好了。」

劉小川說：「你是怎麼突然發現了這些的？」

青林便把如何發現父親的箱子裡的筆記本，以及筆記本裡記錄的內容，簡要地說了一遍。但他並未提及父親何故獨自進入深山的前因。他想父親根本就不想讓任何人知道自己的這些隱私。他是想要忘卻這一切的。所以，青林只是從父親與吳爺救了劉晉源說起。說到了父親跟著劉晉源出山並當了兵，也說到了母親的被救以及失憶。

丁子桃失憶一事，劉小安和劉小川都不知道。他們的父母或是為了尊重丁子桃而從未在孩子們面前提及，又或是劉小安兄弟那時年齡尚小，根本就不會留意這樣的事。

最重要的是，青林說，母親到別墅的第一天，當她得知這房子以後就是自己的家時，嘴裡冒出了一些讓人不解的話。比方提到且忍廬，還有一個什麼堂。看到竹子，還念了一首詩，是比較冷僻的詩人謝朓的詩。又說了一些與她的身分很不相符的話。他當時有些奇怪，可是並沒有在意。但是去年他陪著劉老去川東，在聽他們閒聊時，居然聽到有人提且忍廬。這就讓他非常驚訝了。現在又看到父親的記錄，發現母親正是在那一帶被人救起。而且父親生前對母親的來歷也有頗多猜測。他推斷母親不是窮人家的女兒，認為母親是識字的。結婚後，母親的很多異樣，他在筆記裡也都有推測。好多年裡，母親始終充滿焦慮和恐懼，並且拒絕回憶。醫生說，她在失憶前一定受到過很大的刺激。這些，他都是春節期間讀了父親的記錄才知道。

劉氏兄弟都聽呆了。

劉小安說：「我的媽呀，這也太傳奇了。」

劉小川說：「真是想不到。能夠了解得到她失憶前的事嗎？」

青林說：「我不知道。我只是想，如果我能找到母親失憶前的經歷，或者是找到她的親人，是不是對喚醒她有利？我只想要她甦醒過來。」

劉小川說：「對，她失憶前應該是有家有親人的。這都過去五十年了，她的父母肯定早不在世，但或許她還有兄弟姐妹什麼的。」

青林說：「我爸記錄裡寫著，我媽以前還生過孩子。是醫生告訴他的。我爸也吃了一驚。而我媽自己並不記得。」

劉小安說：「天啊，你說不定還能給自己找回一個哥哥或是姐姐哩。那年月，女人生孩子早，沒準還不止一個。如果能找到她的孩子，喚醒她恐怕還真是靠譜。」

青林說：「這些都是我自己的胡思亂想。我現在知道我媽被救起的河叫永谷河，還知道一個且忍廬。這個我當時就問過。且忍廬在一個叫胡水蕩的地方。這個家裡有很多書。至少這家有一個兒子叫胡凌雲，在重慶上過大學，你父親還認識他。但老鄉說，他有一年在回家的途中被人殺死。這是我全部的線索。胡水蕩在幾十年前修水庫時，就沒有了。」

劉小川說：「你媽媽潛意識裡還記得且忍廬。這有兩種可能，一是這地方或許是她的家，當然也可能是婆家，二是或許她是在這麼一個地方受到過傷害。可惜我爸去世了，不然還真能幫上你的忙。」

青林說：「是的。我爸爸當年的很多感覺，一定很準確。而劉伯伯或許也能察覺出一些奇怪現象。比方，我突然發現我媽非常會做刺繡，而且做得特別好。但以前，從來沒有見她做過。」

劉小安和劉小川相互望望，紛然說，以前在他們家，沒有丁孃孃做刺繡的印象。

青林長歎道：「我真是錯過了劉伯伯，不然他可以告訴我多少事呀。」

劉小安說：「我這像看電視劇一樣了。你家這事，有意思得很。你說一個人失憶後，潛意識裡最深刻的，是一個他最愛的地方，還是最恨的地方？」

青林想了想，說：「不知道。」

劉小川說：「我可能會記得我最恨的地方，因為傷害之深，時時想要報仇。」

劉小安說：「你看，我跟你恰恰相反。我多半會記得我最愛的地方，因為那才是我繼續活下去的動力。」

劉小安說罷自己笑了笑，又說：「這下完了，讓人家青林沒法判斷。」

青林苦笑一下，說：「是很難判斷。」

劉小川說：「這事你恐怕得去查一查。給你媽，也給你自己一個交代。我可以給你長假，工資照拿，把這件事弄個明白。如果她真還有親人在世，說不準能喚醒她。說白點，你媽的事，也是我的事。我出生沒幾天，就跟她睡一頭，睡了五年，夜夜都是她哄我睡覺。從六歲起，我妹妹跟她睡一頭，我就改睡了腳頭。我吃她做的飯，吃了上十年，我的口味都是她培養出來的。但那時年齡小，從來都不知道她有什麼樣的經歷。」

劉小安亦說：「青林，這個事真沒想到。你媽到我家來時，小川還沒出生，我才三歲。我媽媽受過傷，身體不好，工作又忙。我們都是跟著她長大的。我記得她走時，我正上初中。那天回家覺得新保姆的菜做得不好吃，還發了通脾氣。」

劉小川說：「你發脾氣那事，我都還記得。媽媽還罵你，讓你跟新保姆道歉。你強嘴不肯，結果爸爸給了你一巴掌，你才老實。」

劉小安說：「是啊。後來我就住校了，慢慢都忘記了。家裡之後再請的保姆，沒有一個跟我們相處得像親人。青林，你爸去世早，你媽又病成這樣。以後你就是我們的兄弟。我是你大哥，小川是你二哥，我妹是你姐。她今天要在這裡，立馬就會抱著你哭的。你媽走了後，她比我鬧得厲害。」

青林並不知道母親在這個家裡如此重要，更不知劉氏兄妹與母親竟有這樣深的情感，一時間他的眼淚奪眶而出。

57 晴雯是個丫頭

元宵後，劉小安和劉小川兄弟果然到了青林家。

但實際上是，任憑他們怎麼叫喊，以及回憶往事，丁子桃仍然兩眼無光，一臉呆滯。兩兄弟有些難過，唏噓半天，卻也無奈。

劉小安說：「可能我們分量不夠。」

青林說：「誰更有分量呢？」

劉小川說：「恐怕是那個讓她心裡糾結的人，或者是跟她當年有關的人。你說，她既然生過孩子，會不會以前就有丈夫？這個人如果還活著呢？」

青林說：「如果真有這個人，他能喚醒我媽，我一定養他的老。可是如果一個親人都找不到呢？我媽就永遠醒不過來？」

劉氏兩兄弟都沒作聲。

其實他們倆在來的路上就議論過，無論是否能找到真相或是親人，估計讓丁孃孃醒過來的可能性都比較小。但他們不願意把這個想法說出來。他們不想讓青林覺得無望。

青林順便也帶他們參觀了一下自己的家。走到花瓶前，他說：「你們知道這上面畫的是什麼？」

劉小安說：「不知道，中國古人的畫都這個樣子。」

劉小川細看了下說：「是不是老子出關？」

青林說：「這是朋友送給我的。我也完全不知道這畫是指什麼。我對中國畫一向沒多少興趣。但我媽一看這個花瓶，就說這是鬼谷子下山圖。我特意去問了下朋友，他說正是鬼谷子下山圖。老子出關騎的是青牛，而鬼谷子下山，坐的是車，是一虎一豹為他拉車。媽媽還說，她父親以前經常畫畫。她完全是下意識說的這些話。我再問她時，她又很茫然，好像根本不知道自己說了什麼。」

劉小安突然說：「你這一說，我好像突然想起來了。我小學時默寫李白的〈蜀道難〉，其中『蠶叢及魚鳧，開國何茫然』一句，我寫成『蠶叢及魚鳥』，丁嬤嬤說，這個字寫錯了，應該是『蠶叢及魚鳧』，不是魚鳥。我當時不信她，後來果然是我錯了。可見，她真是識字的。」

青林說：「我知道媽媽認識一些字，她說是掃盲時學的。不過，她不至於學到這麼偏的字是不是？」

劉小川似乎也想起什麼，他說：「哎，你這一說，我好像也想起一件事。我們搬到武漢後，有個朋友送給我媽一幅仕女畫，上面題字是『心比天高身為下賤，風流靈巧招人怨』。我媽說，這種小姐畫我要幹什麼。丁嬤嬤在旁邊倒水，說：『晴雯是個丫頭，可憐得很哩。』我媽說，什麼晴雯？誰叫晴雯？丁嬤嬤就呆呆地望著我媽，說：『我不曉得。我覺得她就是晴雯。』我媽後來就把那幅畫留下來了。我上高中後，看《紅樓夢》，突然發現，這個心比天高、身為下賤的人真的就是指晴雯。這就是說，你媽是讀過《紅樓夢》的。而且她一看題詩就知道這是誰，可以說是熟讀過。」

青林驚喜道：「真的嗎？真有這事？你們說，什麼樣的文化程度才會熟讀《紅樓夢》？」

劉氏兄弟也開始一點點回憶，丁子桃的來歷對他們來說，真是一個大大的謎團。

青林想，其實總有一些讓人心生詫異的事，會從我們的身邊一晃而過。我們經常對之採取不在意的態度。而實際上，這些不被在意的事情背後，或許正隱藏著天大的秘密。

58 好漂亮的飛簷翹角

青林再次來到了川東。

與他同行的是龍忠勇，這是初夏的時節。

其實青林雖是孝子，但也是那種沒心沒肝的人。商場待久了，諸事講求實際已成習慣。讀父親筆記時，曾深深被震動，咬牙切齒地準備花時間去好好尋找。但過了一陣子，他的想法便轉換，覺得也不是什麼天大的事。彷彿每一天的日子都如一盆水，日復一日地從他腦子裡潑過，生生把這些強烈的情緒沖洗掉了。真要費時費力去尋找，青林想，對自己的生活又有什麼意義呢？何況母親已經這麼老了，怎麼可能真的會醒過來？如果真找到一幫親戚，都是陌生人，又怎麼對付得了？再說，父親也明寫了，不需要知道那些。就連父母自己都不願意記起的事情，自己又何必非要掘地三尺讓自己知道？還是順從他們的想法吧。

時間真的是個狠傢伙。而現實更毒，它可以讓一個激情四射的人變成無比坦然的現世功利者。青林便是如此。他想，重要的是他必須用心做好自己的工作，過好眼前的生活。眼光看向未來，而不是朝後看。是順著時間走，而不是逆著時光行。父親的筆記其實也強烈地表達了這層意思。

這樣想過後，青林便迅速調整自己，將這件事如同父親的皮箱一樣，放在了角落。

但是龍忠勇的介入，卻突然讓他改變了主意。而這個介入純屬意外。

龍忠勇一直想寫一套有關南方莊園的書。長江中游地區的莊園是他這個系列中的重要部分。他之前更多是從建築本身去談。而大水井的背景，突然讓他心有所悟。民間建築，尤其那些富人豪宅，從建築意義上看，其實都難有更新的發現。而它的背景，即它們的起始、變遷和結局，實在要比建築本身更有價值。尤其值得關注的是，半個多世紀以來，因社會性質的改變，幾乎所有的南方莊園都在極短時間裡成為無主莊園。或為學校，或為倉庫，或為辦公室，或澈底消失。而原家族成員的凋零，使得這些莊園多以廢墟狀態存在。它們與其說是被時光毀棄，不如說是被世道毀棄。

龍忠勇突然覺得這是一個非常有意思的話題。而在長江中游，比如川東，那些深藏在崇山峻嶺中的豪族莊園，更是少為人知。它們的起因和結局又是怎樣的呢？外在的生活變化，是怎樣影響著建築的風格以及建築的壽命呢？這些建築壽命的縮短哪裡只是材料原因，更多的倒是人為因素。他對此甚有興奮感。如果沿著這個思路著書，僅僅製圖就遠遠不夠了。他必須對那些莊園有更深入的了解。如此，涉及世道人心，他的工作量就會比以前大，而工作週期也會長很多。

開學後，龍忠勇給青林打電話，想問下他的公司可否對他的這本書提供一些財力支援。他可以在書中註明由青林的公司友情資助。他說，這是一套系列書，他目前想先寫的這本叫《川東莊園》。

青林在電話中聽龍忠勇喋喋不休地講述他的觀點時，內心深處所藏下的東西，似乎又被電話那頭的激情點燃。他突然冒出個念頭，說：「資助你沒問題，註明不註明友情資助也無所謂。我只有一個條件，就是我跟你一起去。」

龍忠勇吃了一驚，脫口問道：「為什麼？你走得開？」

青林說：「你也要幫助我做一些調查和尋找。我要在川東找一個叫且忍廬的宅子。不過，這宅子已經不在了，它的所在地變成了水庫。但我要找到知情的人。如果你願意，在川東行走的車輛由我提供。」

龍忠勇一聽，大喜，說：「那算什麼條件，這簡直是增加優惠。如果有你同行，我們吃住行都有了保障。再說你也不是外行，你可以對我有更多的提示。不過，你找這宅子有什麼緣由？」

青林說：「見面再談吧。」

很快他們約定出發時間。會合的地點在重慶。劉小川大力支持此事，他立即給重慶分公司打了電話，請他們為青林備一輛越野車，並且直接把車送到機場，交給青林。劉小川對青林說：「有任何需要幫忙的，你只管給我電話。」

但是行前，劉小安卻突然給了青林另外一個電話。劉小安說：「青林，我比你年長，知道的事情比你多。我想跟你說，如果很難找，大可選擇放棄。沒必要非得去追尋什麼真相。你要明白，這世上很多的事，都不可能有真相的。所以，活著圖個簡單省事，經常就是人生的真諦。」

青林聽了這通電話怔了怔，倒也真聽進去了。他定住心，走到窗前，想了好久。

龍忠勇因為幾個學生有其他課難以走開，無法同行，他便隻身前往。跟青林會合時，嘴上一直說：「簡直不敢相信，畢業這麼多年，我們居然一起去做專業考察。你確定不是心血來潮？或是跟老婆出了問題，想出來逃避一下？」

青林笑道：「怎麼可能。我也是私事哦。」

然後，便將父親筆記中有關母親身世的內容，詳細地對龍忠勇說了一遍。

龍忠勇聽得瞠目結舌。

他說：「你居然可以這麼平靜？能從春節等到現在，已經讓我覺得不可思議了。我一定陪你找！這比我的書還要重要。」

青林笑道：「沒那麼嚇人。剛開始，我也激動萬分，等定下心來，細細一想，知道了，或是不知道，又有多大意義呢？我爸努力忘卻，我媽拒絕回想，他們像是用一生來抵抗那些，我想他們一定有自己的道理。」

龍忠勇說：「那會是什麼樣的道理呢？」

青林說：「世上總歸有些事不值得你去記憶。或者說，世上有些事有些人，必須忘掉。」

龍忠勇半天沒作聲。車出了重慶，他才說：「那確。只是有些人有些事，這世上儘管有人願意選擇忘記，但一定有人會選擇記住。」

青林沒作聲。

他們沒有在萬州落腳。青林只在他曾經與劉晉源一起吃過的烤魚店，請龍忠勇吃了一頓烤魚，然後便徑直驅車到了李東水家。

年邁的李東水已經躺在床上起不來了。他的兒子毛仔再三表示，他只聽說過胡水蕩，但完全不知道且忍廬。畢竟離得有些遠，以前交通不便，沒有多少消息過來。

毛仔帶著他們去到當初說出且忍廬的老頭家裡。那老頭也反覆說，他只是聽路過的工作隊同志說了這個，其他的一點都不清楚。因為他以為是燒火的爐子，覺得且忍廬有些奇怪，特意問過話，所以才記得。不然也是不知道的。

線索到此，就算斷了。

龍忠勇說：「必須找到當年在胡水蕩的人。還是要了解，胡水蕩的人都遷到哪裡去了。」

青林說：「一個思路，我們返回縣城，查找檔案，看看當年有沒有記錄胡水蕩的人都遷到了何處。」

龍忠勇說：「五十年代的事，恐怕不可能有人記錄吧？」

青林說：「還有一個思路，就是我們找一下永谷河，沿著永谷河朝上游走。我母親當年是從這條河裡被人救起的。沿河兩岸，不知是否會有所發現？這基本是在川東腹地，如果遇有老莊園或是老建築，我們也順便探訪。」

龍忠勇說：「這個主意不錯，算是一搭兩就。」

他們在響水鎮歇了一晚，次日不到中午，便找到了永谷河。

青林原計劃沿河上行。但理論上說起來合理容易，而實際上卻很難。因為沿河大多無路，只能曲曲折折地繞道。不時翻山又不時穿過山谷。經常會看到山坡平緩地向前伸延，驀然間一堵奇峰陡壁迎面而來。山連著山，山谷套著山谷。路上，青林便跟龍忠勇講述當年這一帶剿匪的故事。

龍忠勇望著車外的山河，歎道：「難怪這裡土匪多。有樹有草，有土有水。種地種糧，自給自足。躲藏容易，逃跑不難。」

青林說：「你的意思是，當年當土匪很舒服？」

龍忠勇說：「想必比當窮人容易活命，不然怎麼會成匪災。」

青林說：「倒也是，任何事情，脫離個案而成為現象，就一定有它深刻的背景。」

兩人走走停停，但遇村莊，便進去打問。沿途所訪老人不少，得到的回答卻都是搖頭。他們在河兩岸來來回回跑了幾天，也看了幾個百年老宅，規模都不算大，而損毀卻相當嚴重。至於且忍廬，幾乎無人聽說。青林倍覺疑惑，問來問去的感覺，似乎且忍廬根本沒有存在過。他甚至自問：是不是聽錯了？

川東腹地，大多的村莊，都很清靜，許是人少緣故，頗給人生氣不足感。油菜已經收穫，春玉米都也落地，小苗還沒有冒齊整，田裡的青綠色便顯得淡淡的。有村的地方，樹叢倒是濃綠成一簇，田園生活的靜謐彷彿都深藏其間。

龍忠勇一路長歎，他的哀歎比讚歎要多得多。讚歎的是自然，哀歎的是人事。他不停地牢騷道，新屋都醜陋，舊屋皆破舊。除了山水，人工營造都幾無看相。龍忠勇一直認為，過去老百姓自蓋房都能與自然環境形成和諧關係，建築與山水呈現一種相倚相偎之感。而現在，建築師層出不窮，建築材料和建築工具都有了質的飛躍，鄉村房舍卻越來越難看。每一幢屋子都與自然環境擰著，彷彿擺出姿態向天地宣告：我偏不與你和諧，偏不讓你形成美麗風景。我偏要貼一塊爛疤讓你醜陋不堪。我就是要跟你作對。

他說：「你看看你看看！你看看重慶就曉得了。一座分明極有層次感的城市，完全可以層層升高，卻偏要在山頂上拔地而建高層。硬生生地把山城美好的層次感破壞殆盡。人走在城裡的街巷中，一眼望不見樓頂，何其壓抑。可惜呀可惜。」

青林便笑：「這就叫『欲與天公試比高』。」

龍忠勇說：「人們奉行與天鬥與地鬥其樂無窮的信條，而放棄了以和為貴的原則。你說這蠢不蠢？」

奔波和繞行很費時間。兩人無事閒聊，牢騷總是很多很多。

四周都是山，經常走著走著就沒了信號。

青林電話不多，而龍忠勇的手機則不時作響，或短信或電話。他一路都在嘰哩呱啦。在接到一個學生的電話後，龍忠勇突然對青林說：「記得我們上次說過想去幽靈莊園吧？我學生說應該就在這一帶。我們不妨去那裡走走？當然，且忍廬的查訪也不放棄。你看如何？」

青林說：「當然沒問題。」

龍忠勇便翻手機短信，查找學生傳來的地址。他念道：「朝吉祥鎮方向，找到珠溪灣，走不多遠即可看到山頭上聳立的碉樓。朝著碉樓方向，直奔就是。村民很純樸，村長有文化，他應該會幫助你們。」

青林翻了下地圖，發現他們一通亂闖，實際距此地也不算太遠了。於是下車向村民問清道路，便棄河直奔而去。

走不多遠，便離開了大路。車在小路上穿行，顛簸如海上行船，忽起忽落。車速便只能降到最低。抵達一個叫黑龍的小鎮時，天已黑透。他們決定在鎮上先住下，天亮再向吉祥鎮而去。

無論黑龍還是吉祥，都是深藏在群山裡的小鎮，幾乎不被外人所知。因交通緣故，也很難有外人來來往往。夜黑風高，山影重疊。青林說：「這讓我想起了柏楊壩的大水井。如果這座幽靈莊園也是大宅院，那麼，是什麼樣的人，會跑到這樣的深山裡建起自己的家園呢？光是材料運進來就不容易呀。」

龍忠勇回答說：「雖然不解，但總有些異人。」

小鎮清冷，無處可去。兩人又因奔波得太累，便早早休息。次日起來，在路邊店吃早餐時，隨便向人問起幽靈莊園。到了這裡，知道此屋的人就多了。都說朝西走，還有幾十里路，不用進吉祥鎮，半道就拐向了。然後警告他們，一定要白天去，不要在夜裡進，那裡鬼魂太多。夜裡去了，一些不安分的鬼魂，會附在活人身上。話說得令人毛骨悚然，但也實在吊起了青林和龍忠勇兩人的興致。

又一路顛簸，幾乎是在樹林中和石頭上竄行。車速已經慢到幾近散步。車上的音樂，放的是班德瑞的《寂靜山林》。龍忠勇開著車窗，旋律便從車內飛揚出去，迴響在整個山間，於是樹梢上像是掛滿了音符，倒還真給人一番和諧氣氛。

青林說：「老闆知道我們這樣用他的車，不知道該心疼成怎樣。」

龍忠勇說：「既然老闆許諾了你，還擔心他的車幹什麼。你這樣說，我們能從大山裡活著出去，多虧了你的車。這樣他一定高興壞了。」

說得青林大笑起來，在笑聲中，他們看到了山上露出的飛簷翹角。

兩人的笑聲戛然而止。接下來是龍忠勇的驚呼：「嘩！好漂亮的飛簷！」

漸行漸近，目標也越來越清晰。那是一座石頭砌就的碉樓。高聳的樓體建立在山頂，把自己變成了山頭。樓頂加蓋著四角攢尖的亭子，四個飛揚起的亭角如同伸展開的翅膀，彷彿是想將整個碉樓拔出地面，升騰入空。

這天的陽光很微弱，但落在碉樓上，卻依然醒目。破舊的樑柱和頹敗的飛簷也都散發著異樣的光彩。

車行至更近處，透過樹枝杈，能看到碉樓牆面上的砲孔。一道漫長的圍牆，從碉樓的牆根沿著山的坡度下行。圍牆亦是石塊砌就，牆面上等距離鑲嵌著一個個方形的砲孔。牆體順著山勢走低而越來越低，然後隱沒在了密集的樹林之中。

龍忠勇說：「修成這樣，得要擋多少土匪侵略呀。」

青林說：「川東土匪囂張了一百來年呀，個個村莊都要防匪。不過，上次我離開大水井，去陪我老闆的父親來川東，就是他把我爸爸帶到軍隊的。這個老革命在這一帶剿匪。他非常自豪地告訴我，自他們進行了澈底剿匪後，五十多年來，土匪絕跡。川東人民得以過上安寧生活，再無土匪騷擾。他認為，這是前所未有的偉業。」

龍忠勇說：「據我一路所聽說，這一帶土改也鬧得凶。」

青林長歎道：「是啊。不過，革命嘛，不是你死就是我死，這是沒辦法的事。幹我們這行的，還真管不著。不過，看看民間那些老式莊園的建築取向和牆院布局，防匪的確是他們生活中相當相當重要的事。這個莊園讓我想起了大水井李氏宗祠的高牆。」

龍忠勇說：「這裡距柏楊壩的直線距離，應該不算太遠。」

終於他們在陽光未落之前，找到珠溪灣。果真沒多遠，他們便看到了村子。

黃昏中的小村莊，安靜得就像沒有人。龍忠勇說：「找家好一點的屋子求住。你是財主，不要捨不得銀兩。」

青林笑道：「一天兩百塊，連吃帶住，估計他們會覺得這是天上掉下的財喜。」

龍忠勇也笑，說：「你就一人兩百吧，當是你有錢人的施捨。人家住在這樣的山裡，真不容易，你也別太小氣了。」

青林說：「這個沒話說。」

59 軟埋

青林的車從幽靈莊園旁邊擦過。因為莊園被樹林環繞，他們沒有看到大門，甚至連院牆都看不太清楚。青林說：「咦，這宅子裹得還真嚴實呀。」

龍忠勇說：「不是說沒人住嗎？顯然也無人打理道路。」

珠溪灣是附近河灣的名字。河很淺，滿河石頭，幾乎不能行船。村子叫陸曉村。陸曉村不大，所以連名字都幾乎埋在了深山裡。幾十戶人家的石頭屋，像是從山上滾下來的石頭，散落在山腳下。有樹有荊棘有葦草，遠遠的，竟看不清村莊的輪廓。

他們找到村長，覺得他家環境就不錯，便索性在他家投宿。令他們最滿意的是，這棟新修的房屋，居然室內有廁所。村長姓陸，叫陸歡喜，三十來歲。說是在深圳和重慶都打過工。厭倦了城市生活，願意回到老家來。在外面，只是替人打工，沒半點社會地位。而回到老家，是為自己做事。走到哪裡，都能得到鄉親們的尊重。錢雖少點，但活得有頭有面不說，還會有前途。他自嘲道，以前都說，人窮，就沒臉面，活該被人吼來吼去。但我要說，人窮，也還得要點臉面。

村子裡有不少房屋，空無人居。陸歡喜說，過去這裡的人家還是很多的。到底太偏遠，慢慢地，大家都搬走了。有的去了萬州，有的去了重慶。也有的搬到了奉節。陸歡喜說：「住在城裡，生活方便很多。何況在城裡，只要肯出力，事情還是好找。隨便幹點活，就能抵上村裡幾個月的收入。」

村裡並沒有青林和龍忠勇想像中的那樣窮。有電，村民中也有幾戶有電視機。但無網路。到了晚上九點多，電也會停。週末和周日，通電的時間長一點。龍忠勇說：「這裡離三峽大壩這麼近，應該電力充足才對呀。」

陸歡喜說：「有電就不錯了。反正那時候大家也都睡了覺。」

閒扯半天，他們還是說起了幽靈莊園。

陸村長說：「這宅子起碼有兩百多年歷史。我們都叫它鬼大屋。幽靈莊園也不知道哪個學生娃過來玩時給起的名字。鬼大屋真的有鬼，這個不騙你們。到了晚上，村裡沒人敢走近院牆。因為能聽到鬼在院子裡活動的聲音。」

青林忙問：「是什麼聲音？」

陸歡喜說：「什麼聲音都有。有笑聲還有哭聲也有人說話。這家以前的陸老爺，聽說很威嚴，我們經常還能聽到他吼叫的聲音。起風的時候，到處都是哐當哐當、呼啦呼啦的響聲。好像有很多人在裡面忙碌，而且還有人在山上大聲哭。如果打雷了，陸老爺就會隨著雷聲吼叫，像是雷公爺爺在吼一樣。」

龍忠勇好奇道：「那他吼什麼呢？」

陸歡喜壓低嗓音，發出一種威嚴而低沉的聲音，說：「軟埋！軟埋！」

青林一怔，追問了一句：「什麼？」

陸歡喜說：「軟埋！軟硬的軟，埋葬的埋。」

青林說：「咦？我在哪裡聽到過這兩個字。」

龍忠勇說：「什麼意思？」

陸歡喜說：「就是把人直接埋進土裡，什麼都沒有。沒有棺材，連包裹的席子都沒有。聽老人說，我們這裡，一個人如果帶怒含怨而死，不想有來世，就會選擇軟埋。」

青林突然站起來，大聲說道：「我想起來了。我父親出車禍時，我母親在現場大聲叫，不要軟埋！對，她就是這樣喊的。」

他突然覺得有一樣東西快要被自己抓到了，這東西離他的手指越來越近。

龍忠勇說：「我真是頭一回聽說。他為什麼叫軟埋呢？他自己是軟埋的？」

陸歡喜說：「是的。你們明天白天去鬼大屋看看就曉得了。」

這天夜裡，青林沒有睡好。

每次來川東，都有一些東西，與他母親說過的隻言片語相撞。母親和這個地方，以及這些東西之間有什麼關聯呢？他想不明白。半夢半醒之間，青林覺得有一個聲音老是在他耳邊叫：「軟埋！軟埋！」一忽兒是嚴厲蒼老之聲，一忽兒是尖銳淒厲之聲。前一個聲音，他覺得陌生，而後面這個，他能辨別得出，那是母親在叫喊。

甚至父親車禍的場面也在他夢裡浮現。母親叫著叫著，身體癱軟下去的姿勢，也歷歷在目。

60 三知堂

一大早，在村長陸歡喜家吃過早飯，青林和龍忠勇便跟著他去鬼大屋。

陸歡喜說，鬼大屋已在這裡很多年，他們自小習慣了它的存在，從來沒有拿它當回事。幾年前，村裡一個中學生帶了同學從奉節過來玩，拍了幾張照片，然後慢慢就有些外人當稀罕看。學生娃叫它幽靈莊園。這名字是誰取的還真不曉得。但村裡人還是管它叫鬼大屋。而這個名字是哪個先叫出來的，也沒人明白。陸歡喜說，反正他一出生不用人告訴就曉得這個宅子叫鬼大屋。院牆裡面有好多庭院和房間，都空著。村裡幾乎沒人進去，更沒有一個人敢去住。他們當小孩的時候，也被大人教導不准走近那裡。如果不是偶爾有客人或是領導來看屋子，他也從來不進去。

現在，鬼大屋就只一個瘋老頭住在裡面。他是五保戶，很少出來。村委會會安排人給他帶一袋米或是一包鹽，他在園子旁邊種了馬鈴薯和青菜。

龍忠勇問：「他知道這個宅子的來歷嗎？」

陸歡喜說：「他有七十多歲了，以前是這家的傭人，按說是知道的。可他是個瘋子，知道恐怕也說不出來吧？」

鬼大屋的院牆很長。青林開著車，說：「這可真是個大宅子呀。」

龍忠勇說：「我們能去那座碉樓上看看嗎？」

陸歡喜說：「瘋子不准人走過去，我沒有上去過。估計村裡也沒人上去過。」

青林說：「這宅子非常有賣點喔，你們村裡如果開發旅遊，可以吸引不少遊人。這樣，村民們的家可以當旅店，只需要把路修得好一點，你們村一下子就會富起來。」

陸歡喜說：「我也想過呀，但是不能。」

龍忠勇說：「為什麼？我可以幫你把整個莊園繪製出來，也為你們拍整套圖片，方便你們對外宣傳。如果它有兩百年歷史，我估計院裡的老宅子會有清代民居特色，它可以作為文化遺產來進行保護。」

陸歡喜說：「這不行。村裡老人都不願意外人到鬼大屋來。他們說，不能驚擾陸家人的靈魂。不然，村裡要招大災的。」

青林說：「哦？怎麼會有這種說法？」

陸歡喜說：「你們去看了就曉得。我不想說。村裡人都不想說這事。」

這番話，簡直是一個更大的懸念，讓青林和龍忠勇無法理解。

鬼大屋離村子並不遠，它獨立於一片樹林之後。久無人去，小路都被雜草遮蓋掉了。牆根下，有一些敗壞得完全無法住人的半壁屋。陸歡喜指著那片屋子說：「這是陸家以前的馬廄，村裡過去只有他們家有馬車。駕馬車走山裡近道，不用一天就可以到萬州。你們知道嗎？川東的馬很有名哦。」

車至林邊，便無法進入。穿過樹林，有一條清晰的青石板路通向院牆。一直走到跟前，才能看到一個如同鑲嵌在牆上的小門，他們便棄車徒步走向那個門洞。

青林說：「這是後門嗎？」

陸歡喜說：「不是，這就是正門。鬼大屋就只這一個門。」

青林驚訝道：「這麼大個莊園，就這樣一小扇門？」

龍忠勇說：「川東似乎有這樣的習慣。我在另一座姓陳的莊園，也見過這種小門。」

陸歡喜說：「村裡老人說，大宅子開小門，那都是以前做鴉片生意的，不是正道，所以沒有資格開堂堂正門，只能開偏門或是小門。」

青林說:「這個說法倒是有意思。既然已經是豪門大戶人家，他們怎麼肯服從這種規矩？」

龍忠勇說：「這個你真別說，在中國鄉間，以前的規矩還是蠻嚴格的。就算你富甲一方，但你只是富，而不能貴。」

青林說:「這麼說來，這個陸家人以前是做鴉片生意的了？」

陸歡喜說：「祖上做過。有錢後，家裡有人在朝廷當了官。之後就把滿山的罌粟改種成茶樹。民國之前，就已經是正當生意人了。但是祖上已經把門修成這樣，他們也就沒改。大概後來也是為了防土匪，覺得小門更安全吧。」

龍忠勇笑道：「防匪比炫富更要緊。這個有道理。」

整個莊園從山腳一直伸展到山坡頂，屋子皆依山而建。站在山下，除了能看到高聳的碉樓，所有的住宅都被高牆和大樹擋住。

門小且不說，門板還是單扇的，窄到讓人驚訝。似乎兩人並肩進門，還略嫌門框過擠。門柱是兩根完整的石條，左側的石條上深刻著三個字。

龍忠勇先看到這幾個字，他大聲地念了出來：「三知堂。嘩！這鬼大屋正經有自己的雅號哩。叫三知堂！」

青林原本落在後面，聽到「三知堂」三個字，有如被擊打。他驚問道：「什麼？你說什麼堂？」

龍忠勇說：「這鬼大屋真正的名字叫三知堂。」

青林一個跨步上前，他看到陳舊不堪的石柱上，「三知堂」三個字清晰可見。他終於記起了母親的話。那是母親第一眼看到他的別墅時說的話：「我的家？是且忍廬還是三知堂？」

他不禁萬分激動起來，他對龍忠勇說：「就是它，我要找的就是它！」

龍忠勇說：「你不是找且忍廬嗎？」

青林說：「當初我帶我母親到別墅時，我告訴她，這是你的家。她的原話是：『我的家？是且忍廬還是三知堂？』當時我沒有聽清楚，只聽到一個什麼堂。但我現在可以確認，她說的是三知堂。」

龍忠勇大驚：「真的嗎？這太不可思議了。這麼說，這個鬼大屋有可能與你母親有某種聯繫？」

青林說：「我不知道。但你不覺得奇怪嗎？」

陸歡喜聽明白了他們的對話，驚訝道：「你母親是我們這裡的人？她說過三知堂？」

青林說：「我不知道。她失憶了。她是五十年前被人從永谷河救起來的，她掉到河裡之前的事，都不記得。她現在生了病，在生病前，她說了一些奇怪的話。」

陸歡喜指著碉樓的山頂說：「這座山後再過一座坡，有條水是通到永谷河的。」說罷，他頓了一頓，又說：「不過，你們家最好不要跟陸家有什麼關係。」

青林說：「為什麼？」

陸歡喜沒有說話，只是單手把門推開，叫了聲：「富童爺，是我進來了。陸歡喜。」

一個渾濁的聲音，硬邦邦地說：「關門！」

陸歡喜大聲道：「曉得。」

進門是一個開闊的庭院。牆頹了，但樹和草卻十分茂盛。庭院前端左右擺放著兩個巨大的石製太平缸，整石挖空，裡面盛滿了水，水面上滿是落葉。龍忠勇說，一看這整石鑿就的太平缸，就知道這人家的財力非凡。陸歡喜不清楚院內為何要擺這大石缸。龍忠勇告訴他，這是庭院必備，大家族更是常用。一是圖吉利，以蓄水而聚財；二是講實用，為防火而備水。川東最喜歡石製的太平缸，既就地取材，又結實耐用。陸歡喜說：「原來這樣呀。」

陸歡喜帶著青林和龍忠勇一直朝後走。他們路過一個天井又一個天井。他們既要群聚，也要獨立。雖然合居於同一大院內，但卻各有獨立的天井院落而互不干擾。無人居住的老宅，樑上結滿灰塵和蛛網。大片大片樑柱被蟲蛀壞，地下落著細渣。龍忠勇歎道：「這是典型的南方莊園格局，房屋跟大水井的風格相當接近，只是布局不同，也都有一點徽居色彩。估計祖上也是湖廣填四川時期的移民。唉，雕闌玉砌應猶在，只是朱顏改。」

然而青林卻是別一樣的心情。

61 瘋老頭

青林有些麻木地跟在陸歡喜身後。

他滿腹心事。腦袋裡似翻雲覆雨，又似一片空白。他嘴上叨叨著：「三知堂。三知堂。我媽說的就是三知堂。不然我怎麼會覺得這麼熟悉？」

他們沿著一條木構長廊走到月亮門邊，陸歡喜突然停住腳，站下不走。他說：「過了月亮門，是鬼大屋的花園。你們自己看吧。你們想知道陸家的事，就得先從這裡看起。」

青林和龍忠勇想都沒想，就徑直越過了月亮門。

剛一出門，他們便如雷擊，驚得呆住。

只見滿園墳墓像灑出去的一樣。它們在樹下，在牆根，在破損的花壇邊，在花壇中，在竹林，在視線所及之處，無規則零星地散布著。每座墳上都放著一塊石頭。腐爛的落葉到處都是，雜草在墳頭和墳邊瘋長。

龍忠勇幾乎叫了起來：「這是怎麼回事？」

陸歡喜不肯朝前走，只遠遠地站在他們身後說：「陸家人都在這裡。」

青林說：「什麼意思？」

陸歡喜說：「我不是特別清楚。聽老人家說，陸家是這裡的望族。陸老爺個性很要強。土改時，聽說第二天要鬥爭他們，頭晚上，全家一齊自殺了。」

龍忠勇和青林幾乎同時低呼了一聲：「我的天！」

陸歡喜又說：「那個堅決要鬥陸家的人，原先也是他家的長工。一大清早他領著人進來帶他們去開會，突然發現家裡一個人都沒有。大家很奇怪，為了保證鬥爭會順利開成，頭天就有人在陸家門口看守。他家就這一個門，看守也容易，並沒有看見任何人逃出去。你們也看到，這個高牆也不可能有人翻得上去。於是他們一個院落一個院落地搜索。搜到花園，一過月亮門，就看到滿園新墳。大家全都嚇壞了。本來這座宅子是要瓜分給窮人的，結果誰家都不敢要。鬥爭會也沒開成。」

龍忠勇說：「都死了？那這些墳是誰埋的？」

陸歡喜說：「就是呀，大家都很奇怪。人人心裡發虛。當時就有人說有鬼一類的話。就在那天晚上，突然刮起了大風，據說風大得滿天呼吼。接著又下暴雨，雷聲震天。好多人都聽到雷聲裡有陸老爺的聲音。陸老爺喊著：『軟埋！軟埋！』我爸說，陸老爺的聲音充滿怨恨。從此以後，更沒有人敢住這宅子。就這樣一直空了下來。往後，每次颳風下雨或是閃電打雷，村裡人都能聽到宅子裡有動靜，好像有很多人在裡面活動，很嘈雜。到了我知事的年歲，這宅子就被人叫作鬼大屋了。」

青林不由自主地打了個寒噤。

他想，那麼，母親跟這宅子有什麼關係呢？如果沒有關係，母親怎麼會說三知堂？且忍廬跟三知堂又有什麼相關？那位陸老爺難道是母親的什麼人？軟埋？怎麼會這麼巧？母親也說過軟埋兩個字。這並不是通常人們會說得出來的兩個字呀。

是偶然嗎？青林一再讓自己朝著偶然方向去理解，但無論如何，他都得不出偶然的結論。這麼多偶然湊在一起，就一定有它的必然。

龍忠勇體會不到青林的心情，他對那座高聳的碉樓尤感興趣，他對陸歡喜說：「能不能讓我們去碉樓上看看？俯視能對整個莊園有一個宏觀的了解。」

陸歡喜說：「瘋老頭不准，他會出來攔路的。」

龍忠勇說：「他是什麼人？為什麼他不怕住在裡面？」

陸歡喜說：「聽說他是陸家養大的孤兒。從小就在他家生活，長大又在陸家當僕。鬥爭會那天他外出不在。回來見全家人都死了，就瘋了。」

青林突然道：「他是在陸家長大的？」

陸歡喜說：「聽老人家這麼說。還說他喜歡裡面一個丫頭。他把那丫頭從土裡挖出時，那丫頭居然沒死。但丫頭不知為什麼，就是不肯跟他。後來丫頭也不見了。有人說她出家當了尼姑。好像蠻複雜的。我爸爸在世時閒扯過幾句。他講我四爺原來想娶陸家一個叫紫平的丫頭。那丫頭也死了。四爺很不理解，說她年輕輕的，又是當下人的，開會也不鬥她，她做啥子要去跟地主當陪葬呢？出來嫁人該有多好。」

龍忠勇說：「村裡還有老人家知道陸家的事嗎？」

陸歡喜說：「都過去五十幾年了。知道這些事的老人家大概也沒剩幾個。有些老人家，當年不是積極分子，也不清楚這些。我想想看，也可能可以找到一兩個。」

龍忠勇說：「那最好。無論如何，幫我們找幾個老人，哪怕一個也是好的。你看，弄不好，陸家跟他家有點關係。」他說時，指了指青林。又說：「這可是武漢的大老闆喲，如果這宅子跟他家有關，他恐怕真能幫上你們。起碼為你們修條像樣的路呀。」

陸歡喜高興道：「太好了。我保證盡力而為。我們不想開發旅遊，但我們真的很想有一條好路出山。」

青林沒有聽他們說話，他一直在想著什麼。突然他說：「你能把那個瘋老頭找來嗎？我想問他一點事。」

陸歡喜說：「他從來不跟人說話。這麼多年，我只聽到他說過兩個字，就是關門。」

青林說：「我見見他，試一試？」

陸歡喜說：「那就只有一個辦法，你們只管朝碉樓走，看到西牆邊的美人蕉嗎？那裡還有個墳。你們朝那裡走，他一定會出來攔你們。我不過去了。我們姓陸的人，都不願意進這個園子。」

青林和龍忠勇兩人商量了幾句，便一起朝美人蕉方向而去。

果然在距美人蕉三四米左右的樣子，一個長髮亂鬚的老頭驀然冒了出來。彷彿從樹叢雜草中蹦出一樣。儘管青林和龍忠勇知道會有人要來阻攔，但這份突兀，仍然嚇了他們一跳。

瘋老頭伸開雙手，阻攔著他們。龍忠勇一指碉樓，說：「大爺，我們可以上去看看嗎？」

瘋老頭不說話，只是虎視眈眈地望著他們，雙手伸得長長。他的兩個眼睛，白多於青，看上去很是嚇人。龍忠勇放慢語速，學著當地口音，又說：「我們是老師，是搞建築——就是蓋房子的。沒別的意思，就是看看這個樓。」

青林說：「說這些恐怕沒有用。」

龍忠勇說：「你要見他，是想跟他談什麼？」

青林猶豫了一下，說：「大爺，你知道且忍廬嗎？胡水蕩的且忍廬？」

瘋老頭似乎露出幾分驚訝，他的眼睛開始只盯著青林的臉。青林從口袋裡摸出一張照片，走近瘋老頭，說：「大爺，您以前有沒有見過這個人？」

這是青林母親的照片。也是他所持有的母親最年輕時的照片。原本是與父親結婚時的合影。青林來之前，把這張照片進行了掃描，去掉父親，只將母親一個人，沖洗放大出了幾張。

青林把照片伸到瘋老頭眼皮底下。

瘋老頭看了一眼，非常明顯地驚呆了。忽而，他臉上呈現出怪異的表情，像是驚愕，又似恐懼，他死死盯著青林的臉好長時間。

青林激動道：「你認識她是不是？她是我媽媽。我是她兒子。」

瘋老頭表情越發怪異，突然間，他狂叫一聲，拔腿便逃，一邊逃一邊胡亂叫喊。

他的舉動，讓青林和龍忠勇驚駭不已。

青林說話時都哆嗦了起來。他說：「他他他……他顯然認識我媽是不是？」

龍忠勇也驚訝道：「真的好像是有問題。」

然後青林朝著瘋老頭跑去的方向追了過去。龍忠勇亦跟在了他的後面。月亮門後突然傳來陸歡喜的喊叫：「喂？出了啥子事？富童爺？」

青林和龍忠勇跑了過來。青林說：「你看到老頭跑哪兒去了嗎？」

陸歡喜說：「他跑進宅子裡了，不知道在哪個院。他從我跟前跑過去的。出了啥子事？」

青林揚了揚手上的照片，激動道：「我給他看我母親的照片。他好像認識她。」

陸歡喜接過照片，看了一眼，不覺也大驚，說：「真的嗎？怎麼會這麼巧？」

三個人一時間都有些不知所措。他們開始在大宅子裡尋找瘋老頭。這是一番沒有章法、茫然無緒的尋找。

但是，整個上午，他們都沒有找到人。

甚至青林和龍忠勇再次朝碉樓方向去，直至走上了碉樓，也沒見瘋老頭出來阻攔。

他們居然就這樣走上了碉樓，順利地站在了碉樓的四角亭裡。

倚欄俯視，整個莊園都在眼皮之下。龍忠勇說，不用到處亂找，就在這裡居高臨下地看，只要老頭出門，就會被發現。

青林覺得有理，便目不轉睛地盯著下面。龍忠勇將他的相機換上長焦，對著莊園各個角落拍攝。他們沒有吃午飯，一直到黃昏落下，瘋老頭連個影子都沒有出現。

62 這段歷史要怎麼說呢？

村裡來了兩個城裡人，一個是教授，一個是老闆。老闆的媽跟鬼大屋陸家可能有些關係。這消息比風還快，瞬間吹遍了全村。

晚上，陸歡喜家來了不少人，年老年少的都有。堂屋根本坐不下去，他便拉出幾張小桌，放到屋外的曬場上。人一多，嘰嘰喳喳，便顯得有些喜慶。陸歡喜的老婆高興壞了，家裡熱鬧就是興旺。她忙進忙出地為大家燒水沏茶。

瘋老頭一直沒有找見，青林心裡有幾分焦慮。他很想弄清楚母親隱密的過去，因為揭秘或許能夠喚醒母親。但是白天的所見所聞，又讓他生出一種膽怯。他又有點害怕這個秘密過於殘酷，對他和母親彼此反而帶來傷害。

龍忠勇似乎有所察覺，他說：「你是不是有些害怕？」

青林說：「談不上害怕，但也有點緊張。」

龍忠勇說：「這座豪華的莊園，之所以成為人們眼裡的鬼大屋，一定有殘酷的經歷。無論是什麼，我覺得都必須面對。這恐怕就是歷史真相。」

青林鼓了鼓勇氣說：「還是聽聽他們聊些什麼吧。」

初夏的晚間，山裡頗有涼意。年齡大的人甚至披了夾襖。青林著一身短袖，冷風一吹，不覺噴嚏連連。

陸歡喜的老婆細心，忙找了床夾被，讓他裹在身上，還笑著說：「這個吳老師，才來一天，就想家了。」

說得村裡人一片哈哈大笑。陸歡喜也找出件外套，給龍忠勇穿上。他也笑道：「客人必須好來好去，不然以後沒人敢來我們陸曉村了。還指望著兩位老師幫我們修路哩。」

大家笑得更歡。這笑聲，在安靜的山裡，顯得格外響亮。

人們朝著他們倆圍坐。不時有人走到青林跟前，打量一下青林，彷彿真的把他當了陸家的人。一個老頭說：「好多年前，陸家有人回來過。你跟他們有點像，也是皮膚白白的。」

立即有人打岔說：「三爸莫鬼扯喲，人家那是從美國來的，怎麼會像到一起去？」

又有人說：「九一年，還是九二……對了，是九二年。我記得，那時我在上三年級，去看過熱鬧。歡喜他爸守在門口，不准我們進去。」

陸歡喜說：「莫打岔，讓陸三爸一個人講。」說完，他轉向青林和龍忠勇，「陸三爸以前是鎮上的中學老師，現在退休回家了。他是文化人，曉得的事多。」

青林和龍忠勇兩人忙客氣了幾句，分別遞上了自己的名片。陸三爸看了看名片，大聲對大家說：「今天來的兩位真是貴人呀。一個上海的教授，一個是武漢的經理，就是老闆。平常，我們就是進了城，想見他們都是見不到的。」

青林說：「今天特意聽您老講講陸家的事。拜託了。」

陸三爸便說：「那時節，我年齡也小，只知道陸家人都死了，為啥子死，也搞不清楚。我也都是二道販子，聽來的。但是陸家兩個少爺回來，我參加了接待，親眼所見。都是姓陸的，老祖宗共一個，所以縣裡領導讓我幫忙招呼他們。剛才福娃兒說得對，是九二年。回的是陸家的二少爺和小少爺。他們是挑四十年後的清明回來的。那時候的陸家二少爺跟我現在差不多的年齡。不過人家比我養得年輕，白白胖胖的。」

有人大聲插話道：「有錢人吃得好哇。」

陸三爸說：「那是。他們從美國回來祭祖。縣裡幾個幹部跟著，不管他們臉上哪樣堆笑，陸家兄弟臉上都沒得一絲笑容。下了車，直接就奔鬼大屋。兩兄弟可能事先已經聽說了家裡的事。一看見家門，就開始流眼淚。二少爺說了，家門還是他離開時的樣子，就是舊了些。走過月亮門，看到花園裡那麼多墳堆，兩個人一起跪下了。差不多是爬到爹媽的墓前。那個大哭呀，真是叫旁的人揪心扯腸。連陪著的幹部都流了眼淚。沒得人敢勸，都讓他們哭。憋了幾十年的眼淚，非得讓他們哭完才是。哭了半天，又燒香燒紙，再磕頭，磕著磕著，又哭。二少爺也有一把年紀了，額頭都磕出了血。小少爺磕完還大聲問：『金點在哪裡？』」

青林說：「金點是誰？」

陸歡喜說：「就是帶頭要鬥爭他家的長工，叫王金點，他是陸老爺養大的。陸家少爺都認識他。村裡有人說他忘恩負義。」

陸三爸說：「其實不能說金點忘恩負義。因為金點家以前家破人亡，也跟陸家有關。他王家死得只剩金點一個人。金點當時是奶娃，啥子都不曉得。長大後聽人講起才明白。你想他怎麼不恨？他聽到家裡的事，第二天一早就離開陸家出走了。我記得我么爸說，那年他是特意回來報仇的。本來縣裡已經同意不鬥陸家了。」

龍忠勇說：「縣裡為什麼會同意不鬥陸家呢？」

陸三爸說：「陸老爺是辛亥革命元老，這個還不算。主要陸家幫過川東游擊隊大忙。出過錢，還藏過他們的傷患。剿匪時，陸老爺帶了二少爺一起，進山裡勸降土匪。」

又一個老頭說：「勸降這個事我記得。陸老爺說，現在進山剿匪的是正規軍。人家把國民黨幾十萬軍隊都打垮囉，你們這幾桿槍頂個啥子用？被打死在山裡，連肉帶骨頭被狼吃掉，還不如早些投降回家。大不了關幾年，往後還可以跟老婆娃兒過安生日子。又說，政府出了公告，當土匪的窮人多，沒得辦法才走這條路。新政府給窮人做主，只要肯做活，保證有吃有穿，就不會再有當土匪的心。現在下山投降，立個保，再不當土匪，也不跟政府作對，連牢房都不得坐。」

陸三爸說：「對頭。陸老爺就是這麼說的。陸家老祖宗以前販鴉片，在這一帶也算得老大。土匪總把子的老爺子原先也跟陸家老祖宗跑過腿。所以聽了陸老爺的勸，又得了陸老爺的保證，就帶隊伍歸降了。辦了幾天學習班，解散回家，一個都沒有坐牢。陸老爺是有功的，所以土改時，村裡聯名寫了請願書，請求不要鬥爭陸家，全村人都簽了字。縣裡工作幹部也曉得陸家的事，批准了。結果金點從外頭革命回來，他要求來老家的工作隊。他一回來，就提出陸家必須鬥，不鬥怎麼分土地？未必還給他家交租子？還讓他家有管家有丫頭？他家那麼大宅院，未必就不分給窮人？他這樣一說，大家覺得有道理，就決定，還是鬥。這是我么爸跟我說的。我么爸是積極分子。」

一個老太太插嘴說：「他么爸叫二禿，是積極分子。因為他看中了陸家的一個丫頭。結果人家寧可死都不肯嫁他。還有墩子，就是陸歡喜的爸，也是積極分子，他也看中了陸家的一個丫頭。那丫頭也是寧肯死，都不嫁。」

滿場人都笑了起來。

陸三爸也笑，笑完又說：「哎呀哎呀，以前的事，亂七八糟不好提。還是說正事。陸家二少爺祭完他爸媽，站起來第一句話就是問我，哪個墳是他老婆和兒子的。又問他大哥還有姑姑和妹妹的墳是哪個。我哪裡曉得？連忙幫著到處問大家，結果沒有一個曉得的。派人去找富童，就是那個瘋老頭，那天他硬是不曉得跑哪去了。二少爺和小少爺聽說富童還活著，都想見他。聽講他瘋了，還想帶他去美國治病，結果怎麼都找不到。他們一走，瘋子就冒出來了，一晚上就坐在陸老爺的墳頭哇啦哇啦地哭。」

青林問：「他們怎麼知道爹媽的墳呢？」

陸歡喜說：「你們今天沒有看到嗎？有一座墳是立了碑的。那就是他爹媽的。說是他們兩個在一個坑裡。」

龍忠勇說：「這是誰立的呢？怎麼會知道這墳裡埋的是

他們爹媽？」

陸三爸說：「瘋子說的。全家自殺的時候，瘋子在外面。第二天回來他救了一個丫頭。那丫頭曉得老爺太太是哪個墳。」

青林說：「那個碑是瘋子立的？」

陸三爸說：「不是。我么爸說是金點立的。金點進了花園，看到一園子的墳，腿一軟，就坐到了地上。這是我么爸親眼看到的。么爸說，金點沒有想到陸家人會這麼死硬，這麼慘烈。他自己也受不住了。也有人說，金點跟陸家的小姐一起長大的，兩人關係好，陸家一直反對。小姐那晚上也死了。一下子死這麼多人，還有幾個下人。這些人以前跟他都很親，養過他。金點覺得自己罪過太大。過了幾天，他偷偷給陸老爺和太太立了碑，再過後就不見了人影，都說他死了。到底死沒死不曉得，反正也沒有人再見過他。」

陸歡喜說：「這些事，連我都不曉得，簡直像電視劇哦。」

青林再次拿出了母親照片，說：「你們有沒有見過這個人呢？」

照片在人們手裡傳著，大家都搖頭，說沒見過，不知道是哪個。

青林說：「她會不會是陸家的女兒或是媳婦？」

陸三爸說：「雖然我們跟鬼大屋一個村子，但鬼大屋跟村裡人隔起樹林子。陸家的女人進了門，基本上也不出來。所以大家很少見。陸家媳婦我根本沒見過。小姐也只在她上學的時候，見過一兩面。」

龍忠勇說：「這樣的大宅子，大門一關，便與世隔絕。」

陸三爸說：「是呀。就是這樣呀。」

青林再問有沒有聽說過且忍廬。大家也搖頭。

陸歡喜說：「真沒聽說過。」

龍忠勇突然說：「陸家有幾個女兒？幾個媳婦？」

陸三爸說：「好像就只有一個女兒。二少爺娶了媳婦，有一個兒子。小少爺一直在外面讀書，還沒有婚娶。」

青林說：「他們中會不會有人跑出去呢？」

大家都搖頭，紛紛說沒可能。因為門口有人把著，而鬼大屋以前為了防土匪，就只修了這一個小門。

龍忠勇轉向青林說：「照這樣說，陸家只有一個女兒和一個媳婦，她們都在那晚上死在園子裡，這就跟你母親沒關係了。」

青林想了想，也點點頭：「說得也是。」

龍忠勇說：「陸家人以後再沒回來過嗎？有沒有他們的聯繫方式？」問完他又對青林說，「如果能聯繫到陸家活著的人，就應該能知道，如果瘋老頭認識你母親，他們也一定會認識。只要找到聯繫方式，很容易弄清楚。」

青林眼睛一亮，說：「對呀。陸三爸，他們當初有留名片什麼的給你們嗎？或者是縣裡會有他們的聯繫方式？」

陸三爸搖搖頭，說：「縣裡幹部見他們是有錢人，很想要他們給家鄉投資。還說由縣裡出錢，負責找一塊風水寶地，給陸老爺遷墳，再把宅子重新修一道。他們沒同意。二少爺說：『埋在這裡，是我爸的決定。你們要是還有點善心，最好不要驚動他們。』離開村子時，他只跟我握了一下手，說了聲謝謝。因為我是陸家人呀。對其他人，一個好臉色都沒給。我侄兒在縣裡做事，跟著跑接待。回來說，二少爺還去找了他岳父岳母家，結果連村子都沒有找到。走時就說了三個永遠。永遠不再回來。永遠不會把這裡當自己家鄉。永遠不讓子孫後代知道這個地方。這話說得幾多狠呀。」

青林心裡咚地跳了一下。他想起父親筆記裡寫下的字：永遠不要回去，也不讓後代知道這個地方。他們居然都是這麼決絕。

龍忠勇歎道：「切割得這麼乾淨，這真是傷到骨頭裡了。」

陸三爸的聲音突然放大了，他說：「大家看了鬼大屋，都覺得陸家太慘了。話說回來，陸家這個樣子，不是他們自己選擇的嗎？為什麼就不說人家金點家也慘呢？如果陸家不強占他家的地，他們會家破人亡？難道窮人家破人亡就不算什麼，富人家破人亡就更慘痛？所以，這個事情要這樣看，你陸家滅了王家，人家回來報仇。這是你兩家人的事。何況人家金點還沒動手，你們就自己滅了自己，連家裡的下人都沒有放過。你家養大了金點，金點為你們娘老子立了碑，也算是有仇報仇，有恩報恩。你們現在咬牙切齒地恨家鄉，這恨得有什麼道理？再往前講，你家這富是怎麼來的？你賣鴉片，賺肥了，又有多少人為你家的生意丟了家賠了命？人家也都沒咬牙切齒，你們又有啥子不可以放下？」

陸三爸說得慷慨激昂的。這番話幾乎有些震住了青林和龍忠勇。

前面插過嘴的老太太說：「陸三你一家子當年都是積極分子。村裡最好的地，就是被你家搶去了。你全家都巴不得陸老爺家死得光光的。」

老太太的聲音很尖，銳利得似可劃破夜幕。沒有人再說話了。星空下，大家都有些茫然。連青林和龍忠勇都疑惑起來。

人散時，夜已很深了。

青林和龍忠勇回到房間，兩個人躺在床上，都有些睡不著。

龍忠勇說：「今晚真有意思。這段歷史要怎麼說呢？好像站在各自角度，各有各的道理。」

青林說：「我也是真不知道該怎麼說，有些事情，一旦追根溯源，都蠻難理解。」

龍忠勇說：「我倒是覺得，一旦追根溯源，就好理解了。」

青林說：「你覺得這就是兩家人的事？」

龍忠勇說：「是，當然也不完全是。因為不能抽離背景。」

青林說：「就是了。我突然覺得，不一定所有的歷史我們得必須知道。生活有它天然的揚棄規則。那些不想讓你知道的東西，它會通過某種方式就是不讓你知道。所以乾脆不知道算了。這世上的事，總歸不知的是多，知道的是少。何況我們費勁知道的那些，也未見得就是當年的真實。」

龍忠勇說：「你的意思是，既然已經不知道，又何必非要掘地三尺把它找出來讓自己知道？」

青林說：「我來時並沒有想清楚。今晚上，這種想法突然變得很強烈。特別是聽到陸家少爺的三個永遠。他們根本就是想徹底忘掉這些，也根本不想後人知道這些。好像有一種讓時間來風化這一切的哲學。既然如此，我想，你本來就不知道，又何必非要讓自己知道？你本來跟這裡就沒關係，又何必非要讓自己跟這裡扯上關係？」

龍忠勇沒有說話，只是用眼睛緊緊地盯著他。

青林不介意他的目光，繼續說：「同時我也想，知道這些，對我和我母親的生活真的就好嗎？我母親失憶，是不是她自己在潛意識裡抵制自己記憶中殘酷的東西？她生命中有種元素在幫她堅決忘記過去。如果她真的跟陸家有關係，或是他們中的一員，她知道這些又有什麼意義？」

龍忠勇說：「你的意思是，你母親提供給你的只是支離破碎的幾個字詞，你不如就讓它們呈破碎狀。如果你慢慢去琢磨這些零碎件，可能還會有很多懷想。真的把與它們相關的一切都找出來，拼成一個原件，你可能放哪兒都不是。何況你拼出的原件，未見得就是真正的原件。你是這樣想的嗎？」

青林說：「有你說的這層意思。其實我也是一個膽怯的人。我一直不看我父親的筆記，就是害怕它的內容中有我承受不了的東西。如果，我母親的生活跟陸家人有關，我真覺得太恐怖了，而且太複雜。那我寧願她不要醒過來，就這樣平靜地躺著，忘記一切，度過餘生。」

龍忠勇沉默片刻，方說：「在碉樓上我就在想，那個瘋老頭的表情，好可怕。他顯然是認識你母親的。我覺得光是這個，你恐怕就已經背負不起了。我是你的朋友，我都有一點扛不住的感覺。」

青林說：「是的。我真不是那種強人。我會對世道的殘酷有天生的懼怕感覺。現在我要承認我是真的有些害怕了。」

好長時間，龍忠勇都沒有說話。

夜深沉得厲害。外面的風從山谷裡吹過來，就算不大，氣勢也有些兇猛。遠遠地，鬼大屋那邊果然有喧嘩聲。這是一種雜亂無緒的聲音。猛然間，似乎有長嘯。但並非陸歡喜所說的「軟埋」，而是「沒死……沒死……」。這聲音長一下，短一下，在安靜的陸曉村上空，極顯恐怖。

龍忠勇把窗子開了一道縫，說：「那宅子夜裡真的在鬧騰。數座老墳成荒冢，滿園冤魂不肯散。」

青林說：「你把窗子關上吧，我心裡非常亂。」

龍忠勇關上窗，又停了片刻，才終於說：「既然如此，就不如隨時間朝前走，你不想知道這些，或者說把自己跟這些事撇個乾淨，也未嘗不可。我們行業人做行業事。搞不定的東西，姑且繞過好了。」

青林長籲一口氣，說：「你這樣說，倒讓我的神經鬆弛了許多。生活看上去溫和平常，掀開來真是青面獠牙，猙獰可怖。唉，我不是那種敢於直面真實的人，更不是那種能扛得起歷史重負的人。平庸者不對抗。我就是個平庸者。我要學會自然而然地記住，自然而然地忘卻。時間是人生最好的導師，跟著它走就是。」

龍忠勇說：「平庸者不對抗，這話說的！既然如此，那你就這樣吧，你把它放下，不再去想，也不再追問。我能理解。」

這本是青林人生中最緊張最激蕩起伏的一天。但這天的夜晚，他彷彿真的放下了。這個想法一經冒出，他便如釋重負。躺在床上，深呼吸了一陣，就睡著了。

窗外，長一聲短一聲的呼嘯，並未間斷。「沒死……沒死……」和風裹在一起，彷彿環繞在整個山裡。

龍忠勇則被這聲音攪得一夜未眠。天快亮時，他突然一下心驚：誰沒死？

第十三章

63 地獄之第十六：具保書

丁子桃伸出手掌，她能看清它的輪廓了。甚至，她能看清她的右手是血紅血紅的。她正是用這隻手摑了二娘的耳光，又推了父親一掌。她抓著父親的領口，父親蒼白的面容，她看得清清楚楚。而二娘，臉上當時便有五個手指印痕。她想，這是二娘的血印在我手上嗎？她怎麼會突然伸出手掌摑二娘耳光呢？對了，她記了起來，二娘剛嫁進她家時，她看見母親哭泣，本能地討厭她。有一天，悄悄扔了二娘的胭脂。二娘發現後，用尺子打了她的手心，並且威脅她不准告訴她的爸媽，不然，見她一次打她一次。她果然從未向父母告狀。是的，她被打的手掌，正是摑二娘的這隻手。這就是了，丁子桃想，腦袋不記得的疼，但手掌仍然記得。

道路也有一些清晰了。天在下雨，雨水正沖淡這無邊無際的黑暗，把天光清洗得有些朦朧。她看到黛雲從長廊走過。她穿過兩個天井，走進廳堂。

廳堂裡，坐有兩個客人，公公陸子樵臉上顯得很興奮，他手上捏著一張信箋，一邊看，一邊跟客人說話。黛雲看著他們眼熟，卻並不認識是誰。

客人之一說：「因為縣裡領導也都知道您老人家，說您一直都對革命有貢獻，清匪反霸，也是功臣。所以，工作同志一看到有全村人簽名的具保書，就同意不鬥爭陸家了。」

公公說：「太好了。陸大，你回頭再跟工作同志說，說我陸子樵承諾，我家永遠站在政府一邊，服從政府領導。另外，也告訴村裡鄉親，過年時，我會把我家糧倉的米，拿出一半來，分給大家。還有，我家的馬車，村裡農會要進城買年貨，隨要隨到。」

叫陸大的客人說：「好的，陸爺。我們明白。陸家的大善，村裡家家都是曉得的。」

另一位客人也說：「放心吧，陸爺。」

公公說：「那最好。我們陸家好，全村就都會好。以後不管啥子時候，陸家在城裡的生意我都會拿出一半來服務我們陸曉村。我會辦學堂辦診所，修路修橋。我陸子樵說到做到。以前沒做好的，也請鄉親們多加包涵。」

陸大指著公公手上的信函說：「這個村裡還要收回。」

公公把手上的紙裝進信封，遞交給他。他們拿著了信函，彎腰鞠躬後，便告辭而去。

黛雲有些不解地看著他們離開，然後遞給公公一封信，說：「仲文來信了，說過年前不一定趕得回來。但有些擔心家裡。他在香港置了房，也想接我們過去住。」

公公接過信，看了看說：「嗯。現在局勢不錯。政府也在造福於民。我打算把東牆開個門，闢兩個院子出來，辦一所學堂。不論窮富，凡陸曉村的孩子，都可過來念書。你和慧媛就當他們的老師吧。汀子小時，還是在家裡識字，等大了，再到外面讀書也不遲。」

黛雲點點頭，她朝外走，走了幾步，回頭說：「聽說坡頂村鬥爭地主很厲害，山南村也在鬥，富童說那邊還打死了人。我們家被定為地主，家產比他們大，大家都有些擔心。」

公公說：「放心吧，我已經想辦法解決了。我讓全村人聯合為我簽名具保。向政府說明，陸家雖然被定為地主，但一直都是好地主。無論是當年幫助游擊隊，還是去年剿匪，我都是功臣。我家的地多，那是祖上留下來的。不用開會鬥爭我，我也會把土地分給大家。我們永遠支持政府。」

黛雲怔了怔，說：「這樣能行？」

公公自信道：「當然。全村人都簽了名。政府也知道，我幫他們做過那麼多事，哪能說翻臉就翻臉呢？所以，工作組同志已經同意不鬥我家了。」

黛雲說：「啊！太好了。已經同意了嗎？我娘家也被確定成地主，您跟我爸爸說說，讓我家也這麼做，可以嗎？」

公公說：「唉，這個還必須村裡的農會情願。你爸當初根本沒有幫人家做一點點事情。他光曉得風花雪月，琴棋書畫，弄些沒用的風雅，不出力也不拿錢糧支持人家，人家怎麼會肯呢？」

黛雲說：「那我家會不會被鬥爭？」

公公說：「不好說。叫你爸爸小心點。」

黛雲有些不悅，說：「我爸沒得您這樣的智慧，他是個老實善良的人。您有這樣的好辦法，也應該也告訴他。我們村的人也一定願意聯名具保我家。我家在村裡，對窮人都很好。大家管我爸叫胡善人。如果工作組同意，村裡人一定不會鬥我家的。」

公公沒再說什麼，他揮揮手，讓她離開，嘴裡說：「你年輕，不懂這些。我們現在都只能自保，能顧上自己，就是萬幸。叫你爸自己動腦子，能逃過一劫是一劫。對了，你給仲文回信，叫他放心，過年能趕回來就儘量趕回家。」

黛雲返回時，一直板著面孔。她有些生氣，覺得公公太自私，想到了好辦法，卻不告訴人。

而此時的丁子桃，卻已經很坦然了。她想，公公說得是，能顧上自己家，就是萬幸。而現實卻仍然是個萬萬不幸。他錯誤地估計了形勢，他既沒能夠顧上自己，也沒能夠顧上家人。那些人的那些恨，也不見得就是對著某個相識的家庭而來。他們恨的是所有富人。分掉富人的財富，其實是每個窮人想做的事。

64 地獄之第十七：牡丹的被面

光線越來越亮了。

丁子桃突然覺得，眼前變得開闊起來。但奇怪的是，在亮光之下，她看不見自己腳下的路，也看不清楚自己穿的什麼衣服，甚至連自己有沒有穿鞋也不知道。她想，這是多麼奇怪的地方啊！

她只記得自己走了很久很久，但她是在石頭路還是土路上行走呢？這路是平地呢還是山裡的梯路？她卻完全感覺不到。她只是一直在向上走，向上，走。

她回憶自己上過的臺階，已經是十七層了。她沒有了眼淚，沒有了痛苦，也沒有了憤怒。只是想，如果真的是十八層，那麼，她就的確是下了一趟地獄。可是，十八層之上，又是什麼地方呢？那裡又有誰在？他們是她認識的還是不認識的？

她有些茫然。

茫然之中，她看到黛雲抱著汀子，一臉發呆地站在自己屋裡。她的床上有些亂。小茶正忙不迭地整理著。

小茶說：「村裡分浮財，催得緊。老爺說把家裡一些沒用的東西能交的都交出去。」

黛雲說：「什麼是沒用的東西？我的樣樣都有用。」

小茶說：「老爺說了，金銀首飾，這些都是。我不敢留，我只是把小姐的一副銀鐲子給藏起來了。我記得那是小姐十歲時，奶奶送給小姐的。其他的，我不敢藏。姨娘和慧媛在旁邊看著哩。慧媛小姐說，萬一搜家，搜出來了，說不定會砍頭的。」

黛雲說：「關她們什麼事？」

小茶說：「是老爺要她們催促家裡女眷交東西。剛才姨娘和慧媛又過來說，結婚的那幾床綢緞被面也要交出去。我沒辦法，只好拿給她們了。你說，哪個窮人要這個？」

黛雲的臉色立即變了，她氣憤地說：「她們兩個一直都容不得我陪嫁的那幾床綢被面。姨娘早先就酸溜溜說她結婚時都沒有這樣漂亮的被面。我是誰，我是胡家的大小姐。她是誰？一個戲子。勾搭上老爺才過上好日子。」

小茶說：「慧媛小姐也是。她出嫁時，老爺說不定給她準備得更多哩。」

黛雲說：「哼，她還嫁什麼嫁？難道還要等金點回來嗎？金點回來還會要她？」

小茶說：「太太本來準備把慧媛小姐說給坡頂村李家的。就是老魏多了一句嘴，說有人看見金點在重慶，還當上了幹部。結果慧媛小姐就不肯了。老爺也說了，如果金點真當了幹部，就同意小姐嫁給他。」

黛雲說：「金點當上幹部了？真的嗎？他要是當上幹部，外面女學生多的是，他怎麼還會要慧媛？」

小茶說：「就是呀。」

黛雲翻了一下櫃子，突然說：「我那床紅色牡丹的被面，也拿走了？」

小茶有點慚愧地望著她，點點頭：「嗯。慧媛說，都必須交出去。」

黛雲生氣道：「那是我媽巴巴意意地跑去重慶買的。一床被面都不能留下？」

小茶說：「小姐，算了。就用棉的吧。太太那邊也交了很多。老爺把太太的皮袍都交出去了，太太一直哭到現在。」

黛雲說：「那不是仲文特意從上海給太太帶回來的嗎？才穿了不過一年哩。我記得太太特別喜歡。」

小茶說：「是呀，老爺說，村裡要分浮財哩，都交掉吧。慧媛和姨娘就都拿走了。是送到農會去的。」

黛雲說：「慧媛一心想當積極分子。我現在看她越來越不順眼。」

小茶說：「就是。我一絎被子，慧媛就總是要摸著綢被面翻白眼，說小姐光曉得花她家的錢。」

黛雲說：「不說她了。我一嫁過來，她就忌妒我。我的嫁妝還少嗎？綢被面也都是我娘給的。等哪天她出嫁，老爺還不知道要給她準備多少哩。」

小茶說：「是呀，她心眼就是小。」

黛雲不再作聲。她憂傷著面孔，坐在床沿邊。小茶抱著汀子到花園玩去了。黛雲就一直一個人這麼坐著。紅色的牡丹被面被交出去，讓她格外難過。這是她的母親跑了一整天街，才給她挑中的。而她卻連母親的心意都沒有保住。

天快黑時，黛雲到各院去看了看。每個院子都很凌亂。婆婆垮著臉，見她也沒有說話。慧媛哼著歌，一副高興的樣子進進出出。

慧媛說：「我的首飾都交出去了。二哥送給我的皮鞋皮包，我也交了。我就留了兩套棉布衣服。均貧富，等貴賤。真正實現耕者有其田，我們家就應該做貢獻。嫂子你說對不對？」

黛雲冷冷地說了一句：「那也不能把我結婚的被面貢獻出去呀。」

說完，她不想聽慧媛回覆，快步走了出去。

此時的丁子桃，想起那床牡丹被面鋪上床時的光景。人們圍著它看，驚叫和讚歎著。整個新房都被那床被面給照亮。

她想，原來她人生有過那樣光彩的時候。

65 地獄之第十八：地獄之門

前面的光越來越亮了。一團一團地閃爍，亮得似乎刺眼。這果然是一條能夠走出去的大道嗎？

丁子桃驚異起來。

她的眼前能清晰地看到，這是一條擺放在春天裡的大道。兩邊開著一團一簇的花朵。她看不見花的色彩和形狀，但她卻深刻地感覺到它們的存在。前方那一團團明亮的光，忽左忽右，似在游移，又像是引路。

丁子桃想，我真的是從地獄深處走出來了嗎？又或是我正在走向另一個地獄？前面的光芒之下，能看到陽光普照嗎？如果有陽光，我能看到自己嗎？

丁子桃完全不記得自己真實的樣子。不過，她轉而又想，就算看不到自己，那也沒什麼關係。重要的是，她出了地獄。

一輛馬車快速地奔了過來。

趕車的並不是家裡的馬夫。車越來越近，丁子桃這時看清楚了，是金點在趕車！車上坐著黛雲和小茶。

丁子桃的心突然猛烈地跳動起來。一種罪惡感莫名而起。

黛雲坐在馬車上，有一句沒一句地跟小茶閒聊。她穿著一件紅花的旗袍。脖子上圍的絲巾，正是陸仲文送給她的。她把手輕輕地搭在自己的肚子上，臉上呈現出幸福之感。

黛雲從城裡醫院回來，她知道自己懷了孕。陸仲文還在上海，她和小茶到電報局給他打了一個電報。

小茶說：「金點，車慢點，別顛了我家小姐。」

趕車的金點大聲道：「好的！」

小茶說：「姑爺肯定會高興得跳，一定會馬上趕回來的。」

黛雲相信小茶所說，她笑道：「仲文就想要個兒子。我擔心如果是女娃兒，他會不高興。」

金點說：「太太放心。是陸爺想要孫子。但少爺一定會很高興。我記得二少爺小的時候，最疼愛慧媛小姐。」

小茶便笑，說：「這妹妹和女娃兒，是兩回事嘛。」

金點說：「反正都是女的嘛。我就是曉得，二少爺會更疼女娃兒。」

黛雲說：「金點，今天是你第一次給我們趕車，就讓我們有這個大福分，你是我們的福星哦。」

小茶說：「金點，你最好給我們小姐的福分再大一點，讓我家小姐生個兒子。」

金點說：「那就一定是兒子！」

他的話音落下，黛雲和小茶都大笑了起來。清脆的聲音，在山谷中迴盪。

黛雲知道，之所以是金點趕車，是公公陸子樵把家裡的長工和傭人解散了大半。說是家裡不再需要這麼多人，只需留下幾個伺候老弱即可。

黛雲說：「金點，你怎麼沒有走？我聽說你是自願要留在家裡的？」

金點說：「我和富童都願意留在陸家。我們兩個都沒爹沒媽，是陸家養大的，在這裡待慣了。富童說，小茶在哪兒，他就在哪兒。」

小茶說：「你亂講。你才是為了慧媛小姐沒有走哩。」

金點說：「小茶你莫亂說哦，莫害我。」

黛雲瞪了小茶一眼，低聲道：「你莫亂扯。老爺太太曉得要罵人的。」

小茶說：「老爺當著大家說了，富人窮人要平等。輪到自家，就不平等了。」

黛雲斥了小茶一句：「你真的以為天下有平等？」

小茶嘀咕一句：「是老爺這麼說的嘛。姑爺也說過。」

黛雲說：「窮人和富人，永遠不可能有平等。普天之下，什麼時候，我們見過窮人和富人平等過？」

小茶噘起了嘴，不再作聲。

金點突然大聲說：「二少爺和慧媛小姐都說過，新社會將來就是一個平等的社會。下人和主人都一樣，只是分工不同。」

黛雲說：「仲文也這樣講過？」

金點說：「是的。他們在大少爺房裡，三個人一邊翻著書，一邊聊天時講的。大少爺也同意他們的講法。我去給大少爺送水，慧媛小姐還說，金點你聽到了嗎？以後我們都是平等的。」

黛雲冷笑一聲，說：「不過，你跟慧媛的事，跟平等沒有關係。這是你們兩家的仇怨。」

小茶說：「上輩子的事，跟金點無關呀。」

金點說：「什麼仇怨？我家跟陸家有仇怨？」他顯然有些吃驚。

黛雲驚訝道：「你不曉得？」

金點說：「我從來沒有聽說過什麼呀？」

黛雲和小茶都沒有作聲。馬車離開壩子，駛進山谷的小路。

小路一側是山，一側是河，野花怒放在山腳和河邊，粉紅金黃，交錯混雜著，隨山婉轉，一條狹窄的泥路，彷彿就這樣被簇擁了起來。

黛雲突然說：「你媽當年就是坐著這輛馬車到城裡找的洋大夫。」

金點說：「這個我曉得。我媽難產，那天大雨，路不好走，溝裡還淹了水。是陸爺借馬車給我爸，找到洋大夫時，已經太晚了，沒能救下我媽。」

黛雲笑了笑：「你只曉得晚了，可你曉不曉得為啥子會那樣晚？」

金點顯然有些吃驚，說：「為啥子？不是雨太大了嗎？」

小茶快言快語道：「我聽吳媽說過，老爺想要你家的地蓋祠堂，你家老漢不肯。兩人吵過好多回。那天，你媽要生了，來陸家借車。但陸家的條件是只有簽下賣地合約，才借車給他。你家老漢不想賣地，跑了幾趟，最後沒辦法。為了救你媽和你，只好簽了字。後來還是耽誤了。吳媽早就想告訴你，叫你不要喜歡慧媛小姐，你們是仇家。」

馬車開始晃了起來。金點大叫道：「你們騙我！不是這樣的。」

黛雲說：「不過仲文說這件事是老魏做的主。可是，後來的事你曉得不？這個你自己去問吳媽好了。今天我透你這個信，就是想告訴你，你莫打慧媛的主意，你們這輩子都不可能。」

小茶說：「老魏跟吳媽老早就想跟你說。他們怕你鬼迷心竅，自己傷了自己。今天算我們代他們說了吧。」

黛雲說：「是呀。富童跟你不一樣，他跟小茶能配。你就莫要心太高了。看看我公公的樣子，你怎麼敢想？」

金點不再說話。

無論黛雲和小茶再聊什麼，他都不再像先前那樣搭腔，更或是隨她們大笑。

馬車在山谷裡，不斷走岔路，像是進了迷宮。折返又錯，錯了再折返。天漸黑了，馬車一直在跑，有一種跑不出去的感覺。

黛雲和小茶都不說話，也未責怪金點，由著他不停地岔道，又不停地回轉。終於，遠處有一團燈光亮起，這是騎馬過來尋找他們的老魏。

老魏提著馬燈，氣喘吁吁道：「我在家就想著金點是第一次趕車進城，這麼晚沒回，我擔心你們迷路。果然是迷了路，是不是？」

金點沒有回答。黛雲代他說道：「是呀。我們是迷了路。」

老魏說：「跟著我的馬燈走吧。」

無邊的黑暗中，所有的野花都隱匿了，自然中的一切都與黑夜融為一體。只有前面那盞馬燈亮著，無規則地在黑幕上晃來晃去，像一隻出沒的幽靈。

第二天一早，小茶驚慌地來告訴黛雲，說金點不見了。

黛雲大驚，她緊張道：「是不是我們昨天多嘴了？」

小茶說：「怕是哩。他昨晚上在吳媽那裡談到大半夜。估計吳媽都跟他說了。」

黛雲想了下，說：「這事千萬莫作聲，當我們啥子都沒說。免得被老爺罵。」

小茶說：「我曉得。小姐你自己更要記得，老爺的罵是一時的，慧媛小姐的恨怕會是一輩子。」

丁子桃到此刻恍然大悟。

她終於明白，那條野花簇擁的小道，正是她通往地獄的道路。正是在這條路上，她追隨著那隻出沒的幽靈，抬腳跨過地獄之門。

現在，她再次來到了這個門口。她一腳踏出，突如其來的光芒，幾乎將她擊倒。

第十四章

66 底層的暗道

青林和龍忠勇在鬼大屋待了整整一天。

頭晚的長談，似乎讓青林卸下了內心重負。一早陸歡喜到鎮上開會，他們便自己重上碉樓。三知堂的門沒有鎖，他們徑直入內，一路無人，登上碉樓的過程便格外順利。

一直到最高層，龍忠勇從各個角度對著莊園拍照，而青林則用筆將整個莊園勾勒了一遍。一邊繪製一邊說，久不做專業的事，手藝都生疏了。

下午，他們則是進到每一個院落，將有風格和有特點之處，都量下尺寸，繪製成圖。像許多民居一樣，鬼大屋的樑柱和窗櫺，也都雕刻著精緻的故事。窗有漁樵耕讀、鵲報平安，樑有老鼠嫁女、麒麟送子一類。庭院中的典雅和院牆上的砲口，形成強烈反差。

青林說：「這裡的莊園生活看上去舒適安逸，但舒適安逸的恐怕只有不問天下事的女人和孩子，主人卻是充滿緊張和焦慮感的。看這碉樓和槍孔就可知道。」

龍忠勇則說：「這主人還要撐著自己安撫家人。碉樓實際是崗亭加砲樓，添加一個四角攢尖小亭，並非主人的浪漫，彷彿是想安慰家人說，這地方不是為了放砲，其實是用來觀景吟詩的。」說完，他又補了一句，「這樓的張力，恐怕就在於它是共戰爭與和平於一身。」

這麼一說，兩人都笑了起來。

龍忠勇又說：「老師以前說，建築必須實際造訪當地，以自己的五官體驗空間，才有可能真正領會。今天我站在這裡，似乎更能體會到這一說多麼重要。」

他們十分平靜地邊做事邊閒聊，就好像之前什麼事都沒有發生過，他們也什麼事都沒有聽說。我們行業人就做行業事吧。這句話，青林說了幾次，他似乎想用這樣一個概念，來幫助自己阻止那些糟糕的推測和聯想。

下午，龍忠勇說想再拍幾張黃昏中莊園的全景，這個時間的光線最為柔和。於是，他們再次走進碉樓。

碉樓的底層，光線暗淡，他們前兩次進去，都沒有仔細看底樓格局。這一次，龍忠勇突然在樓梯後發現那裡有著被人新動過的痕跡，他便走近看了一下。結果一個暗門袒露出來，他不禁驚呼了一聲。

青林循聲而去。他們倆把暗門旁的雜物搬開，推開木門，一口深洞，就在眼前。洞裡黑咕隆咚，可容一人獨行。龍忠勇借用手機的光亮朝裡面照射了一下。毫無疑問，這是一條暗道，逼窄而幽深。根據暗道的走向推測，它的朝向是往山裡，想必山後會有出口。

青林緊張道：「這是什麼意思？」

龍忠勇說：「這意思就是：所有人都以為莊園只有一個門，卻不知道，它裡面還有一條秘密通道。」

青林說：「有沒有可能……有沒有可能……陸歡喜說過後面的山是和永谷河連著的。」

龍忠勇說：「看來是有可能的。而我們一直找不到瘋老頭，他必定熟知這條暗道。如果你想走過去，我一定陪你。」

青林背靠著牆，閉著眼睛，似乎想著什麼。他沒有回答龍忠勇的話。

他的臉上呈現出痛苦的表情。龍忠勇看了看他，然後把門關上了。他拉著青林上樓。碉樓有四層，頂層上便是四角亭。他們一直默然無語地上到亭子裡，才停下腳步。

此時的夕陽，正斜照著整個莊園。那些滿是雜草的墳頭，在金色的夕陽下，靜默地泊在那裡，聲色不動。五十多年來，任風來雨去，草生草長。

龍忠勇拿出相機，更為仔細地拍攝。邊拍邊說：「我無法想像，當年他們做出這樣的決定，是有怎樣的勇氣。」

青林糾結道：「誰從那條暗道中跑出去了呢？難道會是我母親？如果是，她是這家的女兒，還是媳婦？」

龍忠勇說：「最重要的是，我們明天要不要順著這條暗道走一趟？看它通到哪裡。還有，要不要把這個資訊告訴陸歡喜。

此外，你也可推測下，走出暗道，外面會是什麼。」

青林說：「想必是荒無人煙之地。」

龍忠勇說：「那是當然。」

青林說：「那麼，我想要知道的事，是否因為這條通道而有解？如果人們突然知道這裡有一條暗道，又會怎麼樣？」

龍忠勇沉吟片刻方說：「或許這裡的靈魂再也不會清靜。」

青林說：「這裡恐怕天天都要被喧囂的人聲打擾。而陸家人的願望是：讓他們悄無聲息地存在。讓屍體與泥土融為一體。讓房屋隨時間自然風化。很多年很多年以後，人們忘記這個莊園主人姓陸。再很多年後，甚至沒有人知道這裡有過莊園，更不知裡面有過這樣殘酷的人生。它就像我們隨便見到的荒野某處無人問津的斷壁殘垣而已。」

龍忠勇說：「你覺得這就是它最好的結局？」

青林說：「是。除此外，沒有別的。我想我們可能當它不存在過。」

龍忠勇說：「你確定你想這樣？你不想知道你母親的身世，以及她曾經遭遇過什麼？或是三知堂與她有什麼樣的關聯？」

青林說：「不想了。無論她跟這家人有什麼關係，我都不想了。她活著時，都以本能拒絕回憶，現在，她已經人事不知，我又何必去知道？」

龍忠勇長歎一口氣：「三知堂呀三知堂，竟然是天知地知鬼知，卻是他不知你不知我也不知。」

青林說：「你算了吧。我突然想起一句話：一切的意義都是最沒有意義的。」

天色開始昏暗，太陽已沉落在群山的波濤裡。他們走下碉樓。整整一天，那個面目可怖的瘋老頭始終沒有出現。

第二天一早，青林和龍忠勇驅車離開陸曉村。因為知路，返程的速度非常之快。下午，他們便到了重慶。很快，他們就各自搭上各自的航班，一個飛向上海，一個飛回深圳。

飛機升空時，拋下滿城燈火。在雲上，望著越來越淡的光亮，青林腦子裡冒出一個詞：恍若隔世。

67 有些事上天不想讓人知道

青林似乎把這些放下了。

在深圳休息幾天後，他便回到了武漢。去總部時，劉小川曾問他尋找的情況如何，他只是簡單地說了川東太大，沒有人知道且忍廬，甚至就連胡水蕩這樣一個地方，都幾乎沒什麼人知道。青林不想提三知堂，他不想讓更多的人知道那裡。他想，還是不要驚擾陸家人的靈魂吧。

劉小川歎了一口氣說：「這樣的結果，預料得到。所有的歷史，最核心的部分，都是不為人知的。而所有的推測，又是那麼不可靠。所以，世上很多事情，我們都無須知道。因為你以為你知道，但實際上你所知的或許根本不是原來的樣子。」

青林說：「是的。走了這樣一趟，在路上，也這樣悟出了：有些事，上天並不想讓人知道。它把它們交給時間，讓時間去風化掉，也讓時間去……軟埋它。」

劉小川笑道:「沒有找到也有收穫,讓你變成一個哲學家了。」

青林便笑，說：「哪有哲學，只是想通了。」

但是回到武漢的第一天，整個晚上青林都坐在母親的床邊。母親的臉色依然平靜而木訥。沒有表情，沒有動靜。

青林默默地流了眼淚。他說：「老媽，我不想知道你失憶前遭遇過什麼，我只想你醒過來，過一過舒服平靜的生活。這樣，你一生也算沒有白活。」

如他所料，丁子桃沒有反應。

這天晚上，青林把父親的筆記本裝進原來那只小皮箱裡。他想，他應該把這些放在哪裡才好呢？因為他永遠不想再翻閱一次。

68 我不要軟埋！

日子一如往常。

這一天，下著大雨，間或有雷。這是武漢的夏天常有之事。除此外，一切都平常，平常得不值一提。

青林接到冬紅的電話。

冬紅似乎有些驚慌失措。她說：「今天給老太太餵飯時，老太太好像有些明白。她的眼睛動了，還說了一句：『不能出去。』」

青林正在開會，他有些激動，立即向所有同事表示歉意。說他必須回家一趟，因為他母親處於植物人狀態已經幾年了。今天，保姆說她有動靜，還開口說了話。

大家都替他高興，紛然說，沒關係，你快回吧。我們可以下次開會。

青林急奔到家，他一進門便大聲叫：「老媽！老媽！你醒了嗎？我是青林呀！」

丁子桃感覺到了陽光普照。光芒明亮得刺到了她的眼睛。

她想，這是在哪裡呢？這不像她的家。有一個女子的聲音，但不是小茶。有個男子的聲音，不是陸仲文，更不是汀子。這不是三知堂也不是且忍廬，這是世界的什麼地方呢？

聲音變得更嘈雜起來。突然天上有雷鳴。雷聲裹挾而來的是一個蒼涼而沉重的嗓音，從空中滾滾而過。它吼叫道：軟埋！軟埋！

它的吼聲，激起了丁子桃的憤怒。她對著天空響雷之處，大聲地喊道：我不要軟埋！我不要軟埋！

青林正走向窗口，想要打開窗子，讓房間裡更明亮一點。突然冬紅說：「聽，老太太在說話！」

青林嚇了一跳，忙回到床邊，俯下身，果然看見母親的嘴巴在嚅動。他大聲說：「媽，你在說話嗎？你想說什麼？你不要著急，慢慢來。」

丁子桃的聲音終於發了出來。非常微弱，但卻清晰無比。這句話是五個字：我不要軟埋！

冬紅不解，說：「這是什麼意思？」

青林頹然地坐在了床上。他心情沮喪，暗想，母親大概要走了。

果然在這天的晚上，丁子桃嚥了氣。沒有掙扎沒有痛苦，她長歎了一聲，就過去了。

69 悲傷從骨頭裡出來

沒有人知道，丁子桃這幾年走了多麼漫長的一段路，更沒人知道她帶著多少秘密而死。其實每個人的死，都會帶走這世上的一些秘事，說出來或許驚天，不說出，也就雲淡風輕了。

青林內心的糾結複雜，人們也看不出來。他似乎很平靜，大家便也顯得平靜，畢竟，丁子桃病了這麼多年，不聲不響地離開，身體並未經受痛苦，是幸事，甚至比預料之中的更好。

青林為母親買了一口棺材。他原想買一塊地，讓母親土葬。但是，這塊地應該在哪裡買呢？城裡不允許，埋到鄉下，又有哪個鄉土屬於母親？如果去一塊陌生的地方落土，未免讓母親太過孤單。並且，如果土葬了，父親的骨灰又該怎麼置放？思來想去，他想，所謂葉落歸根，那是有根的人之所想。而父親或是母親，想必都是恨不得把自己連根拔起的，永遠不沾那塊土的人。

青林覺得，自己所能滿足母親的，就是讓母親睡一口棺材，然後連同棺材一起火化。他的老婆和朋友們對此完全不能理解，青林說：「這件事，你們就依我好了，我自然有我的理由。」

見青林固執如此，老婆也沒有更多地反駁。畢竟，這是丁子桃一生中最後的一件事，這個男人以後就完全屬於她了。而朋友們覺得他大概只是想盡足孝心。

追悼會開得極其簡單。家裡沒有其他親屬，只有老婆和兒子。無論父親或是母親，都是孤家寡人。有朋友好奇地問，青林心下黯然，只好說：「他們都是孤兒。」

倒是劉家兄弟過來做了最後的告別，還代他們的妹妹劉小舞單獨送了一個花圈。他們感歎著世事之無常，也勸慰青林，聽其自然。最後他們還陪著青林一起送丁子桃上山。事情做到這樣的地步，不光青林心裡感動，連員工都被老闆的做法感動了。

青林把父親的骨灰也遷了過來，與母親同葬。這個墓地實際離劉晉源的墓地不算太遠。劉小安說：「吳醫生，丁孃孃，你們好好安息。我爸媽就在附近，你們都是老朋友了，閒的時候，也串串門吧。」

這番話把燒紙的人們說得全都笑了起來。所有的悲傷便隨著紙灰和笑聲，向空中散開。

這天的晚上，青林睡在母親的房間。

他躺在母親的床上，聞著母親遺留的氣息，終於難過地哭了起來。他覺得自己的悲傷是從骨頭裡出來的。他哭他的母親，也哭父親。這兩個孤單的人彼此都藏著一生的秘密。他們小心翼翼，不讓人知。即使是夫妻，也互不知底。而自己作為他們的兒子，所曉之事，也只是一知半解。父親說，你不必知道更多，自己輕鬆生活就可以了。青林想，做到這個當然不難。但是在夜深人靜，自己獨處時，真的可以輕鬆嗎？

這一夜晚的青林，浮想聯翩。幾近天亮，他才睡著。

第二天早上，青林起來時，太陽已經升到頭頂上。他去花園裡把綠樹做了修剪，又給菜地澆了一些水。空氣很新鮮，他望著母親房間的落地窗，那裡空蕩無人，白色的紗簾低垂著，有一種特別的溫馨從那裡散發出來。青林突然覺得生活真的輕鬆起來。

這一頁已然翻過。他的家庭，這個姓吳的家族，將由他來開始。他將是他們這個家族的始祖。他們跟董姓者沒有任何關係，也與其他吳姓者沒有任何淵源。但他們姓吳。

父親和母親都葬在了石門峰公墓。青林親手為他們的墓穴蓋上石板。悄然之間，他把父親所有的筆記裝入一只塑膠袋，也放了進去。青林沒有學習楚人，為他們的靈魂留一個小孔自由出入。從此，他們和他們的秘密以及靈魂，都被埋葬在這石頭之下。青林把一切都密閉得嚴嚴實實。青林低聲道：「爸爸，媽媽，你們放心吧，我會選擇既堅強地又輕鬆地生活。」

青林想，堅強的另外一種方式，就是堅決不去知道那些本該知道的事情。時光漫漫，軟埋了真實的一切。就算知道了，你又怎知它就是那真實的一切？

尾聲

70 有人選擇忘記，有人選擇記錄

青林開始真正地輕鬆了。

父親和母親都成了牆上的照片。他們在青林房間的牆上微笑。時間長了，青林經常都不記得抬起頭望他們一眼。但他們卻在青林不察覺的時候，始終以溫馨目光望著他。

秋天又一次深了。樹葉都泛出黃色。武漢的項目已近尾聲。劉小川對他也越來越倚重。青林明白，除了爹媽的這層關係，最重要的是，他本人也非常盡職。

新的項目即將啟動。這是梁子湖邊一大片土地。湖岸線被石頭和小島割裂成犬牙交錯的形態。蘆葦一任風吹，自顧自地柔軟倒伏，在陽光無邊無際地照射下，泛一層淡黃色光芒。風光可謂無限。

青林正在現場視察，他很興奮。湖岸地形突然給了他靈感。好好利用這自然環境，他的項目獨一無二。他想，一定要把龍忠勇抓來看看。

恰這時，他接到龍忠勇的電話。青林興奮道：「我正在想要抓你來看我的項目哩。」

龍忠勇在青林母親去世時，曾發短信悼念，此後便再也沒與青林聯繫。他說他是來問青林現在心情如何的。聽起來，好像還不錯。

青林說：「挺好。把自己定位於庸常之輩，一切就都好辦了。生老病死是常態，人都有這一天，何況母親已經活到了七十多歲，病也病了好幾年，這樣走，是意料中的事。」

龍忠勇說：「其實也不存在給自己定位的問題。人生有很多選擇，有人選擇好死，有人選擇苟活。有人選擇牢記一切，有人選擇遺忘所有。沒有哪一種選擇是百分之百正確，只有哪一種更適合自己。所以你不必有太多的想法。你按你自己舒服的方式做就可以了。」

青林說：「我並不知道什麼是最適合自己的。我所知的是，我只能這樣。」

龍忠勇說：「這樣就可以了。」然後他問青林，「你知道我現在在哪兒嗎？」

青林笑道：「你成天神出鬼沒的，我哪知道你在哪兒。你有空到武漢來一趟，我這個項目的位置相當不錯，過來幫我出出主意？」

龍忠勇說：「我在川東。我的書沒寫完，我哪有空幫你忙項目。」

青林的心咚了一下。

沒等他開口，龍忠勇又說：「我在陸曉村。準確地說，我在三知堂。陸歡喜幫我找到了瘋老頭。瘋老頭叫富童。我磨了他一天，他只對我說了五個字：小茶、雲中寺。」

青林忽覺一陣眩暈。「小茶」兩個字像兩個鐵砣，咚咚兩下砸中他的頭頂。母親說過，小茶自小在她家長大……。

龍忠勇繼續道：「上次我們就聽到過，說瘋老頭救出一個陸家丫頭。這丫頭後來出家了。我推測她或許就是叫小茶，她出家的地方可能是雲中寺。陸歡喜告訴我，附近的確有個雲中寺，那裡的確有庵堂。我明天準備過去一趟。」

青林忽然覺得心口一陣刺疼。他真的一點都不想知道這些。他甚至覺得自己的願望跟陸家二少爺一樣，永遠不要讓人知道三知堂，迫切地希望時間更能早一點風化掉它。

龍忠勇見他沒有說話，緩了一下口氣說：「你還好吧？我知道你的心情。我理解你。如果與你家有關，或是涉及你家隱私，我一定會用隱筆。你不要擔心。只是這本書，我一定會認真地寫出來。因為，你不需要真相，但歷史卻需要真相。」

青林依然沒有說話。他不是不想說，而是被「小茶」兩個字，堵住了心口。母親還說過，小茶是她從娘家帶過去的。

龍忠勇最後一句話說的是：「有人選擇忘記，有人選擇記錄。我們都按自己的選擇生活，這樣就很好。」

青林不知道自己怎麼做的回覆。關了手機，只覺心下悵然。

眼前是開闊而蒼茫的湖面，風起時，波浪一層層湧起。

他想，是呀，我選擇了忘記，你選擇了記錄。但你既已記錄在案，我又怎能忘記得掉？而真相，青林心裡冷笑了，真相又豈是語言和書本所能描述出來的？這世上，沒有一件事，會有它真正的真相。

2015 年秋於武漢

後記：我們不要軟埋

很多年前，一個女孩子下海做生意，在她最艱難的時候，坐在慢行的火車上，讀到了我的中篇小說〈風景〉。她覺得自己被震撼到了，這小說給了她力量。她對自己說，我一定要認識這個作家。

後來她成功了。成為了富人隊伍中一員，並且在武漢當時最早的別墅區買了房子——一幢漂亮的小樓房。她把辛苦了一輩子的母親接到自己的新居。母親一進門，就戰戰兢兢地說，要不得呀，分浮財的要來的。

我聽她說這番話時，她的母親已經患老年痴呆症好些年了。

我們相識，是在二十世紀九十年代初。那時我正主編《今日名流》雜誌，而她正在做紀錄片的投資。她的投資對象曾是我當年在湖北電視臺紀錄片部的同事。因她的投資，我們紀錄片部好幾個片子都獲了國際大獎。有一天，我的老同事們搭橋牽線，讓我們坐在一起吃了一頓飯。

然後，像所有的朋友交往一樣，慢慢地，我們熟悉起來。來往越來越頻繁，聊天次數也越來越多，越來越深入。吃飯，喝茶，甚至一起出門遠行。我不太懂她的商業，但我知道她是真會做生意。她的投資很少失敗，在這個方面，我真覺得她是個天才。

與此同時，我見到了她的母親——一位皮膚白皙的老太太。在不經意時，她的母親會成為我們話題的主角。她談到母親當年隻身從四川逃出，談到母親出逃途中孩子死在自己身邊，談到母親給人做保姆而得以風平浪靜地生活，談到母親搬進她的別墅時的緊張和恐懼。而她的丈夫則告訴我說，他們在好長時間裡，經常聽到她母親在半夜裡喊疼呀疼。疼的地方在背部，當年被槍托打的。她說，母親即使得了老年痴呆症，仍然多次清晰地表達說：我不要軟埋！

我小說裡寫到的土改部分，正是她母親經歷過的一段歷史。非但她家，我自己的父母家、我諸多的朋友家，以及我四周很多鄰居的家人，無數無數，也都共同經歷過。他們的人生各不相同，但他們背後家人的不幸卻幾近雷同。而株連到的子女們，亦都如前生打著烙印一般，活在卑賤的深淵之中。這些人數，延展放大開來，難以計算。當一個人成為「地富反壞右」分子，或成為「地富反壞右」的子女，那就意味著你的人生充滿屈辱。這種屈辱，從肉身到心靈，全部浸透，一直深刻至骨。蓋因為此，當一切平復之後，當「成分」（年輕人可能都沒聽說過這兩個字，但它曾經是我們成長中最重要的參數）不再成為區分好人和壞人的標識之後，當他們從幽暗的深淵走出來之後，他們中幾乎所有的人都更願意選擇把那些沒有尊嚴的日子，把那些傷痕累累的私人經歷深藏於心。不再提及，不再回想，也無意讓後代知道。彷彿說出這些，便是把自己已經結痂的創傷撕開來讓自己重新痛。

而這痛，就是那種痛不欲生的痛。

兩年前，朋友的母親去世了。她辦完喪事沒多久，我們在一個會議上相遇。她約我一起到外面吃飯，然後向我講起母親去世的整個過程。火葬時，她為母親買了一口上好的棺材。很多人都無法理解，覺得她這樣做毫無意義。但她卻堅持這樣做了。她對我說，我媽多次講過，她不要軟埋。我一定要滿足她的願望。

就在這一次，我突然被「軟埋」兩個字擊中了。心裡頓時像是有什麼東西在燃燒。那一整天，我都在想這兩個字。我彷彿看到一個黑洞，深不透底。永遠有人想要探究，卻也永遠無法探究清楚。甚至，人們連基本的輪廓都看不到。時間何止無言，它還無色無聲無形，它把人間無數都消解一盡。那就是軟埋呀，我想。

我跟朋友說，我要寫一部小說，這小說的名字就叫《軟埋》。

就是這樣開始的。

我最初為自己找到的，就是這個小說題目。我把我手上正在寫作的其他，全都放下了。為了從容而安靜地寫這部小說，2014年春節後，我避開了所有雜事，也避開了武漢的寒冷，躲到深圳的海邊，開始了這部小說的寫作。3 月的深圳，非常舒服。這是我一個多年至友家的房子，一直空無人住。朋友和她的親戚以極大的熱情和友善歡迎我去那裡寫作。房子四周環境極好，窗下有樹林有花叢有海。坐在電腦前，抬頭朝窗外眺望，大海似乎就在眼邊。而夜裡，清晰的海浪聲一陣一陣，直接入夢。我除了每早在陽臺做一下頸椎操，每晚出門快步行走一圈之外，幾乎足不出戶。早餐是朋友早已備好的麥片雞蛋麵包一類食物，中午則由物業的女工給我送來一個盒飯。食堂大師傅是湖南人，他做的菜極合我的口味。晚上有時候吃點水果，有時候吃麵條，有時候什麼都不吃。這樣的環境和生活，正是我所盼望已久的。

我要怎樣去處理這樣一個題材？我要以一種什麼樣的結構方式來完成我的表達？我要尋找什麼樣的角度？我的人物要以什麼樣的姿態出場？我要選擇什麼樣的語調來營造氛圍？如此等等，我一節一節地開頭，否定否定再否定，好像是不停地在推門進門，推過很多扇，走了好多死胡同，然後終於找到我要進去的那個入口。

寫作真是一件讓人永遠興奮的事。而在這興奮之中，你的內心會生出另一種自由。你可以跟任何人在一起，你可以跟任何人說話。你根本意識不到時間的流逝，也意識不到自己的存在，甚至完全不曾產生孤獨和寂寞——儘管一整天，甚至很多天都是你一個人待著。你的手指敲擊在電腦鍵盤上的聲音，彷彿是你在與整個世界對話。你可以很自由地走到每一個人的面前，遞給他一張紙條，告訴他們，你對這事的想法或那事的觀點。而紙條上的字，就是你適才嘀嘀嗒嗒地打出來的。

這份自由，在束縛和壓抑的現世中是絕對沒有的。寫作的愉悅因此才會超越其他一切，而寫作的魅力也因此無限綿長，這足以讓一個寫作者無法停筆。

寒冷過去後，我回到了武漢。不意間，我經歷人生中一堆的雜亂事務。這些事務嚴重地影響了我的寫作，我不得不騰出手來，對其一一清理。直到第二年的 7 月，事情才告一段落。

我必須要完成我的作品，於是我住到了江夏郊區，開始閉關寫作。我迅速讓自己重新回到一年多前在深圳時的寫作狀態。江夏的環境安靜，空氣良好。我每天中午開始工作，一直寫到凌晨兩點。早上則睡到十點之後起床。路遙似乎說過，早上從中午開始。這句話，只有我們這類寫作人聞之會心。

門前的菜園裡種著辣椒、番茄。吃對於我來說，是非常簡單的事。偶爾，有同事驅車過來，帶給我一點新鮮蔬菜，也有時候，我們一起到外面吃吃飯，聊一下雜誌的事。另外，在每天的寫作前很重要的一項工作，便是通過網路瞭解或解決一些雜誌社的事務，那時候，我還主持著《長江文藝》原創和《長江文藝》選刊這兩本文學雜誌。

這樣的生活持續了兩個多月，「軟埋」兩個字，就像鬼魂一樣追逐我。一些雜亂的聲音，成天在我的耳邊響：不要軟埋不要軟埋！每天傍晚，我都會沿著湖邊去散步，湖水中和樹林裡，也總像有奇怪的喊叫：我不要軟埋！我們不要軟埋！常常讓我自己好一陣毛骨悚然。

9 月底，我終於完成了小說的初稿，進入漫長的修改期。而時間於我，還是鬆動了許多。這期間，湖北省文史館邀我去重慶考察古鎮。同行的是我的兩個老友沈虹光和江作蘇。這樣，他們將我從小說中的川東拔出來，去到現實裡的川東。《軟埋》中許多背景正是在這一片區域。一路上，我看到了不少無主莊園，也觸及更多的細節。於是，調整、修改，再調整，再修改，斷斷續續地一直改到了年底。

在時間跨度長達三年的寫作過程中，「軟埋」兩個字，就如同種子，也深埋進了我的心裡。它們隨著我的寫作的進展而生長，一直長成了一棵樹。根系越來越龐大，樹冠越來越繁密，也讓我的心頭越來越沉重。無數的人影在我眼邊閃來晃去。其中有我的父親我的母親，還有他們彼此的兄弟姊妹，一次一次，他們不厭其煩地走出來，與我的小說人物重疊。我回憶起他們生前很少說起自己的家事，與自己的親人也少有來往。他們是地主家的兒子和官宦家的女兒。他們用緘默的方式，來軟埋自己成長的背景。讓我們對自己的祖父母和外祖父母這一代人，幾無了解。除了祖父，因有一張報紙記錄了他被日本人殺死的過程，讓我們略知一二外，其他人，儘管是至親長輩，我們甚至連他們的名字都不知道。我寫著並回想著，在理解我的長輩的同時，同樣也去理解青林和他的父親。是的，他們就是不想讓我們知道。他們不願意把他們背了一生的歷史包袱，又傳遞到我們背上。如此，沉默便是他們可以選擇的最佳方式。在我的印象裡，母親最多的一句歎息便是：我大姐太慘了！這一聲長歎中，又埋藏著多少人生？或許，這是我另一部小說的內容了。

就這樣，我在自己的回憶中寫作。丁子桃的面孔和朋友母親的面孔，還有我的大姨，她們交替地來到我眼前。這些女人，寂然地走過自己的一生，她們背負過人世間最沉重的苦難，卻又輕微渺小得彷彿從來沒有到這世上來過。

唉，人死之後沒有棺材護身，肉體直接葬於泥土，這是一種軟埋；而一個活著的人，以決絕的心態遮罩過去，封存來處，放棄往事，拒絕記憶，無論是下意識，還是有意識，都是被時間在軟埋。一旦軟埋，或許就是生生世世，永無人知。

對於這一切，我這樣的一個寫作者，又能做些什麼呢？因為，是否被軟埋，更多的時候，根本就由不得自己。

如此，我所能做的，就很簡單了。我老老實實把我所知我所感我所惑我所痛寫出來。我讓我的寫作成為一種記錄，表達出我曲折和複雜的心情，就夠了。

朋友母親即使在最混沌不清的時候，也能說出這五個字：我不要軟埋。

我想，是的，我們不要軟埋。

2016 年 5 月

編者跋

本書並不是學術著作，亦非紀實文學，而是一部小說。故事背景基於曾普遍發生的公開事件，在作者方方的妙筆生花下，幾十年前跌宕而凝重的歷史便撲面而來，足令讀者置身其中，閉卷深思。

作者並沒有落入批判主義的窠臼，而是橫跨時間長河，挖掘包括當今農民在內的人物關鍵細節，如造物主般將其鋪展開來。

在小說《三體》的結局裡，三維空間中所有細節投射到二維平面上，而本書可謂是加上時間軸的四個維度躍然紙上並有所取捨。從這層意義說，本書雖是小說，反而比泛泛的相關史料更彰顯歷史價值。

路遙文學獎的頒獎詞中如此評價這部作品：「在 2016 年發表的諸多長篇小說中，方方的《軟埋》是一部結實、厚重、令人深思的現實主義力作。小說以精緻的結構呈現了一個驚心動魄的故事，具有強大的歷史穿透力和美學的豐富性。她固然不是選取土改題材的唯一作家，但她卻是把同類題材處理得恰到好處的作家，讓批判性與文學性達到了很高程度的融合。」

時間如一幅沉重的鐵幕，吞噬了一個個曾經鮮活的人物，連同那些聳人聽聞的事件場景，風化在寂寥的歲月深處，遮蔽了歷史的面目，公開的近代重大歷史事件亦漸漸地不為人所知。

黑格爾說過：歷史給我們的教訓是，人們從來都不知道汲取歷史的教訓。所以我們不僅是為了解過去而去研究歷史，更是為了將來。

本書曾在中國大陸出版，引起社會各界的強烈轟動，但在不久後匿跡於市場，眾多讀者渴求閱讀和收藏而不得，故將其修訂版本再次出版。

說史敘事

軟埋

Burial Without A Coffin

作　　者　方方
總 編 輯　陳新林
責任編輯　杜一鳴
文字編輯　王詩云　李佳若　林弘毅　高純淑
美術編輯　陳新林
排　　版　溫心忻

出 版 者　開源書局
香港金鐘夏慤道 18 號海富中心 1 座 26 樓 06 室
Unit 2606, 26/F, Tower 1, Admiralty Centre, 18 Harcourt Road, Admiralty, Hong Kong
TEL：+852-35860995
E-mail：ky20170421@gmail.com

民國歷史文化學社
10646 台北市大安區羅斯福路三段 37 號 7 樓之 1
TEL：+886-2-2369-6912
FAX：+886-2-2369-6990

銷 售 處　源流成文化股份有限公司
10646 台北市大安區羅斯福路三段 37 號 7 樓之 1
TEL：+886-2-2369-6912
FAX：+886-2-2369-6990

初版一刷　2019 年 5 月 10 日
定　　價　港　幣　95　元（平裝）
新台幣　350　元（平裝）
I S B N　978-988-78510-9-7（平裝）
印　　刷　長達印刷有限公司
台北市西園路二段 50 巷 4 弄 21 號